The Lamplighters

Emma Stonex

光を灯す男たち

エマ・ストーネクス
小川高義 訳

CREST BOOKS
Shinchosha

光を灯す男たち

THE LAMPLIGHTERS

by

Emma Stonex

Illustration by Naoki Ando
Design by Shinchosha Book Design Division

IFTSとKMSへ

もの言わず立ちつくす一瞬があり
黒い予感を抱いて扉を見やり
思いきって大きく開けて
暗がりに日射しを入れり

——ウィルフリッド・ウィルソン・ギブソン「フラナン島」

すっかり別人になっていた。昔から自分が二人いたようなものだ。

——トニー・パーカー『灯台』

著者による注釈

一九〇〇年十二月、ある孤島の灯台から三人の灯台守が失踪した。アウター・ヘブリディーズ諸島にあって、アイリーン・モアという島である。三人の名前は、トーマス・マーシャル、ジェイムズ・デュカット、ドナルド・マッカーサー。『光を灯す男たち』は、この事件から着想し、また事件の記憶を尊重して書かれた作品だが、あくまでフィクションであって、実在した三者の生活、人格とは無関係であることをお断りしておく。

I

1972

1　補給船

ジョリーがカーテンを開けると、その日は薄曇りになっていた。ラジオから流れる曲に聞き覚えがある。どこか北部のバス停で少女が行方不明だというニュースを聞きながら、手にしたマグの茶をすする。母親は取り乱しているというが無理もない。少女は髪が短く、スカートも短く、目が大きい、というように彼は考える。寒くてふるえているだろう。バス停には誰もいない。助けを求めているのかどうかともかく、誰かしら立っていてもよさそうなバス停に人影はない。バスは一時停止して、また走り出し、何事もなかったものとして、雨に濡れた路面が黒光りしている。

海は静かだ。荒天が去った海面にはガラスの質感がある。ジョリーが窓を解錠すると、外気は硬く締まって、もはや固形物というように近い。とって食えるかもしれない。グラスに落とした角氷のように、ならんだ船小屋を抜けて、かちんと音を立てそうな空気である。海の匂いはいいものだ。これには何も及ばない。潮の香り。冷蔵した酢のように、きりっとしている。きょうは物音がない。ジョリーは海を知っている。騒がしい海と静かな海がある。うねる海も鏡のような海もある。船に乗っていて、これで人類も終わりかと思うように荒れ狂って揺れる海では、いつもなら考えないことを考えたくなる。たとえば海とは天国と地獄を、いや何にせよ、上にあるものと下に潜むものを、半々にしたようだということ。ある漁師が海には二つの顔があると言っていた。どっちも海だと思うしかない。いい海、悪い海。どっちにも背を向けてはならない。

きょうの海は、しばらくぶりに味方である。きょうは行けるだろう。

船を出すかどうか判断するのは彼である。もし九時に風の具合がよかろうと、十時にもよいとは限らない。また港の様子がどうであれ、たとえば波の高さが四フィートだったとして、灯台に近づけば四十フィートかもしれない。陸地がどうなっていようと、それが島の付近では十倍にもなる。

新規に運んでいくのは、黄色い髪をした二十歳くらいの若いやつだ。分厚い眼鏡のせいで、小さな目がひくひく動くように見える。おがくずを敷いた檻《ケージ》に飼われる小動物のようだ、とジョリーは思う。コーデュロイのズボンをはいた若者が桟橋に立って、ほつれたベルボトムの裾に海水が撥ねかかって黒ずんでいる。早朝の桟橋は静かなものだ。犬を連れた人がいる。ミルクが木箱から出される。クリスマスと新年の合間の、寒々とした小休止。

ジョリー以下の乗組員が、若者と一緒に行く荷物を船に載せる。〈トライデント〉の赤い荷箱がいくつもあって、二カ月の衣食になるものを収めている。精肉、果物、粉末ではない本物のミルク、新聞、茶葉、ゴールデン・バージニアの手巻きタバコ——。積んだ荷箱には防水シートを掛けてロープで固定する。灯台に泊まりきりの連中は喜ぶだろう。この四週間は缶詰のシチューで生きていたはずだ。前回の補給品が行ってから、『メール』紙の第一面を見るたびに同じ記事だったということでもある。

海水が、浅い底から海草を吐き出し、船端をぴちゃぴちゃと洗う。若者は、まるで目が見えないように船端を手さぐりして、濡れたスニーカーの足で船に乗り込む。小脇に抱えているのは、紐をかけてまとめた所持品だ。本、カセットレコーダー、テープなど、何にせよ暇つぶしになるもの。まだ学生という見当だ。近頃の〈トライデント〉は学生を雇うことが多い。この若者は作曲でもするのだろう。灯室に上がってしまえば、こういう生活だと思って、そういうことをする。ともかく何かしらなければ間が持てない。島の灯台だとなおさらだ。日がな一日、階段を駆けて上がったり下りたりして暮らせるものではない。ずっと昔、ジョリーが知っていた灯台守は、器用な職人芸でボトルシップを作った。駐在期間には掛かりきりになれたので、交替するまでには上々の美品ができあがっていた。ところが灯台にもテレビが置かれるようになると、その男も一切を捨ててしまった。文字通り、窓から海へ投げ捨てたのだ。それからは暇さえあればテレビの前に坐っていた。

「この仕事、もう長いんですか」若者が言う。ああ、おまえが生まれる前からだ。ジョリーがそう言うと、「……もう船は出ないのかと思いましたよ。火曜日から待機でしたからね。村に宿泊させられて、いい部屋だったんですけど、そんなに居続けたいほどじゃないし。毎日、外を見ては、ほんとに行くんだろうかと思ってました。ひどい嵐だったですもんね。あっちへ行ってから、あんなのがまた来たら、どうなっちゃうんだかわかりませんよ。海の嵐を見ないうちは、嵐を見たなんて言えないらしいじゃないですか。灯台が根元から崩れて流されそうな感じだって」

新規の人間はしゃべりたがる。緊張のせいだろう、とジョリーは思う。まず島までの海を渡る。風が変われば上陸するのも大変だ。どんな現場で、どう溶け込めるのか。主任はどんな人か。若者には灯台のことがわからない。わからないままかもしれない。補助員はあちこちに行かされる。陸の灯台、岩礁の灯台。ピンボールのように各地に回されるのだ。そういう連中を、ジョリーはさんざん見てきた。最初は乗り気になってロマンのある仕事だと思うようだが、そんなものではない。三人の男が海の灯台にいて、どうということもない。全然ない。男三人、まわりは海だ。閉塞した生活に耐えるのは、誰にでもできることではない。孤立。単調。見渡す限り何マイルも、ひたすら海、海、海。友人なし。女っ気なし。ほかの男二人だけが昼でも夜でも身近にいて、逃げるわけにいかない。すっかり正気を失ってもおかしくない。

引継の予定が何日も遅れるのはあたりまえ。何週間にもなる。いつだったか交替が出られなくて、四カ月も駐在させたことがある。

「そのうち天候にも慣れるよ」

「ですかねえ」

「帰るのを待たされるやつのほうが、よほどにいらいらしてるぜ」

補給船の乗組員が船尾にかたまって、浮かない顔で海を見ている。喫煙しながら、ぼそぼそと言葉をかわすうちに、濡れた指からシガレットに水気が伝わる。もし絵に描いたら、荒っぽい筆遣いの陰気な海の油絵になりそうだ。その一人が「ぼちぼち、どうなんです?」と声を張る。

「これじゃ潮が変わっちまいそうだ」この船には技術屋も乗せている。無線機を修理することになるだろう。いつもの交替の日なら、もう五回も交信しているだろうに、嵐のせいで灯台との連絡が絶えていた。

ジョリーが最後の荷箱にシートをかぶせてエンジンを掛けると、船は風呂場のおもちゃのように揺れて、小波の立つ海を進み出す。カモメの群れが貝殻だらけの岩で争う。青いトロール漁船がのんびりした機関音をあげて陸に帰ろうとする。船が海岸から遠ざかるにつれて、海は荒くなる。緑色の波がせり上がり、波頭が泡立って砕ける。さらに沖へ出れば、色調が暗く混濁して、海はカーキ色に、空は不気味なスレート色になる。海水は船首にぶつかって撥ね上がり、海面に泡の筋が盛り上がって消えていく。ジョリーは手巻きのタバコを歯でくわえる。ポケットに入れて潰れかかっていたが、まだ一応は吸えそうだ。目の先は水平線にあって、口の中に煙を含んでいる。寒さで耳が痛い。どんよりした大空に、白い鳥が一羽、くるりと輪を描いて飛ぶ。

ここまで来れば、靄の中にメイデン灯台が見えてくる。ぽつんと孤立を保った棘のような一本線。十五カイリの沖合だ。その距離が駐在員には好ましくもあるらしい。灯台のセットオフまで下りていれば、陸地が見えないので家を思い出すこともない。

若者は灯台に背を向けて坐っている。きょうが初日だというのに、その目的地に背中を見せるとは、おかしなやつだ。親指の小さなひっかき傷を気にしている。やわな顔つきで生気がない。まだまだ経験が浅いのだ。もちろん、海で生きるなら、自分で要領を覚えるしかない。

「初めてかい？」

「トレヴォース岬にいました。セントキャサリンズ灯台にも」

「島は初めてなんだ」

「そうです」

「じゃあ、腹をくくらねえとな」ジョリーは言う。「どんな仲間と組まされても、折り合いをつけるしかない」

「ええ、そのへんは、何とか」

「まあ、うまくやってくれ。主任はいい人だよ。それだけでも大違いだ」

「ほかの人は？」

「補助員は要注意らしいが、若い人同士でどうにかなるだろう」

「何かあるんですか？」

若者が見せた表情に、ジョリーはにやりと笑った。「そんな顔するなよ。任務に伝説は付きものだ。話半分に聞いてればいい」

海は船底から押すように騒いで、黒々とうねりながら、たたきつけ、揺すり上げる。風が反転し、飛びすさって、海面をかき乱す。船首に海水がぶつかって砕け散り、波は重みを増して底が知れない。ジョリーが子供の頃にはリミントンからヤーマスへのフェリーに乗ることがあって、甲板の手すりから海を見ては、いつのまにか知らないうちにこうなるのかと驚いていた。海底が急傾斜して、もう陸地は消え去り、ここで落ちたら百フィートの水深だ。ダツや鮫の類がいるだろう。へんに大きく、きらめく魚体を怪しげにくねらせて、濁ったビー玉のような目をつけている。

灯台が近づく。細い線だったものが、棒のようになり、指を立てたようになる。

「あれだよ。メイデンロック」

もう灯台の基底部まで見えている。海が染みついているようなのは、小島を守って幾星霜の風雨にさらされた痕跡だ。すでに何度も果たしてきたことだが、この「灯台の女王」に近づくたびに、ジョリーはある感慨を禁じ得ない。叱られて身がすくむような気がするのだ。ヴィクトリア時代の技術力が、五十メートルの塔になってそびえる。メイデン灯台が水平線を背にして、おぼろげな威容を立ち上げ、船乗りの安全を期して耐え抜く孤塁になっている。

「あれは古いんだ」ジョリーは言った。「一八九三年。二度までも損壊して、ようやく初点灯に漕ぎつけた。嵐になると声を上げるという言い伝えもある。女の泣き声に似ているらしいが、風が岩の隙間を吹き抜けて、そう聞こえるんだろう」

ぼんやりした灰色の中から、少しずつ浮いて見えてくる――。灯塔の上層部に窓があって、下層にはコンクリートの輪をはめたようにセットオフが張り出して、入口ドアまでは狭い鉄製の梯子段、いわゆるドッグステップの階段が上がっていく。

「この船は、見えてるんでしょうか」

「もう見えるだろう」

そんなことを言いながら、ジョリーはしかるべき人影をさがしていた。セットオフまで下りて、船を待っているはずなのだ。濃紺の制服に白い制帽の主任か、さもなくば主任補佐かもしれないが、手を振って迎えようとする。きょうは日の出からずっと海を見ていたことだろう。

彼の目は、灯台が立つ足元のぐらぐら揺れる海を見る。どうやって近づくか判断しなければならない。船首から進むか、船尾から寄せるか。碇を下ろすのか、浮いているだけにするのか――。

凍りそうに冷たい海水が、水面下に密集する岩礁を突っ切って、威勢よく乱れる。海面が上がれば岩は隠れる。下がれば出てきて、黒光りする臼歯のように見える。島の灯台が数ある中で、接岸に手こずるのはビショップ、ウルフ、メイデンあたりだろうが、もし一つだけ挙げるならメイデンだと彼は思う。船乗りの伝説として言えば、この灯台は化石になった海の怪物の顎の上に立っている。建造中に何十人もの死者が出た。航路を誤った船乗りが、暗礁で命を落とした例も少なくない。メイデンは人嫌いの灯台だ。外から来る者を寄せつけない。

しかし灯台から一人や二人は出てくるだろう。引き受ける側が無人では、若者を置いて帰るわけにいかない。上陸させる地点では、海面の動きにつれて、十フィート下がったと思えば、十フィート上がることになろう。しっかり見ていなければ、ロープがはずれて、いやでも冷水浴になる。はらはらする作業だが、岩礁の灯台ではそんなものだ。陸で生きる者には、海はいつも変わらないように見えるかもしれないが、そんなことはないとジョリーは思っている。海は気まぐれだ。予想がつかない。うっかりすると、してやられる。

「どこにいるんです?」

航海士のどなり声も、波の音で消されそうだ。

ジョリーは島を回ってみようと合図する。若者は青ざめている。技術屋もそのようだ。ジョリーは安心させようとする立場だが、自分でも不安を拭えない。もう長いこと補給船でメイデンへ来るようになっていながら、島の裏側まで行ったことは一度もない。

灯台が高々と立ち上がる。花崗岩の巨塔――。ジョリーは首をそらせて入口ドアを見る。海面から六十フィート。ずっしりした砲金の扉が、出入りを禁じるように閉じている。

こちらの船員が大声で叫ぶ。灯台守に呼びかけて、ぴいっと笛を鳴らす。はるか上を見ると、灯塔がだんだん細くなって天空に届きそうだ。その空は、波に揉まれる小さな補給船を見下ろしている。また鳥が来た。ここまで船についてきたやつだ。ぐるぐる旋回しながら、人間にはわからないことを言っている。若者が船端から顔を出して、けさの朝食を海に流出させる。

船は上がって下がる。待ちに待つ。

ジョリーは灯台を見上げる。それ自体の影から、ぬっと立ち現れている。いま彼の耳に届くのは波の音だけだ。波が立って、砕け散って、岩を洗う。そして脳裏に浮かぶのは、けさラジオのニュースで聞いた行方不明の少女。バス停。誰もいない。非情に降りしきる雨。

2　灯台の怪事件

『タイムズ』一九七二年十二月三十一日（日曜日）

〈トライデント・ハウス〉に入った情報によると、ランズエンド岬の南西十五カイリにあるメイデンロック灯台にて、三名の駐在員が行方不明になった。その姓名は、主任アーサー・ブラック、補佐ウィリアム（ビル）・ウォーカー、補助員ヴィンセント・ボーンとされている。昨日の朝、交替要員を乗せた補給船が、ウォーカー補佐を連れ帰ろうとした際に、失踪が判明した。

現在まで、三名についての手がかりはなく、公式な声明は出ていない。すでに調査が始まっている。

3　九階

海から上がるだけで時間がかかる。十人を超える男たちが、鉄の梯子段を上がっていく。口の中には塩分と恐怖の味があって、耳は冷気に赤くなり、手は凍えきっている。

やっと入口にたどり着くと、中からロックされている。たたきつける荒波と暴風に耐える鋼鉄の一枚板だ。これを腕力とバールでこじ開けねばならない。

そのうちに、ある一人が悪寒のような症状で、蒼白になって震える。疲労のせいもあるが、不安の虫に取りつかれたせいでもある。ジョリー・マーティンの補給船が無駄足になって、だったら「島を見に行け」という指令が下ってから、ずっと不安に駆られていた。

灯塔に入るのは三名。内部は暗い。むっとする臭気に、人が住んでいた気配がある。海の詰所で頑丈な窓を閉め切っていれば、こんな臭いがあるものだ。備品室にはたいして調べるものはない。大きな輪郭が暗闇にぼんやり見えている。巻いたロープ、救命浮輪、逆さに吊ったボート。まったく整然としている。

防水服が暗がりに吊されて、鉤《はり》にかかった魚のようだ。灯台守の名前が呼ばれて、それが天井の開口部を抜け、螺旋階段を上がっていく。

アーサー。ビル。ヴィンセント。いるのか、ヴィンス？　ビル？

生きた人間の声が静寂を切り裂いて、それが不気味でもある。がっしりした静寂に、やけに大きく響く。だが反応があるとは思われない。捜索して救助せよという任務だが、もはや遺体の収容でしかない。灯台守が脱出したのではないかという考えは、すでに消えた。入口は厳重に閉まっていた。まだ連中はいる。どこか内部に——。

静かに処理せよ、とも言われた。慎重に事を運べ。口の堅い船長を使え。騒ぐな、目立つな、内々に収めろ。もちろん灯火の無事を確保せよ。それだけは何が何でも忘れるな。

三人が順番に上がっていく。すぐ上の階では、霧砲を撃つための雷管と火薬が、ずらりと壁にならんでいる。争ったような形跡はない。三人のいずれもが、家のこと、妻のこと、もし子供がいるなら子供のこと、また暖炉の火や、「お帰りなさい」と背中に回される手のことを考える。離島の灯台は家族を知らない。三名の駐在員だけがいる。その三名が、どこかに遺体となって隠れている。どこで死んでいるのか。どういう状態にあるのか。

三階に上がるとパラフィン油のタンクがある。四階にはバーナー用のオイルが保管されている。ふたたび名前を呼ぶ。捜索をあざわらう静けさを押しのけたくて叫んだようなものだ。どう見ても、脱出、逃亡を疑わせる形跡はない。灯台守がどこかへ行ったとは思われない。

オイルの貯蔵室から、また階段を上がる。ずっと上まで、鋳鉄製の螺旋階段が、塔の内壁をぐるぐる這い上がって、灯室にまで続くのだ。その手すりが鈍く光っている。灯台守は一風変わっているもので、整理整頓の美意識にこだわり抜く。磨いて、拭いて、片付ける。どこへ行っても灯台ほどに端正な場所はあるまい。真鍮製の部材に指紋がないか点検し、ないことを見届ける。そうと徹底するために、手すりには触れない。だが、ひょっとして、急いでいる、足を踏みはずす、しがみつく、急変に我を忘れる……いや、そんな異常なことはない。

捜索の足音が、死の太鼓を鳴らすように、どすどすと響く。もう何事もなく船に乗って陸に帰ることを考えたくなる。

炊事の階に上がる。直径が十二フィートの空間。その中心を分銅筒が貫いている。壁に作り付けの戸棚が三箇所あって、缶詰がきっちりと積まれている。ベイクドビーンズ、ブロードビーンズ、米飯、スープ、固形スープ、ランチョンミート、コンビーフ、ピクルス……。またテーブルの上には未開封の広口瓶があって、フランクフルトソーセージが実験室の組織標本のように詰まっている。窓際の流しには、雨水用の赤い蛇口と、真水用の銀色の蛇口がある。洗い桶が立てて置いてあるのは乾かすつもりなのだろう。二重窓の空間で、物品棚に食料が置かれることもあり、しなびたタマネギが一つ取り残されている。流しの上部には、鏡付きの戸棚が出っ張っているが、ここは化粧室も兼用ということで、歯ブラシ、櫛、オールドスパイスとタバックの瓶がある。その隣が食器棚で、ナイフやフォーク、皿、カップなどが、きちんと仕分けられているのは、まったく予想通りでしかない。壁掛けの時計が八時四十五分で止まっている。

「どういうことだ――」一人がひげを生やした口で言う。

食事の支度ができているが、食べなかったらしい。二人分だ。三人ではない。それぞれにナイフとフォーク、取り皿――。カップも二つ。塩胡椒。チューブ入りのマスタード。まだ使っていない灰皿――。テーブルはメラミンの合板で、三日月形をしているので、分銅筒にぴたりと寄せられる。その下にベンチが押し込んであって、そのほかに椅子が二脚。一つはフォームラバーがはみ出している。もう一つは急いで立ち上がったように斜めにずれていた。

少ない毛髪を撫でつけた頭の男が、オーブンを調べる。温まったものでもあるかと念のため見たのだが、温度は下がりきっているし、そもそも何も入っていない。窓の外から海の音が聞こえる。下の岩場で波がざわつく。

「わからんな」これは返事をしたというよりも、まったく恐ろしいほどに不可解だと認めたようなものだ。

三人が天井を見やる。

灯台なのだから隠れるところもない。そういうことだ。どこへ上がろうと、二歩も行けば分銅筒があって、また二歩で反対の壁にぶつかる。それだけの室内でしかない。

寝室の階へ上がる。三つの寝棚が、壁に沿ってバナナ状に曲がっていて、いずれもカーテンは開いている。いかにも几帳面に整った寝棚にシーツがきっちりと敷かれ、枕やラクダ色の毛布にざらっとした手触りがある。上方には、臨時の宿泊用として、やや小ぶりな寝棚が二人分あって、梯子で上がるようになっている。階段下の空間は物入れとして使われ、カーテンが引いてあった。髪を撫でつけた男が、息を詰めてカーテンを開けるのだが、牛革のジャケットが一着あって、シャツが二枚ぶら下がっていたきりだ。

七階まで来れば、もう海面から百フィートの高さがある。居室にはテレビが一台と、アーコール社製のくたびれた肘掛け椅子が三脚。その中で大きな椅子は、おそらく主任が坐っていたのだろう。すぐ近くの床に置かれたカップの底に、茶が一インチほど残って冷えている。分銅筒の裏側へ、下の階から送気管が上がってくる。そろそろ主任が降りてきてもよさそうなものだ。いまで灯室にいて、光源の手入れでもしていたのではないか。ほかの二人だって回廊に出ていて——いやあ、聞こえなかったんで……。

ここでも壁の時計が同じ時刻で止まっている。八時四十五分。

八階には、両開きのドアがあって、準備室に通じる。遺体があるとしたら、ここだろうか。閉じた空間に臭気が籠もっていたということだ。しかし、もう予想はついていたようなものだが、やはり無人のままだった。もはや上がっていける余地は少ない。この上には灯室を残すのみ。九層の塔の、どの階にも人がいない。ついに最上階。メイデン灯台の光源がある。巨大なガスマントル式点灯器が、鳥の翼のように繊細なレンズ群に収まっている。

「いなくなった。消えたんだ」

ふわふわした羽のような雲が水平線を行く。風が勢いを得て、方向を変え、跳ねる海面を弾いて白い波頭を添えている。もともと灯台守はいなかったのではないのか。さもなくば、塔のてっぺんから飛び去ったとしか思えない。

Ⅱ

1992

4　謎

『インデペンデント』一九九二年五月四日（月曜日）
メイデンロックの怪事件に作家が挑む

冒険小説家ダン・シャープ氏が、近年の海をめぐる怪奇として知られた事件の謎に迫ろうとしている。『嵐の目』、『静かな海』、『ドレッドノート沈没』など、海戦小説のベストセラー作家であるシャープ氏は、もともと沿岸地域に育って、未解決の失踪事件に想像をかき立てられていたという。今回、氏としては初の試みで、事実に基づいた作品に挑む。「メイデンロック灯台の事件には、子供の頃から、おおいに関心をそそられていました。その渦中にいた人々に話をさせてもらって、この謎に新しい光を当てたいと思います」と氏は語っている。

いまを去ること二十年、一九七二年の冬に、ランズエンド岬の沖合で、コーンウォールの海の灯台から、三名の駐在員が行方を絶った。手がかりが残っていなかったわけではない。入口ドアは内部から閉ざされ、二つの時計が同じ時刻で止まっていて、食事の用意だけはできていた。また主任の天候日誌には、島の周囲に嵐、という記述があるのに、実際には好天だったのが不可解である。

三名はいかなる奇禍に見舞われたのか、それをシャープ氏が解き明かそうとしている。「この謎には、小説家から見て、めぼしい要素がそろっています」と氏は述べる。「ドラマ、ミステリー、海の危険——。それが現実だったということですが、私は解けない謎はないと思っています。どこに目をつけて調べるかという問題でしょう。知る人ぞ知るということです」

5　ヘレン

ああ、あれだ、と彼女は思った。深い緑色の小型車が、やや離れた路上に駐車する。車種はモーリス・マイナー。その後部からタバコのパイプを傾けたような排気管が出ている。あんな車に、まだ乗っているのか。どうせ金持ちだろうに——。もし本の表紙に出ている宣伝文句を信じるなら、ナンバーワンのベストセラー作家とか何とか、そんなようなものである。

電話では何も聞かなかったが、あの男に間違いないとすぐにわかった。知らない人を招き入れるのだから、あらかじめ特徴を聞いておいてもよかった。用心に越したことはない。でも、あの男だろう。ネービーブルーのピーコートを着て、しかめっ面のまま固まったような顔をしている。たとえば学者が何時間も文献とにらめっこして、結局、何もわからないとしたら、あんな顔になるかもしれない。思ったよりは若いらしい。まだ四十の手前か。

「降りなさい」ぼんやりと言って、犬の髭がヘレンの手のひらを通過した。「あとで散歩に行くからね」森まで行って腐葉土の地面を歩かせるとしよう。そう思うと心が落ち着く。あとで何か、というのがよい。

作家はキャンバスバッグを持っていた。きっと領収書やライターが入っているのだろう。住んでいる家が目に見えるようだ。ベッドは寝たままに放ったらかし。何匹もいる猫がてんでにカウンターで眠っている。朝食はウィータビクスで済ませただろう。そんなような箱から出てくるだけのシリアルだ。ミルクの買い置きが切れていたって、蛇口をひねれば水が出る。メイデンロック灯台のことを考えて、きょうの質問事項をメモしながら、シガレットの煙を上げていた——。

これだけの年月がたったあとでも、まだ彼女には続いていることがある。初めての人に会うと、何はともあれ、その人を見ながら、いつもの物差しを当てて評価する。彼女のように誰かを失うことがあったかどうか。それがどういう気持ちになるものかわかっているかどうか。窓のこちら側にいる人なのか。それとも、あっち側にいて、どうしようもなく遠いのか——。あの男の場合には、どちらでもよいかもしれない。作家というのだから想像力はあるだろう。

とはいえ疑念がなくはない。作家だからといって想像もつかないことは想像できまい。それは彼女の感覚では落ちることである。重量感はなく、現実感もない。つかまえて欲しいのに、つかまえてくれる人はなく、何年も何年も同じように落下していって、まるで解決がなく、まったく不明なままで、心の整理がつかない。そう、近頃のはやり言葉になった。心の整理――。人間関係が破綻したり、仕事を首になったりした人に対して言われる。だが、彼女が思うに、そういう挫折は比較的には前向きなことでもあって、それが新たな出発点になるかもしれないのだ。でも岩棚から押し出されて落ちるのは話が違う。誰かを風に吹き消されたら、そういうことになる。痕跡、理由、手がかり、何もなし。ダン・シャープという作家は、軍艦や兵器を、また海軍工廠で飲んだくれる男どもを書くのだろう。そんな作家にどこまで想像がつくというのか。

もし自分と似たような人がいたら出会いたいと彼女は思った。似たもの同士であることをわかり合いたい。相手の失ったものを、ずばり言い当てることもできそうな気がする。あからさまには見えないもの。つらさ、あきらめ、といったようなもの。それが悪鬼のように食いついてきて、いつまでも振り払えなくなっている。「ですよね、そうですよね」と彼女は言うだろう。もちろん、どんな反応があるか知れやしない。もし返ってくるものがなくて、わかり合えるやさしさのような結果が出ないなら、もうどうしようもない。

心の鬼は、この間ずっと、出没していた。戸棚の衣類にもぐり込んでいて、朝の着替えにぞっとさせられる。どこか隅っこにしゃがみ込んで、親指の甘皮をいじっていることもある。安心感を持てないのですね、とセラピストには言われた（しばらく前から行っていない）。安心感なんて、いくら爪を立てても、ちょっとしか届かないものである。

さて、あの男が門を開けている。入ってから閉めようとして、やや手間取ったらしいのは、掛け金が錆びているからだ。キッチンに置いたラジオから「スカボローフェア」が流れる。海の泡、白地のシャツ、甘味よりは酸味の恋、そんなような歌の哀調に、頭がぼんやりした。アーサーについて、ほかの男たちについて、とんでもない思いつきをすることもなくはない。だが、なるべく考えないという知恵もついてきた。灯台なるものには、どんな秘密があるのだろう。あの男たちの秘密は、また彼女の秘密も、海の底に沈んでいる。

ヘレンが夫を思い出そうとすると、その記憶はキッチンのドアから舞い込む枯葉のように、干からびた薄片になってばらけていく。その一枚を手にとって、じっくり眺めていることもあるが、たいていは枯れ葉が足元に吹き寄せられるのを見ながら、こんなものを拾い集める気力がどこにあるかと思っている。

あんな喪失があったのに、世界はちっとも変わらなかった。歌が書かれ、本が読まれ、どこかに戦争が続いた。スーパーのカート置場で言い争った男女が、車に乗って、ばんとドアを閉めた。そんな日常が淡々と繰り返される。時間はひたすら決まったリズムを刻んで、行ったり来たり、始まったり終わったり、きっちりした常識の進行があって、ものごとが定まる。町外れの森で鳴る音には誰も何とも思わない。その音は、乾いた唇から吹かれた口笛のように始まって、何年もかけて鋭さを増し、澄んだ音を引いた。

いま音が鳴った。ドアベルの響きだ。ヘレンは手をカーディガンのポケットに突っ込み、ほつれた毛糸を指先で丸めた。爪にもぐらすように転がしている感触がよかった。痛いのだが、たいして痛くない。

6　ヘレン

どうぞ、お入りください。散らかってますけれど。いえ、そうおっしゃっていただけると恐縮です。お茶かコーヒーでもいかが？　あ、お茶になさる。ミルク、お砂糖は？　そうそう、いまはミルクにお砂糖と決まってるみたいですね。わたしの祖母などは、何も入れずに薄切りレモンと決まってましたが、そういう人は少なくなりました。ケーキは？　自家製とはいきませんけど。

作家でいらっしゃるとか。すごいですね。そういう方とは初めてお目にかかります。本を書くって、誰でもできるつもりになっていて、わたしもそう思ったことはあるんですが、もちろん書けません。書きたいと思いつくことはあっても、人に伝えるように書くとなると、それが別物なんですよねえ。アーサーに死なれたあと、まわりから勧められたりもしました。いまの気持ちを紙に書いて、頭から追い出せばいいじゃないかって言われたんです。とうにご承知かもしれませんが、何かしら創作をすると、人間が円熟するような気がしますでしょう。でも、わたしは書きませんでした。人に読んでもらいたいような何を書いただろうって思います。

もう二十年ですよ。嘘みたいじゃありませんか。失礼ながら、この話に取材なさろうなんて、どうしてです？　いままでお書きになった本は、いかにも男っぽい男の物語でしょう。死んだ夫はそんなものじゃありませんでした。作戦の途中で遭難してどうこう、なんてことは、わたしからは申し上げられません。そういうご希望なら、お考えになったほうがよろしいかと。

ええ、もし噂の通りなら、面白くなるでしょうね。ただ事件の間近にいた人間としては、そんな見方をいたしません。いえ、あなたが悪いわけじゃありませんから、お気になさらずに。アーサーのことならお話しできますよ。そうすれば、まだ夫を忘れずにいられます。もし一切なかったことにしようとしたら、とうの昔におかしくなってたんじゃないかと思います。人生はこんなものだと受け止めるしかないんです。


長い間には、いろいろと耳に入ってくることもありました。アーサーは宇宙人にさらわれたなんていう説も聞きましたね。海賊に殺されたとか、密輸業者に脅されていたとか。仲間割れで殺した、殺された、殺し合った、自殺した。その原因は、女だ、借金だ、漂着した宝箱をめぐる争いだ——。亡霊のしわざ、政府機関による誘拐、スパイからの脅迫、人食いの海竜——。誰か一人、あるいは三人とも、狂気にとりつかれた。人知れず裏の生活があって、南米のプランテーションに財宝が埋めてあり、秘密の場所を記した地図に×印がついている。ティンブクトゥみたいな遠いところへ行って、すっかり気に入って帰ってこなかった……。それから二年たって、ルーカン卿の失踪事件というのがありましたね。どこかの無人島へ流れてアーサーたちと出会ってるなんて言う人もいましたよ。魔のバミューダ海域を突き進もうとした連中と同じだ、とか何とか、いやはやまったく。そうであれば好都合とお思いでしょうが、あまりに荒唐無稽だと言わせていただきますよ。そういう世界の話じゃないんです。わたしが生きている世界です。スリラー小説ではなくて、わたしの現実。

五分でいいですか？　時計で言えば五分。ケーキが文字盤だとしたら五分くらい。その大きさに切ってますよ。では、お皿を……はい、どうぞ――。わたし、ケーキを焼くってことが、ついに下手なままでした。なぜか女の持ち芸みたいに思われてますが、うちではアーサーのほうが上手だったんです。灯台守はパンを焼く訓練もするって、ご存じでした？　いろんなことを覚えるものらしいですね。

灯台の中でも、名前がいいのはビショップでしょう。高尚な響きがあります。チェスの駒にありますが、やっぱり静かに堂々とした感じ。アーサーはチェスも強かったですよ。だから夫婦ではチェスをしなかったんです。どっちも負けるのがいやで、勝ちを譲ろうなんて思いもしませんでしたからね。灯台守というのは暇潰しも必要なんで、カードやゲームは好きにならざるを得ないんです。たとえばクリベッジでも、ジンラミーでも、やってれば仲間との絆になりますしね。あ、そう、お茶もあります。灯台守は何が得意かというと、お茶を飲むことの達人でして、一日に三十杯くらい行っちゃうんじゃないかしら。キッチンにいるなら茶を淹れろ、それが唯一のルールだ、っていう現場が多かったみたいです。

でも普通の人間なんですよ。すぐおわかりになるでしょうが、そうと知ってがっかりなさらないように。どうしても外の世界と離れて暮らしているので、きっと秘密組織みたいな職業だろうと思われがちです。灯台守の女房なんてのも、ミステリーめいていて、さぞ素敵だろうと思われますが、そんなことありません。まあ、早い話が、長いこと離れている時間があって、ぎゅっと詰まった短い時間だけ一緒にいる。そういう生活になるんですよ。その短い時間は、遠くにいた友人同士の再会みたいで、どきどきするようでいながら、また難しいところもあるんですね。自分だけの気ままな八週間のあとで、ひょっこり帰ってくる男がいて一家の主におさまる。それに合わせようとすると、ひどく気を遣います。あまり普通の結婚生活ではありませんね。まあ、わたしたちは普通ではなかったでしょう。

海がなつかしいかとおっしゃる？　とんでもない。あんなことになってから、すぐにでも離れたいと思いましたよ。だから、こうして町に出たんです。海なんて見たくもありませんでした。灯台守の住宅は岬にならんでましたから、家にいて窓から見えるのは海ばかりです。なんだか金魚鉢に住んでるみたいだと思うこともありました。嵐が来て稲光が走る景色はすごいものでした し、夕日もきれいでしたけれど、いつもの海はどんよりした色が広がるだけで、どうということはありません。あれは灰色というより緑色に近かったでしょうか。セージ色というか、オードニルというか……。オー・ド・ニルって「ナイル川の水」っていう色なんですね。ご存じでした？　わたし、ずっと「何でもない水」かと思ってました。海ってそんな感じです。いまでもそう思ってますよ。無の水です。

わけがわからないという意味では、きょうという日の朝だって、アーサーが行方をくらました日と同じように、何が何だかわかりません。ただ、いくらか楽にはなってます。時間がたてば、わずかでも距離ができまして、たとえ昔のことを振り返っても、昔のままではなくて、だいぶ感情が静まってきました。そればかりが先に立つというような、当時の心境ではありません。おかしなもので、さほどに不思議でもなかったのかと思えることがあります。現場の様子とされたことも——おそらく、海が荒れて、大波にさらわれたのではないかと思うのですよ。ところが反対に、そんな奇っ怪なことがあるものかと思って、息が詰まりそうになることもあります。細かいことが心に引っかかって、どうにも吹っ切れない。入口がロックされて、時計が止まっていた、なんて気になるじゃありませんか。うっかり夜に考えてしまうと、よほどに自制して、そういう考えを捨てなければ、もう絶対に寝られなくなります。社宅の窓から見た海の風景を思い出すんですよ。途方もなく大きくて、何にもなくて、人の気も知らないで。だからラジオでもつけて、その場をごまかすしかありません。

でも、実際の出来事は、いま申し上げた通りでしょう。高波が来て、あっという間にさらわれたんだろうと、わたしは思います。「オッカムの剃刀」でしたか、そういう法則がありますね——最も仮説の少ない解法が望ましい。へんに複雑に考えると、いまある謎を深めるだけです。アーサーは溺死した。現実にはそうとしか考えられないでしょう。それでは気が済まないというのなら、亡霊とか謀略とか、いま申し上げた俗説のような、とんでもない路線を行ってしまいますよ。どんな説にだって飛びつく人がいます。たいていは真実よりも嘘のほうが面白いので、そっちを信じたがるんですね。さっきから言ってますように、海なんて面白いものじゃありません。毎日ながめて暮らせば、そういう気にもなります。その海が三人を連れ去った。ほかの疑いはないと思ってます。

ああいうタワー型の灯台というのは——そんな灯台に行かれたことは？——ええ、それだけが海から突き出たように立っていると思ってください。ある程度の島にあるステーションなら、まわりに土地があって、散歩してもいいでしょうし、菜園をつくるとか、羊を飼うとか、好きなことができますね。また、いわゆる沿岸灯台というのは陸地にあるのですから、家族と離れることもなく、非番の日には車で村へ出てもよし、ほぼ普通の生活と言えるでしょう。決められた任務さえ果たしていれば、それでいいんです。でも海に突っ立っている灯台では、塔の中にいるしかありません。出るとしたらセットオフくらいです。ちょっと運動したくなったら、ぐるぐる走ってもいいでしょうが、すぐに目が回るだろうと思いますよ。

あ、すみません、セットオフと言いますのは、入口ドアより下の高さで平らに出っ張っている部分です。大きなドーナツみたいに塔を囲んでいるんです。海面からは二十フィート、三十フィート、そんなものでしょう。かなり高いと思われるかもしれませんが、もし高波が来れば、さらわれてしまいますよ。そこに出ていって、魚釣り、バードウォッチング、本を読んでの暇潰し、なんていう話は聞いたことがあります。きっとアーサーもそうだったんでしょう。本は好きな人でした。灯台にいれば勉強の時間だなんて言って、いろんな本を持っていきましたね。小説も、伝記も、宇宙の本も。それから地質学に興味を覚えたようで、岩石がどうこう言ってました。石を集めて分類するんです。それで年代ごとの差がわかるんだとか。

何にせよ、ああいう灯台で外気に触れたくなったら、セットオフまで下りるしかないでしょう。窓から首を出せるかというと、壁がものすごく厚いんです。窓は二重になっていて、外窓と内窓の間隔が三フィートから四フィート。その隙間に入り込むなら話は別ですが、あまり快適ではないでしょうね。もちろん回廊へ出ることはできますよ。これは灯台の最上部にあって、灯室をバルコニーのように取り巻いています。でも、たいして広くはありませんし、そんなところから魚を釣るとしたら、どんな長い竿でしょうね。

三人のうちの誰か、いえ、当てずっぽうもどうかと思いますけれど、たぶんアーサーだったのではないでしょうか、一人になりたがる性分でしたから、セットオフへ出ていって本でも読んでいたのだろうと思うのです。ほとんど風はなく、せいぜい風力1か2だったというのに、いきなり大波が盛り上がって、夫を海に連れ去った。海はそういうことをしかねません。それが海なんです。夫は若い頃にはエディストーン灯台に勤務したことがあって、あやうく波にさらわれるところでした。まだ主任補佐になったばかりでしたが、洗濯物を干そうとしていたら、まさかの大波に足をすくわれたんです。運良く仲間がいて、引っつかんでくれたので助かりましたが、そうでなければ、わたしはずいぶん早くから夫を失っていたのでしょう。夫も肝を冷やしながら、ともかく無事でした。無事でなかったのは洗濯物で、どれだけ残ったものやら、次の補給が来るまで、ほかの人から借り着していたそうです。

そんなことがあっても、アーサーは変わりませんでした。灯台守は夢想家ではありませんので、いつまでも気にする、考え込む、なんてことはしません。あくまで平常心を保って、するべきことをする。そういう仕事です。それができなければ〈トライデント〉に採用されないでしょう。アーサーは、たとえ海が荒れても、海をこわがりませんでした。灯台に上がっていると、嵐の最中には、炊事場の窓にまで波しぶきが飛んでくるそうです。その階でしたら、海面から八十フィート、八十五フィートですよ。ずっと下では塔の根元で岩礁がきしんで、ぐらぐら揺らぐのだとか。さぞ恐ろしいだろうと思いますが、アーサーはそうでもなくて、海を敵に回しているつもりはなかったのです。

陸に帰ってくると、かえって調子が出ないようなこともあって、ああいうのを水から出た魚っていうんでしょうね。陸地だと勝手が違って、海の上だと要領がいいんです。灯台へ戻っていく日に、いってらっしゃいと言って見送ろうとすると、夫はなじみの家にでも行くように喜んでるのが、見ていてわかりました。

いままでに海の本をどれだけ出版なさったのか存じませんが、海の物語を書くのと、海の現実を書くのでは、やはり違うのではないでしょうか。ちょっとでも油断すると、海は襲いかかってきます。あっと気がつくと海は態度を変えていて、相手のことなんてお構いなし。アーサーは海の様子を察するのが上手でした。雲がどう見える、風が窓にどう当たる、そんなことでわかるようなのです。風の音を聞いて、風力が6とか7とか言い当てる人でしたから——そういうことを誰よりも熟知していたと思いますのに、それでも波にさらわれたのだとしたら、まったく海は急変するものだという証拠になるでしょうね。叫び声をあげるくらいの時間はあって、ほかの二人が駆けつけたのかもしれません。ところがセットオフは滑りやすくなっていて、とっさのことに慌てたのでしょう、ほどなく三人とも流されたんじゃないでしょうか。

入口がロックされていたのは、おかしいですね。たしかに……。あまり思い当たることもありませんが、ああいうドアは、なにしろ衝撃に耐えるようにできてますから、分厚くて、砲金の塊みたいなものです。どしんと閉じてしまうことだってあるでしょう。内側で閂が掛かっていたという——どう考えたらいいか困りますね。でも灯台にはドアに差し渡す閂があるもので、重たい鉄の棒ですから、ドアが閉まった拍子に棒が下りたのではないか——勢いよく閉まったら、そういうこともあるかと……。

どうですかしら。そんな馬鹿なとおっしゃるなら、ほかにどう考えたらいいのか、夜中にあれこれ悩んで、どれがよさそうか決めてください。時計が止まっていて、ドアが閉まっていて、テーブルに食事の用意ができていて——何やかや想像したくなります？　わたしは現実的な見方をしたいです。超自然を信じる人間ではありません。その日の食事当番が誰であれ、次の食事の支度にしっかり気配りをしていた。そういうことでしょう。灯台では食べるものが大事なんです。また灯台守は、貝が岩にへばりつくように、毎日の予定にこだわります。二人分しかなかったというのは、そうですね、三人分まで手が回っていなかっただけじゃありませんか。

二つの時計が同じ時刻だった？　おかしなことですが、絶対にないとは言えませんね。そういう話って、人の口に上るほど、でたらめになるんですよ。どこかのお利口さんが思いついて、まことしやかな嘘が本当にされてしまう。しょうもない人が、害になることを広めてるっていう、それだけなんです。

わたしとしては、もし溺死と断定されるなら、それでよいと思ってました。曖昧なままというのは遺族にはつらいです。でも断定にはいたらなかった。わたしの心の中では溺死です。そう思えたのがよかったという気もします。公式な発表がなくたって、どこかで踏ん切りをつけないといけないんです。

ジェニー・ウォーカーだったら──ビルの奥さんですけど──あの人なら別のことを言うでしょうね。はっきり決めたくないと考えてますよ。もし結論が出てしまったら、ひょっとしてビルが帰ってくるかもしれないという最後の望みまでなくなるということです。いまさら帰ってくるとは思えませんが、そういうところは人それぞれ。どうやって悲しみに向き合うか、他人が口をはさむことではありません。その人だけのもの。

ただ、残念ながら、あんな事件のあとで、わたしたち、妻だった女同士がまとまっていられたらよかったのに、その反対になってしまいました。事件から十年後に追悼式がありましたが、それ以来、ジェニーには会っていません。その日にだって口をきいていなくて、近づくことさえなかったんです。まったく悔やまれることですね。いまからでもどうにかならないかという気持ちはあります。ああいうことがあったんですから、話し合える相手がいたらどれだけいいかと思うんですよ。最悪の事態になって一人で耐えるのは厳しすぎます。

ですから、こうして取材にお答えしているんです。たしか真実を語りたいとおっしゃいましたでしょう。それはわたしも同じだと思うのですよ。つまり、女同士がどうなっていたのか、そういうことが男よりも女にとって大事なんだと言わせてもらいましょう。あまり乗ってこられませんか。お書きになろうとする本は、いままでと同様、男の物語になさるのでしょう。やっぱり男を描くのですよね。

ええ、わたしから見れば、そんなものではありません。いなくなった三人には残された三人がいました。わたしの関心はそっちなんです。そうやって残されたことを、いまから考えてどうにかなるなら、どう考えればよいものか……。

小説としてお書きになるなら、超自然めいた方向に行くのかもしれませんね。そういうものを、わたしは信じませんが。

どういうものを？　いえ、それは、わたしが書くのではありませんから、ご自身でお決めになってください。わたしは人間には二種類あるのではないかと思うようになっています。たとえば、真っ暗な家に一人でいて、ぎいっと音が鳴ったとしたら、どうせ風だろうと窓を閉める人。だったらロウソクに火をつけて見に行こうとする人。

7

マートル・ライズ十六番地
ウェスト・ヒル
バース

ジェニファー・ウォーカー様
ケスル・コテージ
モートヘイヴン
コーンウォール

一九九二年六月二日

前回の手紙を差し上げてから、また時間がたってしまいました。もうお返事はないものと思いますが、読んでもらえているような気はします。音沙汰なしということは、お許しは願えないとして、ともかく穏やかに受け止められたと思ってよいのでしょう。

シャープという人の取材を受けることにしたとだけお知らせします。といって軽々しく承諾したのではありません。わたしだって、あの事件については、これまで外部に情報を洩らしたりしていません。〈トライデント・ハウス〉から指示があって、わたしたちは指示を守ったのですから。

でも、ジェニー、わたしはもう秘密保持に疲れました。二十年は長いです。わたしも老いてきています。吐き出したいことはたくさんあるのに、もう何年も、いろんな事情で、黙って背負い込んできました。そろそろ人に話したくなっています。わかってもらえますでしょうか。

では、お元気で。いつものように、皆様によろしく。

ヘレン

8　ジェニー

昼食のあとで、雨が降りだした。ジェニーは雨が嫌いだ。子供たちがびしょ濡れで入ってくると始末に負えない。とくにハンナが二人用のベビーカーを押してきて、せっかく掃除したあとだったりすると、なんだか無駄働きのようでいやになる。来るという男はどうしたのか。もう五分遅刻している。こっちから来てくれと頼んだわけでもないのに、まったく無礼というものだ。ヘレンのせいで取材に応じるだけのこと。あのヘレン・ブラックにでたらめなことを――あるいは本当のことを――言いふらされて、それが本に書かれて世に広まったらかなわない。有名な作家らしいが、だからどうだとも思わない。ジェニーは本を読まない。毎月二回の『禍福と運命』だけで間に合っている。

きっと丁重に迎えられるつもりなのだ。金持ちだから好き勝手ができて、遅刻したって構わないと思っている。濡れた靴でどかどか入ってくるのだろう。といって来客に靴を脱いでくれとはいいにくい。客が気を利かせて自分から脱げばよかろうに。

つくづく雨はいやだ。雨嫌いが身についている。かつては雨が降るとビルの交替が遅れるということばかりが気になった。これでまた会えるまでに時間がかかると思った。ついに夫の帰宅がかなう日までは、ひたすら天気を見ることに執着した。おかしな天気になったら、補給船が出て行けなくて、夫は帰ってこられない。空模様を見るほどに、天気は意地悪く変わっているように思えた。いずれビルが引退したらスペインへ引っ越そうと決めていた。なけなしの貯金をはたいて南国に家を買う。プールがあって、パティオに素焼きの鉢を置いて、ドアの周辺にピンクの花を咲かせる。大きくなった子供たちが休暇で遊びに来る。太陽を浴びて、ジェニーの気も晴れる。雨が降ると落ち込むだけだ。イングランドは何カ月も雨ばかりだ。気が滅入る。スペインに行けたのならよかった。明るい陽気に全身があたたまって、日が暮れたらブランデー・アレクサンダーを飲んでいる……。いまは雨が降るたびに、そうはいかないと思うだけ。

ヘレンから来た手紙は、ゴミ箱に放り込んだままになっている。未開封のまま破り捨ててもいいくらいだ。郵便受けに落とされる一通ごとに、マッチで火をつけてやろうか、びりびりに引き裂こうか、下水に流すか、などと考える。

そうと実行したことはない。姉に言わせると、手紙の分だけビルに近づいていられる、ということだ。ヘレンが手紙を書いてよこすから、それが鎖の輪になって、その輪を毛嫌いするかどうかはともかく、行方不明の夫とのつながりが一つできている。過去が現実だったという証拠になる。その昔、ジェニーには夫がいた。夫婦が愛し合って、いい結婚になっていた。あれは夢ではなかった。

居間のテレビが消えて、『ジェシカおばさんの事件簿』が真っ暗になった。ジェニーはソファから立っていって、テレビをひっぱたいた。絵が戻った。主人公が衣装棚に隠れて、銃を持った男の目を逃れようとしている。ああすればよいのかも、とジェニーは思った。戸棚に隠れて居留守を使ってしまいたい。しかし、もう間もなく、ダン・シャープという男が来るだろう。ここで黙っていたら、あの女にどんな嘘を吹き込まれるかわからない。メイデンロック灯台については、いくらでも荒唐無稽な話が書かれてきて、ジェニーもずいぶん読んだから、とんでもない眉唾だということはわかっている。それでも放っておいてはいけないような気もする。おかしな話が新聞に出れば、電話して責任者を出してくれと言わずにはいられなかった。こちらの言い分を伝えて間違いを正したい。家族のために立ち上がるというようなものだ。

窓の外で、空が薄暗くなった。連なる屋根を越えた彼方に、細く伸びた海が揺らぐように見える。ジェニーは、救命浮輪にしがみつくように、海から離れまいとしていた。この海がなければならない。あるのだと思っていたい。夫に一番近いのが、この海だ。悪天候だと海が見えなくなって、彼女は慌てふためく。海がなくなって、どこか遠くへ行ってしまったような気がする。さもなくば、すっかり干上がった砂の上に、骨だけになった夫が打ち捨てられている。

灯台守は光を置いて逃げたりしない。

ビルが失踪してから、さんざん聞かされたことだ。

では、ビルが何をしたというのか。いままで長い間に、彼女には知らないということが日常になった。気楽でさえある。履き古して底に穴のあいたスリッパのようなもので、しょうがなくても慣れてしまえばそのままがよい。

女房だって亭主を置いて逃げやしない。どこかへ引っ越そうとは思わない。真実を知るまでは逃げない。もし知ったら、やっと寝られるようにもなるだろう。

客が来たらしい。玄関前に引きずるような足音がして、喫煙者らしい咳も聞こえた。こんこんとドアをたたかれたのには驚いて、思わず震える手を組み合わせたが、考えてみれば無理もない。ベルは壊れたままだった。

9 ジェニー

お迎えに出ればよかったんですけど、うちの車、パンクしてましてね。姉の亭主が直しに来てくれるのを待ってるとこなんですよ。あたしは車のことなんて、からっきし。昔は何でもビルにやってもらってたんですが、いなくなっちゃいましたから。キャロルとロンが近所に住んでるのはありがたいです。姉夫婦がいなかったら、ほんとに困りますよ。あたし一人じゃ、どうしたらいいんだか。

どうぞ、入っちゃってください。すぐ電気つけます。なるべく節約と思って、全部はつけてないんですよ。公社から手当が出ることにはなってますけど、すぐ消えちゃいますのでね。ずっと仕事してなかったんで、それ以上には、とくに収入なし。もともとそうなんで、ビルが灯台勤務だった頃は、ちょうど子育ての時期でしたから、あたしは家にいるしかなくて、まあ、それっきり。もし働くとしたって、どういう職探しをしたらいいのか。これといった特技もありませんし。

さて、それで、何をお話しすればいいんでしょう。あまり時間がなくって——これからテレビを修理する人も来るんです。もう、テレビなしじゃ、いられませんよ。テレビだけはつけっ放し。なんだか話し相手みたいで、ついてないと寂しくて。クイズ番組なんか好きで見てますね。明るい派手なセットで撮ってるのがいいんです。たとえば『ファミリー・フォーチュンズ』みたいに、きらきら電気がついて賞金が出るような。にぎやかでいいじゃありませんか。いつもテレビつけっ放しで寝ちゃうんです。目が覚めたときに何かやってるんで、あら、おはよう、なんて言いたくなりますよ。それで気が紛れてるんです。夜なんて一番いやですね。

なんだか陰気くさい話を書こうとしてませんか。ひどいことだったんです。わざわざ本にしなくたっていいでしょうに。人生の暗い側面を読み物にするってのがわかりませんね。だって、いやってほどの現実があるじゃないですか。どうせなら楽しい話にしたらどうです。出版社にそう言ったらいいんですよ。

あの、お飲み物でも？　コーヒーでよろしければ。お茶は切らしてましてね。車があんなで、買い物に行ってなくって。あんまり歩きたくもなくて。どうせ自分では飲まないんですけどね。お水も、いいんですか？　じゃあ、そういうことで。

あの写真、娘一家です。ダンジネスに住んでましてね。男の子は五歳、双子は二歳。ハンナが産んだ孫でして――まあ、こんなに早く産むつもりはなかったらしいんですけど、そういうことになりました。ハンナは上の娘です。その下がジュリアで、二十二歳になります。息子はマークといって二十歳。娘二人は年があいてます。ビルが留守がちなこともあって、なかなか次ができませんでした。あら、まだ若いのにおばあちゃんだなんて、そうは思いませんよ。年をとった気がします。実際より老けました。いつも沈んだ顔してたんじゃ、孫が来たときにかわいそうだから、せいぜい頑張って、しゃきっとした顔になってますけどね。これでも大変なんですよ。ビルの誕生日やら、結婚記念日やら、ほんとは寝たまんまでいたくて、玄関に出るのも億劫になっちゃってる。あたし、どこへも行かなくたっていいじゃないかと思ってるんです。先へ行ってどうなるんだって。すんだことは、いまさらどうにも、できやしないです。

あなた、奥さんは、いらっしゃるの？　あ、やっぱり。作家はそういうもんだって聞いたことあります。頭の中のことに夢中なんでしょ。外じゃなくて。

あたし、読んだことないんで、どんな話を書く作家さんなのかわからないけど、たしかテレビになったことありましたよね。『海神の弓』でしたっけ。見ましたよ。クリスマスの前にBBCでやってた。よくできてたわ。あれの原作、そうなんでしょ？　ねえ。

あたしらのことに、どんな興味があるんです？　灯台やら、灯台守やら、そんなのまるっきり知らないでしょ。あの出来事は、たしかに何やかや騒がれますけど、娯楽として面白がるようなものじゃありませんよ。どれだけ空想したところで、すっきりした解決は出てきません。

あたしとビルは、幼なじみがそのまま十六の年から一緒になったんです。ほかの男なんていなくて、ずっとビルだけなんで、いまだって夫婦のつもりでいますよ。ですからね、たとえば孫が遊びに来るというんで、その前に〈セーフウェイ〉まで買い物に行くとするでしょう。おやつに出してやるフィッシュフィンガーを、どれだけ買ったらいいか迷ったら、ビルは何て言うだろうって考える。案外それで決まるんですよ。

よく夫婦で喧嘩する人がいるでしょう。そういう女の気持ちがわかりませんでした。何かというと、人前でも平気で、亭主のことを愚痴ったり、こき下ろしたりするんですよ。着ていた服を脱ぎ散らすとか、皿洗いがいいかげんだとか、やかましいことを言ってばかりで、全然わかってないんだもの。毎晩、夫が家にいる、どこへ行ったと悲しまなくていい、そんなことがどれだけの幸運になっているか。まったく洗濯物や皿洗いが何だってんですかねえ。そんなものが人生じゃないでしょうに。どうしても我慢ならないっていうなら、そもそも間違ったことしてるんですよ。いっそ結婚なんてしなければいいんだわ。

さあて、ビルの話っていうと、何があるのか。とにかく他人に首を突っ込まれたくないっていう、そんな人でしたから。でも、それを言ったんじゃ、お役に立ちませんでしょ？

もともと灯台守になるような運命の人でした。早くから母親を亡くして――というより、悲運なことに、母親の命と引き換えに生まれたようなものでしたから――ビルが育った家には、父親と二人の兄しかいなかったんです。父親も灯台守でした。ビルの祖父、曾祖父も、代々そうだったんです。ビルが末っ子だった三人兄弟も、みんなそう。それしかなかったんですね。ええ、ビルは悔しかったと思います。心の底では、ほかの道へ進みたかったのかもしれませんが、そういう話をしてくれる人はいませんでしたから、結局それきりでした。家の中では、言うことをきかされる立場だったんでしょう。

ほかの人がよければ、それでいいっていう人でした。「呑気に暮らしたいよな」って、よく言ってたんで、そのためにあたしがいるんじゃないのって言ったんです。どっちも恵まれた育ちじゃなかったんで、それが縁結びになったところもあります。あたしはビルのことがわかったし、ビルもあたしのことをわかってくれた。よけいなこと言わなくてもわかるんです。うれしい家庭があって、テーブルにあったかい食事が出ている。そんなこと普通の人には当たり前なんでしょうけどね。子供たちのためには頑張ろうって思いましたよ。ちゃんとしてなきゃいけないって。

出だしは好調だったんです。沿岸灯台に配属されていれば家族と同居できますし、そうでなくても宿舎のあるような島ならいいんです。あたし、初めっからビルに言ったんですよ。一人でいるのはいやだ、いつも一緒にいてほしい、あたしと結婚するなら、そういうつもりでいてほしいって、そう言ったんです。しばらくは都合よかったんですが、いずれは離れ小島へ行かされると思って恐れてました。そうなったら、あたしは陸に取り残される時間が多くなって、シングルマザーみたいに一人で子育てをする。そんな灯台でも平気なのは、たいていは身軽な独り者です。補助員のヴィンスがそうでした。扶養家族なしですから、どんな勤めでも気楽なもので、うちとは違います。あたしらは平気じゃありませんでしたよ。いまでも腹が立って腹が立って——。あんな突外《とっぱず》れの勤務なんて、希望するわけがなかったのに、お構いなしに行かされて、結局ああなったじゃありませんか。

メイデン灯台ってのは、ずっと遠いし、見るからに不気味なんで、一番いやなところですよ。ビルが言ってました。中は暗くて、息が詰まりそうで、気分が悪くなる。そう、胸苦しい、っていう言い方をしてましたね。そんなことを、いまになって考えるんです。もっと聞いておけばよかったんですけど、うるさいこと言うのもいやなんで、ほかのことに話を向けてました。せっかく陸にいるのに、灯台ばっかりじゃいけないとも思いましてね。ふだんは灯台に取られちゃってるような人でしたから、さんざん待って、やっと帰ってきてくれたんなら、その間だけは、こっちに徹底してもらおうかと。

またビルが出て行くっていう前の晩は、もう最悪でしたよ。そもそも帰ってきた日から、どうせまた行くんだと思って、すぐに気が滅入っていたんですから、もったいないことしてました。夫が家にいたってのに、それを味わいそこなってたんですよね。また行ってしまうってことしか考えられなくなってたんです。出発前の晩は、いつも同じでした。二人でソファに坐り込んで、ウソかホントか当てるみたいな、たいして頭を使わないゲーム番組を見てたんです。出発が近づくと、ビルは陸心《りくごころ》と海心《うみごころ》なんてことを言ってましたっけ。いたたまれないような、悲しいような、そんな感じがするんだって。もとは昔の船乗りが言ったそうですが、しばらく陸に上がってから、また船に戻ろうとすると、心の切り替えに何日か時間がかかって、それまでの現実だった暮らしから気持ちを移すのが大変なんだとか。ビルなんて、出て行く前から、そうなってましたもの。そうなるだろうって思うと、それだけで、もうおかしくなるんです。じっと窓の外に目を向けて、はるか遠くで待ち構えるメイデン灯台を見てましたよ。夜になると、点灯した灯台が呼びかけてくるみたいで、おや、わたしが忘れたと思いましたか、あなたのことは忘れませんよ、と言ってるらしいんです。あれが見えるってのがいけなかったですね。見えないほどの遠くに住んでたらよかったんでしょうに。

天気予報は、よく見てました。補給船の出航が遅れるかもしれませんのでね。予定通りがいいような悪いような、もし出なければ待ち時間が延びてくれます。食事はあの人の好きなものにして、ステーキパイと、デザートのアークティックロール。これをトレーに載せて運んでいって、膝の上でも食べられると思うのに、もう心が半分飛んでたようで、あんまり手をつけてませんでした。

いなくなってから帰ってくるまで、あたし、カレンダーを一日ごとに消してました。子供たちは手のかかる盛りでしてね。ハンナが赤ん坊の頃には、まだ沿岸灯台の勤務でしたから、家族は一緒だったんですが、下の子が生まれてからは、そうでなくなってました。ビルが離島に行かされたのは、次女のジュリアが生まれて間もなくだったんで、あたしは五歳の長女と、疳の虫のついた赤ん坊を抱えて、一人になってたんです。つらかったですよ。ちょっとでも灯台が見えると、すごく腹が立ってました。あんな遠くで、一人で悦に入ったように突っ立ってるんです。あっちにはビルがいて、あたしにはビルがいない。おかしいでしょって思ってましたよ。もっとこっちにいてほしいのに。

ハンナは父親が灯台守であることを喜んでたみたいですね。めずらしい仕事だからでしょう。ほかの子の親は、郵便配達とか個人商店とか、それが悪いわけじゃないんですが、まあ、よくある職業ですよね。あの子は父親を覚えてるって言いますけど、ちょっと無理なんじゃないかと、あたしは思います。物心ついた頃にできあがった記憶は、一生ずっと強烈に残るものかもしれませんが、だからといって信用できるとはかぎりません。

あたしは、ビルが海から帰ってくる前になると、買い出しに行って好物をそろえたり、特製のチョコレートを用意したりしてました。ちょっとした儀式というか、いつも同じようにしたくて、そう決めてたんです。家の中がどうなってるか夫にもわかっていて、帰ってくれば実際そうなってる、その家にあたしもいる、というようにしたかったんですよ。結婚を続かせるのは、そういう小さいことなんじゃありませんか。たいして元手はかからないけど、それがあるから愛してるってことがわかって、見返りを求めるんじゃないこともわかる。

いえ、夫がどうなったのか、そんなことわかりません。もし入口ドアが開いていて、ボートが消えていて、レインコートやゴム長もなかったんなら、ビルは海で死んだと思えるのかもしれません。でもボートも雨具も残っていて、ドアは内側から閉まっていた。だって、ほら、砲金の塊みたいな扉ですよ、勝手に閉まるとは思えないじゃありませんか。しかも時計が止まっていたとか、食事の支度ができていたとか、そんなのおかしいですよ。ほんとに、おかしいんです。

事件の前日、つまり二十九日に、ビルは無線連絡を入れてるんです。風雨は去っていくって言ってたんですよ。土曜日には補給船に来てもらえるって。

そういう交信の記録は、〈トライデント・ハウス〉がちゃんと保存してますよ。でも、賭けてもいい、どうせ外部の人には聞かせないでしょうね。もともと秘密主義だし、すっかり口が重くなってるの。よっぽど体裁の悪い事件だったたってことだわ。ともかくビルはね、あすになったらジョリーの船に来させてくれ、って言ったのよ。了解、そうしよう、っていう応答もなされてる。ええ、ヘレンの言いそうなことはわかってますよ。船が行くまでに大波が来て三人をさらったと思ってるんでしょ。ちっとも驚かない。想像力に乏しい人の考えそうなことだわ。そんなわけがないじゃないの。

無線でのビルの声が忘れられない。何をどう言っていたか。いつもの夫の声だった。一つだけ気になったとすれば、通信を終える直前の、へんに間延びした空白だったかしらね。ほら、テレビを見てると、一瞬、映りが悪くて、絵が飛んじゃったりするでしょう。あんな感じ。

あたしはね、「もしかして」って考える人間なの。もし失踪の日に海が荒れてなかったのならどうなのか。もしビルが何かに連れ去られたとしたらどうなのか。何かってのはわからないし、言いたくもないけど――そんなような、そうだったかもしれないこと……何がどうで、どんな気持ちで、誰が来ていて、ひょっとすると三人の中に犯人がいて、なんていうことを考えない日は、いままで一日たりともなかったんですよ。さんざん考えて、たどり着くことは一つなんです。それを口にすると、あまりに馬鹿らしく聞こえるでしょうけど、あたしの考えではそういうことなんです。ぽつんと立ってる灯台。群れから離れた羊みたいじゃありませんか。ねらいやすい標的ですよ。

そんなことあるか、っていうお顔だわね。まあ、いいですよ。でもね、ものすごく大事だった人をなくしてごらんなさいな。それでもって、すぱっと区切りの線を引けるかってことですよ。もうおしまい、あの人はいないって、あきらめていられますか。あたしから言えることはそれだけ。いまだに夫の声が耳に残ってるんです。ええ、いまでも、はっきりと聞こえますよ。たとえば色物だけ洗濯して干してたりしますとね、家の中でビルが呼んでるような気がして、まるで昔みたいに、裏で自転車のチェーンを直してから、コーヒーでも淹れたら飲むかなんて言ってる声なんです。

もちろん、そんなこと、あるわけがないですよ。あの家から引っ越しちゃったんですもの。あたしの行き先を、あの人は知りませんからね。あの社宅には住みたくても住めなかったんです。あくまで灯台守の家族用で、消えた灯台守の家族用ではありません。ただ、事情がどうあれ、あの家を出たら、もう夫は戻らないと認めてるような気がしました。ふらりと戻ってきたとしても、すでに女房はいなくなっている。そんなことを思って、また悲しくなったりもします。あたしには社宅の管理人から連絡があるかもしれませんね。まあ、そんな幻想が頭をよぎるものですよ。

ヘレンは違います。幻想なんてありゃしません。冷めてる人なんです。だからこそ、取材なんかしたって、ほんとのことは聞けないでしょうね。真実なんていう言葉の意味もわかってないんじゃないですか。ずいぶん前から知ってますけど、嘘ばっかりが上手なんですよ。あたしに手紙やらクリスマスカードやらよこすんです。よけいなことしなくていいのに。そんなの読みませんよ。いっそ音信不通になってくれたらありがたいわ。

ヘレンという人は、それまでの生活を考えれば、少しは友だち付合いを欲しがったとしてもおかしくないんだけど、自分ではそんなこと言ってなかったわね。隣り合ってる家に住んでたんだから、もっと親しくなれてもよかった。どこだって主任の女房はそうだもの。ひとの家の面倒まで見て、男が留守なら自分が先頭に立って頑張ってる。社宅がうまくいってれば、灯台でもうまくいく。この稼業では、それが原則でしたよ。

ところがヘレンときたら、お高くとまってましたからね。一人だけ別格のつもりだったんでしょう。スカーフでも、装飾品でも、えらく洒落たものを持ってました。あたしなんか、どれだけの金余りになって、お洒落に散財したところで、きれいな女にはなれませんよ。そういうのは素質がどうかってことでしょ。自分が美人だなんて思えたことないんだから。

いまはもう、ふだんの生活では、すれ違うこともない人だわ。そもそも出会いたくなかった。ヘレンには信じるものがないのよ。それが人として不幸ね。あたしだって、もし信仰がなかったら、とうの昔に、世を儚《はかな》んだかもしれない。いまだって、もうおしまいと思わないわけじゃないのよ。だけど、子供らのことを思えば、そうもいかない。あっちにビルがいるんなら、行ってみようかとも思うけど、まだちょっとね。こっちの光を消したくない。

いつぞや〈トライデント・ハウス〉がね、あれはビルが自分でしでかしたことなんだと、あたしに思わせようとしたの。フランスの船に飛び乗って、新規まき直しで海の彼方へ去ったんだ……。あたしだって、そんなに気性が荒いわけじゃないけども、そこまで言われたら、我慢するのに必死だった。ビルがそんなことするはずないじゃないの。あたしを残して一人でいなくなるなんて、そんな人じゃないのよ。

あら、来たみたいね。テレビの修理だわ。

じゃあ、もういいかしら。もし何かあったら、また今度にしてくださいな。きょうは、これで――。あたし、一度に二つのことやってると落ち着かないのよ。これからテレビの人を見てないとね。今夜は『カム・ダンシング』のある日だから、すぐ直してもらわなくちゃ。見るべきものは、ちゃんと見ないと気が済まないのよ。

10　ヘレン

毎年、夏になると、彼の誕生日かそのあたりに、追悼の旅をすることにしていた。犬は友人に預かってもらって、列車に乗る。海岸への最寄り駅からでも三十分ほどの距離があるので、タクシーを使った。ほとんど昔のままだ。どこが変わったとも思えない。人の世は移っても、土台となる地球の動きはゆっくりしている。波がいつまでも飽くことなく岸に寄せて、ブナの木の葉は中国の扇子のようにゆらゆら揺れていた。

ヘレンは町の通りから折れた道をたどった。小さい虫の群れが雲のように浮遊する。道沿いに繁って塀のように続く枝葉から、カウパセリの匂いが熟れた熱気を含んで立ちのぼる。行こうとする道に落ちかかる影も熱そうだ。オレンジ色の太陽が黒っぽい木の枝に分割されている。〈モートヘイヴン墓地〉という標識を通過した。もう崩れかけたような墓がならんで、岬の崖に向けてつんのめりそうに傾いていた。崖の向こうには青一面の大海原が、まばゆいばかりに途方もなく広がっていた。

墓地に埋葬してやることはできなかった。岬にベンチが置かれて銘文が残っただけである。

アーサー・ブラック、ウィリアム・ウォーカー、ヴィンセント・ボーン
夫として、父親として、兄弟として、息子として——ひとしく愛された
「われらが父の慈悲は、灯台の光となって、永遠に明るく放たれる」

そんな海の唄をアーサーが口ずさむのを、彼女は何度も聞いたことがある。浴槽に腰かけて歌う声が、湯気の中から流れてきた。あるいは石鹸で顔を洗う流しからも、またベーコンの薄切りを焼いたり、ドアストッパーになりそうに分厚いパンを切ったりしているキッチンからも聞こえた。「われらまた小さくとも火を絶やさず、海を越えて光を届けん……」帰宅した彼に海草の匂いがついていることもあった。そのまま椅子に坐り込んで、油のしみた紙容器から酢の味がきいたポテトフライをつまむ。その手が大きくて、素焼きの鉢のようにひび割れて、爪の先は白っぽい輪が浮いたように見えていた。きっと手づかみで魚をつかまえた（かもしれない）。彼には魔法が宿っていた。海の魔法だ。半分は人間だが、半分は海の生物のようなもの。この男と結婚することになるとは、当初はまったく思わなかった。ところが、ある日、ボートに乗せられたら、それでわかった。見ているだけでわかった。海に出ると別人なのだ。うまく説明はできないが、どういう男なのか得心がいった。

「この先、灯台区域」という道標があった。プリムラやイラクサが群生して、曲がりくねる道にせり出すので、なおさら道幅が狭くなる。しばらく上り坂になった道を行くと、ようやくメイデンロック灯台が視野に入った。

コバルト色の海に映える灯台が、ペンで線を引いたように、はっきり見える。夏の間には、こ

の道をたどる灯台の愛好家もいるのだろう。ブラックソーンやドッグバイオレットの枝葉をすり抜けて歩いてきて、はるかに灯台を見る。銀の鏡に銀の筋をなすりつけたような遠景を鑑賞してから、ああ疲れた、冷たいものが飲みたい、と思いながら帰っていく。いま見た灯台のことは、覚えていてもいなくてもよい。

この先にも道は続いて、草の色彩を広げているのだが、金属製のゲートがあって通行止の表示が出ていた。「メイデンロック灯台、一般のアクセスは不可」

いまでは貸別荘のようになって、その契約をしないと家まで行けない。くねくね曲がる歩きにくい道にはゴミの回収も来ないので、プラスチックのゴミ箱をゲート脇にならべて、それぞれに白ペンキで番号が記されていた。

毎年、ここへ来ると、彼が歩いて出てきそうな気がした。もう一人いるかもしれない。二つの影が手を挙げるので、ヘレンも手を挙げて応じる。そうなればよいと思うしかなかった。そろうべき二人がそろって、やっと帰り道を見つけたのだと思いたかった。

Ⅲ

1972

11　アーサー
船と星

　夜明けになると、おまえのことを強く思う。その直前、一分か二分。夜がぽっかり口をあけて朝になり、海が空から分かれようとする。太陽は毎日欠かさず戻ってくる。なぜなのか知らない。おれはずっと光を守って、その光が暗闇に射していた。まだ消そうとはしない。きょうもまた太陽が出なくたってよさそうなものだが、やはり出てくるので、おまえのことを考える時間になる。おまえがどこにいて何をしているのか。こんなことを考える人間ではないつもりだが、いま、この瞬間には、そのようになる。一人さびしく夜を徹した人間には、つい信じそうになることがある。太陽が毎日上って、その夜明けのたびに、もう要らなくなった光を消して下りていくと、おまえが来ているような気がする。ほかの誰かとテーブルについているのだろう。あれから大きくなったのか、あるいは最後に見た姿のままなのか。

灯台で十八日

何時間か過ぎていって、夜になり、夜が明けて、何週間か過ぎている。海はどこまでも揺れて広がり、雨がたたきつけ日が照って夕方になり朝になる。薄闇、真っ暗闇に交わされる会話がある。現実にはなかったかもしれないし、いま進んでいるのかもしれない。

「またテレビでやってましたよ。『マスターマインド』っていうクイズ番組」と、ビルが言う。いま炊事場にいて、くわえタバコで貝殻細工にかがみ込んでいる。この男が来てすぐに、灯台守は趣味がないと務まらないと教えてやった。それで手先が器用になるなら、なお結構なことだ。毎日やっていれば立派な職人芸になる。その昔、上司だった年かさの主任に、帆船の模型をボトルに入れる技術を教えられた。きっちりと帆を接着する作業が面倒くさいと内心では思った。準備に何週間もかかってから、ようやくボトルにすべり込ませ、ロープを引いて帆を起こす。もし一カ所でも帆桁の位置を間違えていたら、すべて台無しになる。人間は孤独になってこそ限界を極める。メイデンロック灯台に二十何年か勤務しての実感だ。ビルはまだ二年である。

「いい答え、出たか?」

「十字軍、『サンダーバード』」

「おまえも出演したらどうだ」

「得意ジャンルは何にしよう」

「知ってるものなら何だっていいさ」

ビルは彫っていた貝殻を息で吹いて、仕事の手を止めると、両腕を頭のうしろへ回して、椅子の背にもたれかかる。この主任補佐は、生真面目な顔をして、耳のまわりで髪を切りつめ、目鼻立ちが小さくまとまっている。もし陸の上で見かけたら、会計士とでも思うかもしれない。シガレットの煙が鼻の奥に吸い込まれて、口の両端から二筋の気流になって吐き出され、最後に吸っていたやつが残した薄靄《うすもや》と混合する。

「いろいろ知ってるつもりだけど」と彼は言う。「ちょっと囓ったようなことばっかり」

「海のことならわかるんじゃないか」

「ちょっと漠然としてないかな。そんなこと司会者に言えないでしょ。海なんて広すぎて、もっと絞らないと、取り上げてもらえない」

「そうか。じゃあ、灯台ってのはどうだ」

「ずるいこと言っちゃだめですよ。自分の職業を得意ジャンルにはできませんね。名前はビル・ウォーカーです、職業は灯台守、ジャンルは灯台にします、なんてのは無理」

彼は吸っていた〈エンバシー〉のシガレットを消して、もう一本に火をつける。いまは寒い季節のことで窓はぴったり閉めているのだし、炊事も、喫煙も、また煙の出る炊事も、ここだけで行なうと決まっているので、さすがに空気はどんよりして、いよいよ霧が立ちこめたようになっている。

「またヴィンスが来るよな」

ビルは鼻から煙を出して、「だから楽しいとも楽しくないとも言いませんよ」

おれは彼のマグを取っていって、電気ポットをオンにする。ここでの生活は、昼も夜も、何杯かの茶を飲んで時間の区切りができている。真冬になった十二月なら、なおのことだ。明けるのが遅く、暗くなるのは早い。いつだって痺れるように寒い。朝四時に起床して見張りの役につく。昼食後に昼寝して、また起きる。カーテンは閉めている。もう午後ではない。きょうなのか、次の日になったのか、週が変わったのか、どれだけ眠ったというのか。

このマグはフランクの所有物だ。赤地と黒地に「ブランデンブルク門」という文字が出ている。あすになればフランクは陸地に戻る予定なのだが、細かいことを気にする性分なので、きっとマグも持ち帰るだろう。置きっぱなしにして傷でもつけられたら困るということだ。茶の飲み方は人によって違う。ここで茶を淹れるなら、それを忘れてはいけない。何週間かぶりに来るヴィンスにも、しっかり守るべきものは守ってやる。仲間を大事にすることになる。もし家にいたらへレンに砂糖を入れさせてもらえないが、だからといって反論するまでもなく、言うことをきいて波風を立てない。ここにいれば混ぜっ返してふざけることもある。――まったく物覚えが悪いな、そこらへんの漁網のほうが、よっぽど引っ掛かりがいいぜ……。

「フランクは、まずミルクを入れますよ。ティーバッグ、ミルク、それから湯をそそぐ」

「馬鹿言え。ミルクは二番目だろうが」

「だから二番目」

「そうでなきゃ抽出から浸透にいたらない」

「また、小難しいこと言っちゃって」

「おれがロングシップス灯台の主任だったら、そういう口はきかねえほうがいいぞ」などと雑なことを言い合うのも茶の流儀だ。憎まれ口をたたき合って話を弾ませる。それだけ気心が知れていることになる。誰が誰で、誰が主任か、どうでもよい。ここに来れば、さらりとそのようになる。また陸に戻れば、そういう言葉遣いは脇に置く。たとえ五分間でも女房どもに聞かれたら、さぞかし大騒ぎになるだろう。うっかり口走りそうになったら、舌を嚙み切ってでも我慢しなければならない。——よう、留守中どうしていやがった、やっと会えたってもんだが、茶の時間にはどんな食いものにありつけるんだ……。

「きのうの晩に出た女は、太陽系って言ってた」

「そんなのでいいのか。海よりもよっぽど広いぜ」

「そりゃそうなんだけど、質問の取っ掛かりってもんで、惑星やら何やら聞けることがある。海王星がどうとか、土星がどうとか。天王星なんてのは絶対に出るね」

「まったく切りがねえな。くだらんこと言ってやがる」

「海だと、ぼやけちゃうよな。わかんないことだらけで」

「だからいいんだ」

「どうだかねえ。わかりにくいものはいやだな」

ビルが配属されてきた当初は、どうなることかと思った。打ち解けてくるやつもいれば、そうでないやつもいる。ビルはおとなしい男だった。何となくロンドン動物園で見た雄ゴリラを思い出した。展示施設にいた動物の、あの表情にあったものは何なのか、ずっと考えさせられている。怒りと倦怠。それすら燃え尽きたか。おのれに対する諦観。おれという人間への哀れみ。

しゃべる時間はたっぷりある。とりわけ夜半直の場合には、つまり深夜から午前四時までの当直となると、どこへでも暗い夜道をすべり出すように話が進んだ。朝になれば、もう一切口にしないようなことである。当直の勤務では、まず交替の明ける者が引き継ぐ者を起こしに行く。それから茶を淹れて、チーズとダイジェスティブビスケットを皿に載せ、灯室へ上がって一時間ほど話し相手になってから、ようやく就寝する。しっかりと後任の目を覚まさせ、一人になって二度寝したりしないようにという用心なのだ。ビルはおれとの時間ができると、昼間だったら言ったことを後悔するような話までしていた。――いまとは違った人間として、違った生き方をしてみたかった。ノーと言うべきところでイエスとばかり言っていた。ジェニーは彫った貝細工を欲しいと言うが、これは夫婦でも譲らない。貝殻だけのことではなく、自分の心にしまっておきたいものはある。

一眠りしておこうと寝室の階に上がる。寝棚は壁に沿ってバナナのように曲がっている。駆け出しの時分には慣れるまでに苦労した。陸に暮らす人は、そうと聞いてびっくりする。「まさかと思ったよ。ほんとに曲がったベッドなんかに寝るのか?」しかし長年の間には、その曲がりに背骨が対応してくれたようだ。初めのうちは灯台に二カ月いると背中が痛くてたまらず、陸に上がってからも二倍は年をとったように張っていたというのに、いまはもう痛いとも思わなくなっている。通常のベッドで横になると強ばって寝心地が悪い。まっすぐ上向きに寝ようとすると大変で、いつのまにか丸まった姿勢になって目を覚ます。

ばたんと転がって、すぐ寝つければよい。夜が更けても、朝が早くても、夜半直の当番が光を向けてくる前の、ふと影に埋もれるような時間にも、眠れるのなら眠りたい。

以前には、消灯すればすぐ寝られた。だが近頃は眠りが逃げていく。乾いた爪先を立てるように、たたっと逃げる。心の方向が変わって、深い海が、ヘレンが、幻影のように浮かんでいる。あるいはまた陸に戻ってから、やっと遠くに見えている灯台。あっちとこっち、その両方にいるような、どちらにもいないような感覚に、そんな馬鹿なと思いながら目がくらみそうになる。いまは寝棚と室内を隔てるカーテンに背を向けて、暗闇の中で壁を見つめ、海の音を、ゆっくりした自分の心音を聞いている。心がまた向きを変える。考える、思い出す。

十九日

快晴。つまり勤務明けのフランクには上々の日和だ。やっと来た補給船が帰っていくのは昼食の直前くらいになりそうだが、総じて順調と言えるだろう。出ていくフランクとの入れ替わりで、ヴィンスが島に来ている。この男は、海が荒れた日でも、ひょいと船から上がって、灯台下部のセットオフまで、事もなげにたどり着く。まだ若い。髪の色は黒くて、〈スーパートランプ〉のメンバーのような髭を生やしている。仕事を引き継ぐのに手間はかからない。どんなものでも置き場所はわかっているのだし、持ってきた私物の行き先にも迷いがないので、まったく滞りなく元通りの任務に収まっていける。防水袋に密封されて、留守宅からの手紙が届く。おれには「主任宛」という公用の通知もある。

「あれじゃ、おしまいだね」ヴィンスが言う。「ブレジネフに月はない」

食料の搬入がなされるまでの雑談で、ヴィンスがソ連の月ロケット計画の話をしている。先月、打ち上げ後に空中爆発する事故があったのだ。ここにいて現実世界のことを聞くと、なんだか調子が狂う。いわば別世界だ。そんな世界は存在しなくなったも同然で、しばらくの間、こちらには何も知らされなくなっている。おれには無用な世界になったかもしれない。大きな町も、小さな町も、あるいは男が寝そべった二人分の身長より広い部屋も、すべて明るすぎて騒がしくて軽薄なように、また不必要に複雑なものに思えてくる。

「共産主義のやつらめ」ビルが言う。「どうしようもねえ連中だ。ひでえもんだが、戦争になるのがいやなら、ただ我慢してなくちゃいけねえのか」

「よせやい」ヴィンスは言う。「おれ、平和主義だから」

「ああ、そうだっけなあ」

「まずいことある?」

「平和主義ってのは、何にもしねえことを体裁よく言ってるだけだろ。もじゃもじゃと髭を生やして、ロンドンの町を女とやらかして回るだけのことだ」

ヴィンスはのんびり坐って、タバコを吹かす。ここへ来るようになってまだ九カ月なのだが、すっかり古顔になったように居着いている。いままでに灯台守になったやつは何十人と見てきたが、どうしても相性というものが出るようだ。ビルがこの若い男となじめているのかどうか、ちょっとわからない。

「うらやましいんだろ」ヴィンスが言う。

「うるせえ」

「二十二歳だったのは、どれだけの昔なんだ?」

「そこまで突っ込まれるほどの昔じゃねえよ」

この二人はこんな調子である。ビルはまだ三十代なのだが、それをヴィンスが年寄り扱いして、ビルは怒ったように言い返す。その場の冗談ということになっているけれども、ビルは笑ってばかりもいられないだろう。若い暮らしをしたことがない。二十歳前には所帯を持って、もうジェニーは子供が欲しいと言いだしていた。ずっと灯台に勤めて生きることもわかっていた。

ヴィンスは燻製のハムを持ち込んできている。これを火にかけ、卵を一つ割り入れると、じゅうじゅうぱちぱち跳ねながら、たまらない匂いがする。ビルもおれも缶詰ではない肉を食べたのは二週間前のことだ。缶詰の肉だってないよりはましだが、やはり本物にはかなわない。缶から出てくるものは、フルーツカクテルであれ、スパムの厚切りであれ、どれも同じような味に思えてくる。缶の味だ。いや、スパムだって、ちゃんと火を通せば悪くないのだが、ヴィンスやフランクが炊事当番だと、ただ缶から皿に出しただけということになって、いっそ菜食主義に転じようかという気にもなる。

きょうはビルが当番だ。この中では料理がうまい。ヴィンスは使いものにならない。おれは一応どうにかなるのだが、ビルとは違って陸地でもさんざんすることなので、こっちに来て頑張ろうとは思わない。ビルには世話女房がついている。ビルに言わせれば、「ケツの穴を拭く以外は」何でもしてくれるのだそうで、それもまた刑務所に入ったようなものらしい。するとヴィンスが、刑務所ってのはそんなに甘いもんじゃないぜ、と口を出す。オレンジ・メレンゲも、ババ・オ・ラムもありゃしない、足を揉んでくれようって女もいない。これにビルが、実地に知ってやがるんだな、と切り返す。そろそろおれが間に入らねばならない。それ以上の波風を立てないように、冗談のままで終わらせないといけない。

「主任さんは、どう思う？」ヴィンスが言う。

「何のことだ」

「蓋をしておくか、吹きこぼれさすか」

おれだったら、冷戦がどうしたとか、ニクソンとソ連がどうなったとか、モスクワを飛び立った日本の飛行機が落ちたとか、そんなのはどうでもいいと言うだろう。こうして灯台に上がっていて、ほかに二人がいたとして、ただいるというだけで期待も干渉もせず、夜になれば光を照らし、夜が明ければ光を消して、眠って目覚めて、しゃべって黙って、生きて死んで、それぞれが自分の島を守るなら、あとはもう何も考えずにいられるんじゃないのか。

そんなことを口には出さず、「できれば平和を維持したいよな」と言いながら、いま現在、この場において、そうあってもらいたいと思っている。

だがヴィンスが宇宙船の話を持ちだしたおかげで、何年も前の記憶がよみがえる。夜明けだった。当時はビーチーヘッド灯台に勤務して、一人だけ灯室に上がっていた。まもなく朝の太陽を迎えようとしていると、海に落下するものがあった。とろりとした霧の朝で、いまだ消え残る星もあるという時刻。ちょっと見上げれば天国があってもよさそうではないかと思うほどの美しい朝になっていた。そこに飛び出したものがあったのだ。鈍い金属質の光をゆらめかす物体が飛んで、海中に没し、跡形もなく消えた。その大きさはわからない。距離感もつかめない。上から見る海は、ただ茫洋と広がるだけなのだ。

それを見たのは確かだが、では何だったのかとは言えない。飛行機の部品、たとえばフラップかスポイラーだったとしたら、それで説明はつくだろう。しかし、あの動き方は、どこか違っていた。偶然の落下というよりは、美しい意志のようなもので動いていて、それを言葉では形容しがたいのだ。人に話したことはない。ほかの連中にも、ヘレンにも言っていない。だが一人で思うことはあった。あれは、おまえだったのではないか。

　あんなに貴重な贈り物をしてくれた。そう思って、おまえに感謝している。

　寝室は暗い。誰かが寝ているか、寝ようとしているのが普通なので、昼夜を問わず暗くする。冬であれば、たった一つの窓の外は、夜明けでも夕暮れでも似たようなものだから、それでまた時間の見分けがつかなくなる。ドアを閉めようとする手が、ぼやけた静物のように浮いて、おれの手ではなく、もっと若い男の手のようにも見える。どこか別の世界で、ドアを閉めるのではなく開けようとしている手なのかもしれない。

　このところ『方尖塔と砂時計』という時間の歴史を述べた本を読んでいる。モートヘイヴンの町を歩いていて、貧困支援団体《オックスファム》のチャリティーショップで見つけたものだ。ただ読んだだけの事柄でも、いずれ自分の目で見ることになる。そんな気がしてならない。エジプトのピラミッド、南米の寺院、バビロンの空中庭園――。いつそうなるかは、どうでもよい。そうなるかもしれないと心の中で思っていることが大事なのだ。

　ヘレンと結婚してから、ヴェネツィアへ行ったことがある。一週間滞在して、油っぽいパンや、ピンク色の薄紙みたいなハムばかり食っていた。じっとり濡れた街路をめぐり、くぐった橋には塩を振った卵のような匂いがした。いまとなっては、あれが現実だったとも思われない。沈下した影と水の世界。鐘の音が鳴って黄金の屋根があった。

時間の本は、やわなペーパーバックで、表紙に日時計の絵が出ている。島の灯台にいると、時間を日割で考えるようになる。三人のそれぞれが八週間の任務を何日まで勤めたか——。ヘレンに言わせれば、壁に印をつける囚人みたいだそうだが、あながち的外れでもない。古代の中国では、ロウソクを灯して時間の経過を知ったそうだ。ロウソクに目盛りの線を引いておいて、どこまで溶けたかを見る。そうすれば時間を失うことがない。溶けたロウを回収すれば、また成形して火を灯すこともできる。同じだけの時間が戻ってくる。

ヘレンは知らないし、また知らせるつもりもない。おまえのことは誰にも言わない。うかつには語れないというものがある。おまえもそうだ。それよりはロウソクのこと、燃えて進む時間のことを考える。時間とは、過ぎたら永遠に消えるものなのか。あるいは取り戻す手立てがあるものか。おまえを取り返せるとしたらどうだろう。

ここの勤めも長くなりすぎた。さびしい夜の暗闇が、くるくる回って、ほどけて、黒い海へ落ちていく。空は海よりもなお暗い。ひねくれきった皮肉屋に朝の当直をさせたら、太陽が上がり、充血した空がオレンジ色に染まったところで、それだけのことだと言うかもしれない。そんなことはない。

目を閉じると、その目の奥に、灯火がちらつく。それが海岸で明滅し、暗闇から呼びかけるように、光って、また光って、こっちを向いてくれと言っている。

12　ビル
海を越える

灯台で三十五日

　こうして灯を点すのも何度目になるだろう。いつも一年のうち八カ月は来ている。予定通りにはいかないが、だいたい一年に二百四十日。いままでの勤続年数を掛け算すれば、そろそろ十五年になるのだから、この光、このような光を三千六百回は点灯させたことになる。灯台に滞在したのは延べで何時間だったか、ということまでは数える気がしない。

　アルコールバーナーで燃料を気化させ、その栓をひねってマントルに送り白熱させる。もう目隠しをしていたってできそうだが、そんなことが許されるわけがない。ガラスの檻のように組まれたレンズの内部に、まばゆく燃える光がある。メイデン灯台の光は、それ自体が動くのではない。光源を囲むレンズが回転して、強めた光の束を海に投げている。

　いま八時だ。真夜中には休める。そのあと一晩寝られるのなら、陸地で普通に言う「夜」と同じだ。それまではバーナーが詰まらないように、圧力が下がらないように見張っている。天候、気温、視程、気圧、風力の記録をつける。たいして気を遣うことでもなくなっているし、それさえ果たせば、ただ坐って考えごとでもしていればよい。これまでの運命が気に入らないのなら、人生をがらっと変えることはできるのか。そう考える時間はいくらでもある。ここにいて点灯する、消灯する、という時間には、おれの一存で世界が決まる。夜明けも日暮れも思うがままだ。すっかり偉くなった気がする。

女房からの荷物を、ヴィンスが預かってきてくれた。手紙も入っている。すぐに読まないと、なんだかジェニーがここに来て見ているようで、いつまでも気がかりなままだ。一人で灯室に上がっていて、誰かもう一人いるのではないかと思うと、そんな気がしてくる。好むと好まざるとに関わらず、この場にいるように感じる。すぐ隣に坐っているのかもしれなくて、腕の毛がむずむずするくらいだ。あるいは背後から後頭部を見られているのか。あんまり考えてもらいたくないことを、何やかや考えているのかもしれない。念のため振り向いても誰もいない。やはり灯室に一人きりだ。わかっていても振り向く。

いつものように手作りのチョコレートが箱入りで届いている。BBCのラジオドラマでも聞きながら、スプーンで一つずつ紙型に流すのが見えるようだ。ジェニー・ヒートンという女を初めて見たのは、学校から帰ろうとしている姿だった。髪の毛を編んで、すっぽりと膝にかかるスカートをはいていた。ジェニーは自分の膝が気に入らなかった。ごつごつしているのが嫌なのだそうだ。それがコーニッシュ・パイのような膝だと姉に言われたことがあって、ずっと気に病んでいた。おれにも似たような覚えはある。隣の家に住んでいたスーザン・プライスという娘と付き合ったことがあるのだが、それで何カ月もたってから、「あんたって背が低いのよ、ビル・ウォーカー。もっと背の高い人がいい」と言われて終わった。

ジェニーとの出だしは悪くなかった。彼女が母親と住む家に行って、二人でベッドに寝転がった。母親は一階のソファで酔っ払っていた。ジェニーがひんやりした手の指を、おれの手に絡めてくる。キルトのベッドカバーの下で、彼女の膝に触れながら、いいじゃないか、全然おかしくないと言ってやった。もう一度キスしていいかとも言った。さほどに口はきかなかった。おれは口数の多いほうではないし、そのことに彼女もこだわらなかった。そういうところは、ほかの女よりよかった。ある晩、暗い中の小声で「あたしたち、似てるね」と言われて、ずっと朝まで不安なまま横になっていた。ここへ来ているのは、要するに女の子と寝たかったということだ。そうと兄貴たちにも言っていられる。ひたひたと欲求が迫ってきた。キーは鍵穴に。

ジェニーの手紙はホテルの便箋に書いてあった。かつて新婚旅行で泊まったブライトンの洒落たホテルからくすねたものだ。

ビル、会いたいです。もう一カ月は過ぎましたね。家の中に大きな穴があいたようです。すぐ帰ってこられるならよいのだけれど。毎日、子供たちには、いつ帰ってくるのと言われます（それもまた気苦労です）。いつも泣いて暮らしてます。赤ん坊も夜通し泣いてます。しっかりしなくちゃと思いますが、やっぱり苦しいです。まだまだ先が長くて、会えない時間のやっと半分だなんて、もう絶望。あなたが帰ってこないと、何も手につきません。どこへ行こう、誰と会おう、という気がしません。どうせ泣いてしまいそう。泣かないように我慢するのが大変です。

あのベッドの中で、絡めてきた指の感触を思い出す。

こんな気持ちがわかる人はいないでしょうね。あなたにいてほしい。どれだけそう思っていることか。一人で頑張るなんてつらいです。ほんとに胸が痛いです。今度ばかりは、あなたがいなくなってから本当に具合が悪くて、その様子をハンナに聞かれてしまったので、午後に食べたミートボールのせいだなんて嘘をついてごまかしました。あなたがいないと、そういう嘘ばかりになります。わたし、どうかしてますね。あなたはいかがですか。

炊事場に下りて、ヴィンスが持ってきた〈マザーズ・プライド〉の白いパンをトーストする。コマーシャルでおなじみの普通の食パン。ここで焼き上げるパンでは、トーストにならない。ごろんとしたパンの塊は、クランペットのようになったり、スコーンのようになったりする。グリルで焼くと、トーストの端っこが焦げるのだが、それはそれで好みだ。ちょっとは焦げたほうが、炭素がどうとかで身体によいという説を聞いたような気もする。どうせマーマイトを塗りたくるから、焦げ目も何もあったものではない。そういうトーストにかじりつくと、焚き火に枯れ枝をくべたような弾けた音がする。

自分がこうなっていることは、まず仕方ないと言うしかない。おれには意気地がない。そういうことだ。十歳だった頃、もう寝るはずの時間に、懐中電灯の光で本を読んでいたら、親父に横っ面を張り飛ばされた。「へんな目の使い方しやがって、見えなくなったらどうすんだ。眼鏡かけたんじゃ雇ってもらえねえぞ」と言われて、そんなものなのかと思い、もし灯台だけが生きる道なら、そうするしかない、ほかにどうしようもないとも思った。ずっとあとになって、病んで伏せった親父は、どんどん痩せていった。ついに消えていく日が来たのだが、口ということになっていた悪態の穴だけは閉じることなく、「おまえのせいだ」と、ざらついた声を出していた。そう言われれば、その通り。袋ごと水に沈められる子猫のように、ねじくれた逆子になって生まれたのだ。

まったく海が染みついた一家だった。死んでも海から離れられない。親父のいとこだという女がドーセットに住んでいたが、ウェスト・ベイを見下ろすアパートには海の絵がずらずらと掛かっていた。旧約聖書に出そうな画題で、空も海も荒れ狂い、船が大揺れの波に揉まれていた。あの家に行くのはいやだった。渦巻く波、争う軍船。大砲が火を噴き、マストの赤い旗が強風に煽られていた。その部屋にドライシェリーと、さくさくしたクッキーの匂いがした。クッキーは彼女が自分で焼いて、ポリ袋に保存していた。彼女が死んだときには、ライムの港から船を出して海に散骨したのだが、かなりの量が風に戻されて、おれの顔にかかった。この海というやつには、こうまで付きまとわれるものかと思った。

おれは結局泳げないままだったが、そんなことはどうでもいい。泳げなくたって灯台の番はできると親父も言っていた。水泳の授業では、教師がレンガを水に落とした。おれは目を閉じて、鼻をつまんで、水面でもがいていただけだ。詰まったような耳の中に、子供らの嘲笑が響いていた。

灯室に上がっていると、時間がじりじりと這い回る。その経過が目に見えない。どれだけ過ぎたのかわからない。もちろん寝ずの番をするために雇われているのだし、また絶対に寝ていないと言いきれるのだが、うっかり仮眠状態に近づくこともあるには違いない。灯室に一人で詰めていると、あれこれ突拍子もないことが頭に浮かんだりもして、これはもう夢だと考えるしかないからだ。ジェニーが陸地の家にいて、赤ん坊が泣いている。娘どもが喧嘩して騒ぐ。おもちゃがカーペットに散らかって、シンディ人形は服を脱がされている。その首が反対にひねられ、胸と背中が入れ替わっているのは、ボーイフレンド役の人形を買ってもらえないからで、しかしジェニーにしてみれば、そんなものを買ったら、どこまでも切りがなくなる。夕方の食卓で、フィッシュケーキをめぐって、きいきいと叫び声があがる。あの家にもう帰らないというのは、どうだろう。

女房は、おれが交替して帰る日を、指折り数えている。その日が来れば、いよいよ補給船が出て、天気も良さそうだというので、大張り切りになって、いつもの支度にかかる。食いものとか、飲みものとか、おれの昔の好物で、いまではどうでもいいものを取りそろえようとする。ただし、おれは戻らない。どこへ行くのか、どうしたらそうなるか、そんなことまでわからない。だからいいのだ。そうなる、というだけ。

真夜中のちょっと前に、寝ているヴィンスを起こしに行く。手を突き出して揺さぶり、いつものように、「こら、時間だぞ、起きろ」と挨拶をする。それから炊事場へ下りて、トレーに茶の用意をする。ヴィンスは一度では起きないので、茶を淹れてからもう一度、突っつかないといけない。それでようやく重い尻が上がって、やつも灯室へ行く。

おれはクッキーを皿に載せるような人間ではないのだが、なぜか灯台にいるとそういうことをする。大きな楔形をした〈デビッドストウ〉のチーズを二つ添える。だいぶ古くなって、端っこから変質してきたようだし、ぽつぽつと白くなりかかっているので、早いところ食ってしまうのがよい。

ヴィンスがさっさと灯室に上がっていたのは意外だ。パジャマの上に革ジャケットを引っ掛けている。そういうところはアーサーとまるっきり違う。アーサーは主任とはいいながら、すぐにでも本部の査察を受けるような格好で、髭を剃り、髪をとかして、靴を磨いてから任務につく。そこへいくとヴィンスは、チェーン店で買った寝巻きのまま、犬の皮かと思うような上履きを突っかけて、うろちょろ歩いている。

いままでの経験として、同じ灯台で暮らしていれば、すぐに相手の行動パターンが読めてくるものだ。ヴィンスはここに来て一年にもならず、勤務の入れ替わりに変更もあるので、おれと組んだ時間はわずかなものだが、灯台での一ヵ月は陸地で付き合う十年にもなるような気がする。ヴィンスはまず茶を飲んでからしゃべり出す。そうなると普通の雑談ではおさまらない。天気がどうだとか、光の具合がどうだとか、その日の様子を言うのではなくなる。当番を引き継ぐ境目の時間には、およそ反則というものがなくなって、何をしようとお構いなしだ。言っていいことも悪いこともない。そういう時間に、ヴィンスが収監された事情を聞いた。よくあるケチな犯罪ではない。ひどいこともあった。

「どういうところが苦手か、まだ聞いてなかった」彼は言う。

「何の話だ」

「これだよ」彼は歯を突っつきながら、「この海」。

「ああ、そもそも嫌いだ」

「なんで？」

「どうだっていいじゃねえか。たとえば飛行機のパイロットに向かって、もし飛ぶのが好きなら、空が好きだってことだろうから、操縦席から飛び出せばいいなんて、そんなこと言わねえよな」

「でも、いやになる理屈ってもんがあるだろ」

「どうだか」

「おれは、犬がいやだ」ヴィンスが言う。「養い親だった一人が、やたらに凶暴なロットワイラーを飼ってやがった。ある日、おれが何にもしてねえのに、そいつが飛びかかってきたんだ。おれの腕に噛みついて揺さぶりやがる。大きな肉にかぶりついたようだぜ。まあ、犬にしてみりゃ、おれの腕だって肉なんだろう。そいつの名前がペタルだぞ。あんな犬のどこが花《ペタル》びらだ。あれっきり犬なんてものは、どうもいけ好かねえ。見るたんびに襲われそうな気がする」

「おれと海とは、どっちからも素直になれなくてな。変なこだわりがある」

「海にそんな感情があるとも思えねえが」

ところがそうなのだ。知らん顔をする。あのドーセットの家、つまり親父のいとこである女のアパートに泊まった夜は、親父がおれに目を向けてきた。その目が瞬きもしない。誰もが寝静まった時刻に、おれが寝ている部屋へ来て、ベルトをはずし、おれのベッドの足元側に坐り込む。手首が月明かりに白く浮いていた。はずしたベルトをどうするか、おれをどうするか、すぐには決めかねていたようだ。壁に掛かっていた絵から、海がおれを睨んでいた。海は何もしてくれなかった。いまでもそうだ。

「むかつくんだ」と、おれは言う。「海なんてもんが胸くそ悪い」

「船酔いするのか?」

「ちがう」

だが、それもなくはない。海を越えるのは大嫌いだ。好天であっても気に入らない。びっくり箱の人形みたいに揺さぶられる。あんなことを二度としなくてよいのなら、おおいに結構だ。船が岸に着いた瞬間に、もう帰りの道を恐れている。陸の上にいて、また出ていくことを恐れている。家に帰っているか灯台に来ているか、どっちかでよさそうなものだが、そういうことではない。どこだって生きていて面白くない。彼女がいれば別だ。

「いやなら商売替えすればいいのに」ヴィンスが言う。じっとりしたチーズをむしゃむしゃ食って、ずるっと茶を飲んでいる。

「うるせえな、ゲシュタポの尋問かよ」

「そう噛みつくなって。おっかない犬じゃあるまいし」

「ともかく社宅があるからな。まずまずの条件だ。ほかに仕事なんていう当てもない」

「職業訓練のやり直しとか」

「おまえだったらいいだろうが、おれは女房子持ちで、食わせるもんを食わせないとな。すったもんだの繰り返しだ。週の稼ぎは二十三ポンド。どうなるってんだ」

「いずれは主任?」

「おれはアーサーじゃねえよ」

「なれるんじゃないの」

クッキーを口に入れたのに、カーペットを食っているような気がする。「おれはアーサーとは違う」

ふと言ってしまいたくなることがある。おれがアーサーにしたこと。いまでもしていること。それを言葉にしたら、どう聞こえるのか、それだけでも言ってみたい。ヴィンスには言えそうな気もする。と思っていたら機を逃した。

「おれはさ、ここに戻ってきてるとうれしいんだ。こういう灯台、いいよな。美しいよ。こんなの見たこともない。だからやってるんだ。そのうち肩書きも良くなって、あんたみたいに主任補佐だ。社宅だってもらえる。いずれ主任だな。灯台暮らしの人生だ」

「それくらい、わけもなかろう」

「これって一種の技術職だと思うんだ」

「何が技術だ。火を燃やして、光を飛ばして、また消すってだけのことじゃないか。たしかにクリーニングは面倒くさいが、そんなのは猿だって訓練すればできるだろう。あとは無線機の点検、ちょいと炊事、そんなもんだろうが」

「いや、そうでもないと思うぜ」ヴィンスは言った。「前にも言ったが、おれ、刑務所にいて案外なじんでたんだ。そういうやつと、そうでないやつがいる。塀の中でなじめるなんて変だと思うだろ。普通に考えりゃ、外にいるのが正しいんだよな。だけど、どっか狭いところにいて我慢できるんなら、それでいいんじゃないのかな。ワンズワース刑務所だろうと、島の灯台だろうと、鉄格子があるかないかの差だけで、閉じ込められてるには違いない。それさえ平気だったら暮らしていけるんだ。塀の中にはライオンみたいに荒れ狂ってるやつらもいたよ。しょっちゅう喧嘩したり、ものを壊したり、自殺だってしてた。そんなのはつまり、自由の身になるってことを考えちゃうからだ。あのなあ、ビル、おれは中にいる間ずっと、いまが自由なんだって思ってた。そう思わなかったことは一度もない。だったら何かありそうじゃないか。それを言いたいんだ。

もし灯台にいるのがいやだとしても、ここが灯台だからってことではないんじゃねえかな」

おれの場合は、メイデン灯台に着任して、島へ上がるだけで、ひどい目に遭った。この島のことは話には聞いていた。海が荒いから、ぼんやりしてると魚の餌になるぞ——。おれと入れ替わるはずの臨時要員は、すでに帰る予定を二週間も過ぎていて、その妻は病身だった。そうでもなかったら、あの天候で交替させようとは〈トライデント〉も考えなかっただろう。波は大きく揺れて、バケツでぶちまけるような雨が降っていたが、決行せよと言われて出ることになった。

途中の海では、船縁から顔を突き出している時間が長かった。船長が吸っている葉巻の臭いに、波しぶきの塩気と胆汁の苦味が入り混じった。プールの底からレンガを取ってくる水泳訓練を思い出した。もし溺れるとしたら、目も耳もきかなくなって、じたばた暴れて死ぬのだろう。

大荒れの海だった。うねる波が押し寄せて、船は持ち上げられ、落とされた。船首が風に負けそうで、思うように進めない。そんな海の中に見えてきた灯台に、妖しく魅入られるような気がした。大型の人工物にはそういうところがある。巨大な鉄塔、冷却チムニー、打ち上げられたコンテナ船の鋼鉄の胴体。

たいして準備することはない。島に着きさえすれば、あとは船とセットオフにいる連中にまかせる。そういう仕組みだとわかった。自分が荷物になったと思えばいいとも言われていた。備品の箱が搬入されるのと同じことで、しっかり上げてもらえるものと腹をくくって運ばれる。ロープの前後にいる人間を信用するしかない。だが、この日の困り者は、人間でもウインチでもなく、どうしたいのかわからなくなっている海だった。おれは安全ベルトの操作にもたついて、脇の締め方が甘くなり、留め具にしがみつく手のひらが痛かった。

宙に浮いた。もう吐きそうだ。じりじりと引き上げられ、ついに灯塔が迫ってくる。なるべく下を見まいとした。波しぶきの飛ぶ海面から、どれだけ離れたのか見たくない。

がくんと落ちた。海が三十フィートも下がって、船が一気に遠ざかる。どなり声が飛びかって、まずい、としか思えない緊張が走った。ぎゅっと目を閉じた。どうなっているのか、どうでもいいような気がした。しばらくベルトに吊られて自然のなすがままになった。波が靴底をかすめては、すっと引っ込んでいく。船からの怒声が聞こえた。

「上げてやれ、早く!」と言ったかと思うと、

「戻すんだ、死んじまうぞ」とも言う。

雨が顔にぶち当たり、風はびゅうびゅうと衣服の中まで吹きつける。目を開けたら、セットオフから乗り出さんばかりの男がいた。灯台長アーサー・ブラック。この主任の手が届きそうなところにある。おれも手を突き出したが、そうはさせじとする海のせいで、いやというほどコンクリートにたたきつけられ、まともに息ができるようになるまで数分間かかったのではないかと思う。「ようし、いいぞ。もう大丈夫だ」主任が言った。おれは梯子段をつかんだ。冷えきって滑りやすい。どうにか一段ずつ上がって、ぼんやり見えている暖かそうな入口へ向かった。

アーサーが茶を淹れて、タバコもくれて、おれは温もっていった。

みっともない、と思われているのはわかった。すんなり来られないやつだ。吐いたものを胸に

垂らして、心も恐怖にまみれている。下の者に手を差し伸べる男ではない。ただ受け取るだけの手をしている。いずれ主任になっていく人間の器ではない。水面でもがくだけで、水底のレンガには届かない男だ。

おれは貝殻に細工をしたあとで、その出来がよかったとしても、寝室の窓から海へ投げてしまうことがある。風に乗って遠くまで飛んでいく。ああして海へ戻っていくのだと思うのは悪くない。何百万年もの時を越えている。すごいものだ。原始からの波に揉まれた末に、遠い岸辺に打ち上げられて、おれみたいな人間の思いつきを刻まれ、勝手に姿を変えられてから、用が済んで元の場所へ帰される。

13 ヴィンス さびしがり屋

灯台で二日
火曜日の朝。あと三週間でクリスマスだ。灯台は休暇をとらないから、人間が休む日もない。つまり年中無休。おれでなかったら、家族を気にしながら帰るに帰れず、むしゃくしゃするところだ。あっちではクリスマスツリーを立てて、ミンスパイを食べている、と思ったりする。そういうことをするのが普通らしいが、おれは話に聞いているだけで、お祝いらしきものをした覚えはない。刑務所の中でも、いいかげんなディナーが出て、紙の帽子をかぶったりはしたが、いわゆるクリスマスの魅力なんてものは、何のことやらわからない。

いまの季節だと、消灯するのは八時を過ぎてからになる。だが日が射してしまえば、もうバーナーは取り外して、きれいなバーナーと交換し、また夜にそなえる。レンズにはカーテンを掛け回す。さすがに十二月ともなれば、太陽に勢いはなく、反射から火事になるような心配はないのだが、もはや習い性というものだ。ともかく埃よけにはなる。なんだか灯台の光に衣服を着せて、夜になったら脱がせるような気もするが、そうと口に出しては言わない。

朝の当番としては、食事の支度もする。おれが陸地から持ち込んだベーコンがあるので、じゅうじゅう焼いてから、あとの二人が起きるまでオーブンに入れておく。たいていは匂いに釣られて起きてくる。誰が何と言おうと、この地球にベーコンが焼けるほどの匂いはない。メイデン灯台だったら料理番をするのも悪くない。ここの主任は、食い物については、おれと似たようなクソだから、作って出すものに気を遣わなくていい。おれが初めて勤めた島の灯台では、うるさいやつばっかりで、何を出しても嫌みなことを言いやがった。それでいて、こっちから料理のことを聞いたって何ひとつ教えようとしないのだから、まったく腹が立った。まあ結局は、自分でコツを覚えるしかないらしい。そもそも来てみなければ、どんな食材がそろっているのかもわからない。

「鳥の音、しなかった？」三人が食い始めたところで、おれは言う。

「どんな鳥？」アーサーが言う。

「きのうの夜、群れをなして突っ込んできやがった」

すると主任が様子を見に上がっていく。三人で光の番をしているには違いないが、やはり主任ということで、自分の子供を見るように光の面倒を見ている。

ビルは、いつもの食事中の癖で、何を食べるにしても、顔を皿にくっつけそうに下げている。手元の灰皿には火のついたシガレットがあって、もぐもぐ食っては、もくもく煙を上げる。アーサーが立っていったあとの椅子に、ビルが目をやって言う。

「あんな言い方されていいのかい？」

「へ？」

「まるっきり馬鹿あつかいじゃねえか」

おれは口元をぬぐう。「おれを馬鹿にするのは、あんたじゃないの」

「いまのは何だったと思う？」

「何だ？」

「どういうドジを踏まれたか、すっ飛んで見に行ったんだ。おまえみたいなドジな当直じゃ、信用できねえってことだ。おれだって同じように思われてる」

灯台の三人が二人になれば、いなくなったやつを標的にして、ぶつくさ言うのは当たり前だ。いわば瓶の栓を抜くようなもので、「あんなことされちゃ敵わねえ」とか「ああいうケチなことしやがる」とか言いながら、たいして悪気はない。一度に噴出させるよりは、少しずつ散らしておくということだ。

だが、けさのビルは荒れ気味だ。疲れている。〈エンバシー〉のシガレットを最後まで吸って、揉み消し、皿を脇へどける。そこへ主任が戻ってくる。

「すぐに汚れを落とそうとは思わなかったのか？」と、おれに向けて、ちょっと言葉をとがらせる。

「そっちを先にしたら、昼まで食いっぱぐれましたよ。あとでビルがやってくれるんじゃないかと」

「ばか言え」

主任はテーブルの上を片付けながら、「どうも、ご馳走さん」とだけは言う。


朝食のあとで、バケツとシャベルを持って回廊へ上がる。おれとしては何羽だったのかわからないと言いたい。まだ夜も明けないうちに、たしか五時頃だったが、蛾が飛んだように鳥が来た。そんな時間に何かしら見えたって、いったい何なのか、ちゃんと見えているのか、わかりっこないだろう。ばさばさと羽音がしたので、十羽だったのかもしれないし、百羽だったのかもしれない。ひどく寒い回廊で、シガレットを吸う。海も空もどんよりと鈍い色をしている。おれの手も似たように冴えない。その手が持つシャベルで鳥をすくい上げる。ミズナギドリ。どうせ迷惑な連中で、死んだからどうってことはない、とビルは言うのだが、首から突っ込んできて、ぐんにゃり死んでいるのを見ると、そうとばかりは思えない。ビショップロック灯台では、回廊が鳥だらけになったことがあるそうだ。生きている鳥がぎゃあぎゃあ騒いでいて、まったく足の踏み場もなかったという。ノアの箱舟もいいところだ。ようやく暗くなって点灯すると、その光に至近から直撃された鳥が、何十羽と飛び立っていった。灯台の光は、鳥を引き寄せて目を眩ますことがあれば、びっくりさせて追い払うこともある。

灯台で三日

今回は、島へ来るのは厳しいのではないかと思った。ミシェルとの仲がいい具合に続いていたのだ。ところが、いざ来てしまって二晩も勤めれば、これでいいと思えた。ここにいれば、いくらでも彼女のことを考える時間がある。夜半直でビルに言ったことは本当だ。いずれ補佐になりたい。それだけでいい。安定した身分になる。ずっと公社に面倒を見てもらえる。そうしたら彼女に、じゃあ、いいよな、とも言える。今度ばかりは将来の見込みのある男になる。

きょうは昼の支度もする。それから皿洗いをした主任が、いつものように一杯の茶を用意して椅子に坐り、クロスワードパズルに取りかかる。おれにもシガレットを一本くれる。アーサー主任はものを分ける人だ。オルダニー島にいた主任はしみったれで、何一つくれなかった。そんなことをしても無駄だと思っていたらしい。ガラス瓶でもパッケージでも個人用と書いた紙を貼って、ほかの者には手を出させなかったので、バターやタバコやソースにはともかく、人間から見れば付き合いきれない男だった。そこへ行くとアーサーは、食いものでも何でも、所有物にこだわりがない。どうせ過ぎ去ると言う。ものにすぎない。ものは続かない。のんびり坐って仲間との一時がある、そういう気分はあとに残る。

「みじめな期待はずれ」と、主任が言う。

「まさか。ジャガイモだって火が通ってたでしょ」

「それを二語で。六文字と五文字」

「ああ、そっちね。おれ、そういうの苦手」

「考え方に二通りある。まずは字面というか、すぐ見えるヒント。あとは奥にもぐってるヒント。深読みで考える」

「おれの頭じゃ、そんなの無理ですって」

「いや、どう見るかってだけのことだ」

「別のがいいな」

「魔法の一杯を」

「いま淹れましたよ、お茶」

「そういうヒントの話だってば。五文字だぞ」

「しょうがねえなあ」

「しょうがねえなあじゃ八文字だ」主任がにやりと笑う。「さっき出かかってたんだぞ。ほら、いいか」

と、わからせようとする。おれは、正直、さっぱりだ。

「どうなってんの」

「そろそろ終わり。こうだな」

「へーえ」と言いながら、おれは主任が書き込むのを見ている。

ビルが言ったことは間違いだろう。この人は相手によかれと思うことをする。ぴりぴりしたところがなくて、まだ若いやつには負けないと意地になったり、ビルのように変な思い込みを向けてきたりしない。我慢強い人でもあって、いろいろ教えてくれる。すごいと思うのは海に対する心の持ちようで、灯台守はこうでなくちゃいけないのだろう。そんな人ばかりではないのが残念だ。

　おれが知っているのだとビルが知っているのかわからないが、深夜の引継の時間にアーサーから聞いたことがある。ずっと昔、メイデン灯台に来たばかりの頃の話だそうだ。ということは、ビルはまだ勤めてもいないし、おれは赤ん坊で歩いてもいなかった。それを聞いて、おれはものが言えなくなった。どう返したらいいのかわからなかった。思いもよらないことを聞いた。そうだろう。普通なら考えない。

　おれはアーサーを見ながら、こんな人になりたいと思っていたくらいで、そういう過去があったとは予想外だ。すべて心得て迷わないと思っていたら、がらりと違って見えた。


　ソニーのカセットプレーヤーでニール・ヤングを流している。寝棚のカーテンは引いている。下の階にいるビルがドリルを使うらしい音がする。いまは夜と昼の中間のどこか。音楽のおかげで別の世界へ飛べるのがうれしい。ミシェルの部屋へだって行ける。ストラトフォード・ロードにある狭苦しいアパートだ。かかっている音楽はニールかもしれないし、ジョン・デンヴァーか、キング・クリムゾンかもしれない。ワインのボトルにキャンドルを突き立てて、溶けたロウが垂れかかっている。小さい菱形の鏡を縫いつけたクッションがきらきらしている。部屋の入口に猫がいて前足を舐めている。ブルーリッジ山脈、シェナンドー川……という歌の文句は、もう言葉であって言葉ではない。魔法の呪文か、遠い月のようなもの。何もかも缶詰のピーチみたいなオレンジ色に浸っている。ミシェルのことを思うと、よく光が浮かんで、それぞれに色がある。寝室で上がるシガレットの煙は紫色。裸足で庭へ出て、おやつの時間に猫を呼んでいる彼女は明るい緑色。あの猫は何という名前だったろう。サイクスか。いや、違う。スティンズ。それはない。ステップトウ。まさか。

ミシェルは、おれにはもったいないような女だ。そうとわかるくらいには、おれだって頭が働く。

どうにか〈トライデント〉に雇ってもらえて、それも偶然だったようなものだが、さもなくば彼女に言い寄るなんておこがましいと思っただろう。おれくらいの年で灯台守になろうというやつは、いまどき多くない。北海油田の作業員だったら、もっといい稼ぎになる。ただ、どんな仕事をしていたいのか、どんな前歴がついているのか、というところで話は変わってくる。七〇年の四月、おれが塀の外へ出てから二、三週間たった頃に、たまたまパブで知り合った男がいる。ビールを一杯おごってくれて、その昔はプラダ島、スケリヴォア島で灯台に勤めたという話をした。おれは、例によって、そろそろ舞い戻ってもよさそうな気がしていた。そうやって生きていたので、しばらく娑婆の空気を吸ったら、わざと警察沙汰を起こすはずだった。ところが灯台の話を聞かされているうちに、おれに合っているかもしれないという気がしてきた。さびしがり屋じゃだめだ、ということらしい。一人でいられたら結構だと思わなくちゃいけない——。

もし前歴のことが公社に知れたら見込みはないとあきらめていたが、しばらくして採用通知が来た。こいつでもいいと思われたのだろう。頭は悪いが、やる気はある、ということだ。現実には、いざ来てしまえば、そう仕事に追いまくられることもない。難しく考えないほうがいいのだ。小さな用事にかまけている。夜の点灯、クリーニング、料理、灯台同士の連絡といったようなこと。どんな仲間と組むにしても、現場が気まずくならないように、それだけは予測しづらいので要注意だ。うまく付き合うというのが、とにかく大事なんじゃないかと思う。なるべく雰囲気をよくしておく。下手をすると、いやな気分がウィルスみたいに蔓延する。いつの間にか全員が感染して、その腐れきった場所から逃げようがない。

元は灯台守だという男とパブで出会ったのは、何かしらのお告げだったような気もする。おれは終わっていなかった。まだ世界に見捨てられていなかった。

そろそろミシェルに言わなくてはだめだ。いままで引っ張ってしまった。おれ自身のことを正直に話さないといけない。ちゃんと結婚して二人で暮らせるようにするとして、とんでもない嘘があるのを隠しているせいで、うまくいかなくなったらどうするのか。昔のおれがやらかしたようなことではない。そんなのは彼女も知っている。最後にしでかしたのが何だったかということだ。

ところが、すんなり言えないことだから困る。最初のデートでは言えない。三回目でも無理だ。そのうちに、いまさら言えないと思ったりする。離れている時間が長いので、帰るたびに初めからやり直しのようになる。まず手を握って、どうだろうと思って、欲しくなる。そういうことをぶち壊したくない。

彼女を好きになるほどに難しくなる。あまり好きにならなければよいのかもしれないが、そういうことは思うようにならない。

嘘をつくのは簡単だ。何も言わなければよい。何もしない。相手に判断をまかせる。おれが彼女だったら知りたくはないだろう。おれだって毎日忘れたいと思っている。

目をつむっても、ありありと見える。きのうの夜の出来事のように、はっきり見えている。血と毛皮、子供の悲鳴。おれの腕の中で仲間が冷たくなっている。

いままでずっと誰かに追われていないか振り向くように生きてきた。三人しかいない海の真ん中に来ていても、つい後ろを見てしまう。

おれには敵がいる。そう思って生きている。悪いことをする悪いやつらが、おれに悪いことをしようとする。恐ろしい夢を見るのがいやで、寝るのがこわくなることもある。こんな岩みたいな島にいても、見つかってしまうのではないか。——おまえなら逃げ切れると思ったのだろうが、そうはいかない。おまえはおまえでしかない……。

おれはもう後戻りしない。刑務所にも、昔の生活にも、戻らない。

だから持ってきたものがある。流しの下の、ちょっとした壁の隙間に隠した。ほかのやつに見つかることはない。あそこなら大丈夫。あると思ってさがさなければ見えない。

いつの間にか眠っていた。気がつくと、どんよりした重い闇の中で、ビルに揺り起こされている。灯台は自分の面倒を見やしないんだから、おまえが上がれ、とビルが言う。ちょっとでも寝ないと、わけがわかんなくなって、あとがこわい、とのことだ。

Ⅳ

1992

14　ヘレン

　ここまで来れば、あと一マイル、錠の掛かったゲートを二つ抜けた前方に、かつての家が見えていた。岬の土地に、灯台守の住宅だった四軒の平屋が、寄り合うようにならんでいる。外壁は緑と白に塗られ、工場のような黒ずんだ煙突が立って、屋根はスレート葺き。灯台との直近に位置するとはいえ、もちろん距離はある。そのことがヘレンには悲しかった。心の思いが届かないという気がしていた。届いていけそうなのに、およそ返ってくるものがないのだった。

　つい昨日のようでもある。いまだ〈アドミラル〉が自分たちの家のようである。そういう名前のついた家が、あの中では一番大きかった。普通の家とは違う。学校の寄宿舎だか〈P&Oフェリー〉の船だかわからないような、実用本位の設計になっていた。病院のような廊下といい、納戸のような小部屋といい、かちっとした殺風景な印象があって、いくら私物を持ち込んでも、それが和らぐことはなさそうだった。冬になると窓の隙間から冷たい風が吹き込んだ。この窓を閉める鉄の掛け金に触れると、手のひらにコインのような匂いがついた。オーブンの上、シャワーの上には、あくまで社宅であることをわからせるように、「換気扇を使用のこと」「熱湯に注意」というラミネートした貼り紙があった。また「非常時は999番」と表示された玄関を出ると、吹きさらしのベランダがあって、コンクリート製のピクニックテーブルが置かれ、その先のガレージには「強風時は危険なので開閉禁止」という注意書がドアに出ていた。そして、いつ何時にも、まるで変わらない日常。それで彼女はおかしくなった。毎日の繰り返し。何週間、何カ月、何年も、海だけを友にして続いた。

ジェニーとビルの夫婦は、〈マスターズ〉と称される家に住んでいた。きょう見ると、舗装した地面に赤いハッチバックが駐車して、その後部に「赤ちゃんが乗ってます」のステッカーがある。ひねった趣向の観光地、とヘレンは思った。失われた世界をのぞける場所になったのだ。メイデンロック灯台があんなことになったおかげで、またとない立地条件として名が売れた。だから灯台が自動化されて無人になると、さっさと貸別荘になったのだ。〈トライデント〉には、いい商売になる。もう看板の文字もわかる。

「メイデンロック灯台の失踪事件、その生活を体験できます」

第三の家には〈パーサーズ〉という名前がついて、ベティとフランクが住んでいた。フランクは補佐としては勤務年数が長く、アーサーが陸に帰っている間は主任を代行する立場だったが、たまたま事件当時は非番だった。いわば五分の差で乗り遅れた飛行機が山に墜落したような心境だろうとヘレンは思っていた。

〈ガナーズ〉という名の四軒目には、本当ならヴィンスが住むことになっていただろう。そういう身分への昇格を切望していた。そうならなかったのはどうしてか、灯台のみぞ知ることだ。水平線上で冷ややかに光る灯台を見ながら、もっと知っているのではないかという疑念をヘレンは拭いきれなかった。あの灯台には自分のことも知られている。いま灯台が静かに非難する目でヘレンを見つめ返してくるようだ。――真実は否定できまいに、自分が悪くなかったとは言わせない……ということかもしれない。


住所を言うと、運転手は吸っていたシガレットを消し、車のトランクに向けて首をひねった。

「お荷物は？」

「いえ、きょうは日帰りですから。あとでまた駅までお願いします」

「はい、承知」

太陽が急速に落ちていった。とろけたピーチ色になって水平線に沈み込む。タクシーの後部座席で、うとうと眠りそうになっていても、うまく夏の日を遮《さえぎ》られて、運転手の目をごまかしていられる。モートヘイヴンの運転手は地元で生まれ育っているだろう。いつ何時でも、あの物語が心の前面にあるはずだ。失踪事件のことを知りたがる旅行客に、おおよその経過を言わされて、何かしら関わりはあったのかと尋ねられる。どこでどう知って、公社の幹部をどこからどこまで乗せて、娘の友だちがウォーカー家の子供を知っていて……。いま彼女が運転手に顔を覚えられているとは思えない。これだけ年月がたったあとで、そういうことはなかろうが、しかし見ず知らずの人からでも話しかけられないとは限らない。灯台の主任夫人としての昔にはよくあった。アーサーは元気か、いつ帰るのか、夫の留守中にどう過ごしてるのか……。それなりに答えてやると、相手からも、仕事がどうだとか、何が困るとか、そんな話を聞かされる。灯台長の女房というのは、牧師やパブの主人のように、一般向けサービスを伴うものであるらしく、他人の生活にまで関心を持たされることになっている。

「どなたか、お迎えに行くんですか？」運転手が言った。

「いえ、どこにも止まらなくていいんです。あ、いえ、止まるんですが、ほんの少しだけ。車からは降りません」

運転手がラジオをつけた。タクシーは夕暮れに細い塔の立つ教会を通過した。この地域に密輸の盛んだった時代を偲ばせる宿屋の前も通った。めずらしくアーサーとビルの男二人がそろって陸地にいた日に、ここで二組の夫婦が食事をしたことがある。ワインを一本空けた頃合いに、ジェニーがわっと大きな声を出して、あんたはいいわよ、子供がいないんだから、と言った。一人で取り残されて子供の世話をするなんて、たまったもんじゃない、ということだ。これはビルには応えたようだ。それからジェニーがトイレで吐いたりもして、二人は先に帰っていった。くねくねと折れる道が、大きなホテルの敷地を過ぎて、段々になった傾斜地を抜ける。いままで十九年、ここへ来るたびに、この同じ住所を訪ねていた。外から見るだけのことだが、いわば儀礼として欠かすことはなかった。いずれは思いきって車を降り、入口まで歩み寄ることもあろう。

「ここで」彼女は言った。「このあたり、どこでも」

こんな夕方の時間には、窓から中を見ることもできる。金色の光に照らされた四角形に、内部の生活が映えるものだ。「どうするんです？」運転手が言った。「エンジン、切ってましょうか？」

「あ、いえ、このままで」

その一軒だけが暗くなっていた。ジェニーは出かけているのだろう。いや、まさか引っ越したのか、と思ってヘレンはあわてた。そうであれば、もう音信不通になってしまう。あの女にだけ言えることを手紙で言えなくなる。愛した人、失った人のことを、あれから二十年たって化石化したような仲違いのことを、もう書けなくなってしまう。

ジェニーには主任の奥さんなら信頼できると思われていた。ちっとも不思議ではない。ヘレンは信頼されてしかるべき立場だった。人を支えることが役目であって、何かしら飲ませては手を握ってやり、つらくて流す涙をぬぐってやるはずだった。そういう気持ちがわかるからだ。わかって、やさしくなれた。うまく折を見ながら、相手の腕をさすって、「ほらほら、そういつまでも続くものじゃないわよ、ひょっこり戻ってくるんだから」と言ってやれた。自分でもさびしさを友とするので、さびしさがどんな罠を仕掛けるのかを知っている。だから、それなりに事態を好転させるだけの知恵も出る。

ところが、そのヘレンが彼女を欺いていた。

「はい、結構です」と、運転手に言った。「もう行きましょう」

「いいんですか？」

「ええ、これで帰れます」

帰路の列車に遅れが出ていた。ごとごと進む車輪の音に眠気を誘われ、トルーロー駅も過ぎないうちに、瞼が重くなっていた。夢を見た。いつかも見た夢の中で、彼女は雑踏に彼の姿を追っていた。うしろから見えている頭が、やっと振り向けば人違いになっている。とろとろ眠ることを繰り返して、何度も彼の目が現れた。水の底から見上げてくる。さもなくば、その目は白昼の光の中にいて、キッチンのテーブル越しに、またベッドの足元から、彼女のすることを見逃すまいとしていた。

15 ヘレン

どうしてなんだと思われますでしょう。わたしがジェニーとは口をきかない、と言いますか、彼女がわたしに口をきかないのはどうしてか——。本当のことを知っておきたい、そういうお話でしたね。でも、いろいろと話を作ってしまうのも、お得意なのではありませんか。お書きになる小説は、わたしの好みではないと申し上げてしまいます。一冊も読んでいないというのが実情でしてね——でも、『亡霊艦隊』でしたっけ、あれが兵舎船に乗ってる兄弟の話だってことは存じてますよ。新刊が出たあとで、ある友人がのめり込んでました。

あんまり失礼なことは言いたくありませんが、そういうことなんですよ。男性ホルモンをまき散らして戦うような荒々しい冒険ものを書こうというのでしたら、わたしとジェニーの事情なんて、そんなのとは無関係と言うしかありませんもの。

ただ、ひょっとして、どうなんでしょうね。ほんとうに無関係だったのかどうか、わたし自身、狂おしいほどに自問しました。アーサーたち三人が消えたのは、わたしとジェニーに関わっていたのかどうか。

そもそも灯台守の女房になるなんて思っていませんでした。もちろん、そういう職業があることは知ってましたが、わたしと接点があるはずもなく、ほかに行き場を見つけにくい人が行くんじゃないかなんて。まあ、いま思えば、その通りでしたけどね。灯台守になる人は似たところがありました。また、似た者同士でうまくいけば、それでいいんです。アーサーは一人で落ち着いていられる人でした。それがすごく好ましかったんです。いまでもそう思ってます。自分の中に持ってるものがあって、どれだけ親しい人にも、そこまではわからない。うちの祖母がよく言ってましたっけ。やたらに手の内をさらけ出すもんじゃない——。どんな相手にでもそうなんで、手持ちの札を見せてやったりはしない。どれかしら隠しておく。アーサーもそうだったと思います。わたしにさえ全部は見せなかった。そういう人だったんです。

ただ、孤独な人だったかというと、そうとも言えませんね。一人で完結したようであっても、孤独というのとは違います。一人だからさびしいとは言えません。その逆もあるでしょう。ぺちゃくちゃおしゃべりする大勢の中で、さかんにもてはやされている人が、一番さびしかったりしますね。アーサーは灯台にいてさびしいと思うことはなかったでしょう。それは確かだと思います。よく人に聞かれましたけどね。あんな島にいてさびしくないのかって言うんですが、そうではなかったはず。どっちかというと、陸地に帰っていてさびしかったんじゃないんでしょうか。

そう考えると、わたしに間違いが生じたのも、不思議ではないのかもしれません。いえ、だからといって、あれでよかったとは申しません。ジェニーだって承知しないでしょう。ただ、何事も、白か黒かと決めつけることはできませんので。

アーサーがわたしのいる家に帰りたいと思ったことがあるのかどうか、あやしいところですね。非番になって帰ってきても、上陸したとたんに灯台へ戻りたくなっている様子が見えていました。あっちがいい、恋しい、というよりも、陸地の生活が合わなかったんです。

わたしたち夫婦がどうなっていたのか、もちろん、それもまた関わりがあります。わたしだって気持ちの上では、わだかまりというか、なかなか整理のつかないようなことがあって。アーサーを責めたくもありました。それは彼も同じで、どっちからも責めていたんでしょうけれど、ああいうことになってしまえば、もう責めるも何もありませんでしょう? どうにもなりませんよ。

彼が失踪してから、わたしは腹が立ってました。こういう逃げ道もあったってことですね。ある日、ひと言の断りもなく、ぷいっと消えていなくなるなんて、おかしいじゃありませんか。よく彼には強い女だなんて言われたもので、そうなのかと自分でも思いますけれど、強いだなんて思わせなければよかったんでしょうね。

アーサーがメイデン灯台に配属されることになって、これでいいのだとわたしは思いました。彼が離島での勤務を喜ぶなら、夫婦のどちらにもよいことだと思ったんです。あれこそが灯台というものだなんて彼は言ってました。ほかの灯台、たとえばウルフ、ビショップ、エディストーン、ロングシップスなんていうように、どこの要所にも勤めた時期はあるんですが、いつかはメイデンへ行きたいと願ってました。大型で、旧式で、ああいう灯台がいいんだという、子供の頃の夢だったようです。海の灯台が本物だとも言ってました。そこに本物の仕事がある。たしかに陸地に立ってる灯台は、男の子の夢になりそうもありませんね。船が大波に揺れて、海賊が暴れて、仲間がいて、夜空に星、なんていうのがいいんでしょう。

アーサーがいなくなってしばらくは、ああいう逝き方なら本望だったろうと思って、気休めにしていました。どうせ死ぬなら海で死にたいと思っていたでしょうから、あれでよかったとも言えるわけで、そう思えばわたしもいくらか楽になります。

アーサーはメイデン灯台に目をつけられていた、なんて言ったら、そんな馬鹿なと思われますか？　本には書かないでくださいね。灯台に人格はありませんので、考えたり、感じたり、あぶないことを企んだりはしないでしょう。人間に恨みを抱くなんてこともない。そういうのはファンタジーの領域です。お得意の分野ですね。わたしは違いますんで、いま事実のみお伝えしています。

でも、あの灯台は、見た目にも好きになれませんでした。親しみやすい灯台もありますが、あれはどうも、いつ見ても不安でした。もちろん行ったことはありません。ただ、それもまた気に入らなかったんですよ。わたしが行かない場所にアーサーは行っている。それはまあ、おいそれと行けるものではありません。ちょっとご挨拶に、っていうところじゃありませんのでね。アーサーみたいに自分の時間を大事にする人には、ちょうどよかったんでしょう。なんだか隠しごとをされてたみたいですが、男はそういうものかもしれませんね。何かしら女房の知らないものを持っていたがるんです。

あ、こら、静かに！　ごめんなさいね、犬が出たがってるみたいで、ちょっと失礼します。

はい、どうも、すみませんでした。いつまでも困った子で——。そもそも犬を飼うようになったのは、アーサーがいなくなってからなんです。何かしら生きてるものが家の中に欲しくなりました。いま思うと、静かな伴侶を求めることが、わたしには当たり前になってたんでしょう。あまり家にいない人と言いましょうかしら。いまの犬はやたらに地面を掘るんですが、そういうものなんでしょうね。庭に出たくなるのは、犬も飼い主と同じですよ。わたしも昔は園芸なんていたしませんでした。やってみると、これに助けられましたね。地面に植えたものが大きく育つ。こんな境遇になりますと、何度でも元に戻るものを見たくなります。おかしな邪魔があっても、霜が降りたり犬の足に踏まれたりしても、また復活してくる生命の営みを見ていたいんですよ。めげずに頑張ってるところが、すごいなと思います。

アーサーも自然が好きな人でした。小さい頃から、想像力たっぷりで、感受性があったようです。そういうところは似てらっしゃるんじゃないですか、想像力はおありでしょうからね。あ、いえ、感受性がないとは言ってませんよ。そこまで存じ上げてませんし、わたしが言うようなことでもありません。まあ、小説をお書きになるんですから、感受性も充分おありでしょうね。なにしろ人物の心の中に入って、その心を働かすようにしなくちゃいけませんもの。

アーサーの場合は、父親が鳥を飼っていたようですね。それが始まりなんでしょう。戦争で危ない目に遭った人でして、精神をひどく痛めつけられていましたから、鳥の世話をすることが慰めになったんです。

アーサーはあまり父親のことを語りませんでした。あえて語らなかったのか、語れなかったのか。わたしが聞こうとすると、話をはぐらかしてました。その話はしたくないと言ったこともあります。ほかにも話したくないことが、夫には結構あったようです。だったら放っておこうと思うようにもなりました。そのうちに向こうから言いたくなればいいんです。あなたも奥さんが何か言いたそうにしたら、聞いてあげるとよろしいんじゃありませんか。ほかにどうにもなりませんでしょう。

いままでのことは何もかも、ひょっとしたら回避できていたんじゃないか、なんて考えることもあります。あるところで一つの決定があったから、その後の紆余曲折があった。つまり、もしアーサーが新聞で〈トライデント〉の広告を見なかったら……もしわたしたちが、あの日に、あの新聞を買わなかったら……。もしわたしがアーサーと出会っていなかったら。というのは出会いもまた偶然でしたのでね。パディントン駅の切符売場でならんでいたら、うっかり小銭を切らしていたんです。実家へ行くつもりで、バース・スパまでの片道分。そうしたら、あの当時にはよくあったことかもしれませんが、それでも誰か男の人が都合してくれるとは思いもしませんでした。というわけで、乗ってからずっとアーサーのことを考えてました。

その一週間後に会って、借りていた切符代を返したんです。ゆっくり燃えたとでも言いましょうか、電撃に打たれたような恋ではありませんでした。たいして父が喜ばないだろうと思って、それを面白がったところもあります。父は寄宿制の男子校で校長をしていまして、娘の結婚相手には医者とか法律家とか、体裁のよい職業の男を考えていたでしょう。そうと口に出して言わなかったものの、灯台の番をするなんていうのは、どこか女々しい男がやることだと思っていたはずです。おそらく父は一行も詩を読まない人だったと言えば、わかりやすくなるでしょうか。

〈トライデント〉には、給与そのほか、なかなかの好条件で勤めることができました。しかも住宅つきで、諸経費は公社持ちというのですから、これはもう結構なことです。アーサーは自分には合っていると考えましたし、わたしだってパーティで話題になるんじゃないかって思いましたよ。わたくし、灯台守の妻です、なんて言ったら話が弾みそうでしょう。ところが、わかってなかったんですね。ロンドンから遠く離れて、パーティも何もありません。パーティがセヴァーン河口を泳いできて、ブリストル海峡で顔を出してくれたりはしませんものね。当初はそのあたりの勤務が多かったんですが。

しばらくは夫婦のどちらにとっても厳しいものがありました。補助員になったばかりで、あちこちへ飛ばされます。その次にどこへ行くのか全然わかりません。ほんの何週間かで別の灯台へ行くんです。それが人事の方針で、どんどん経験を積ませて、早く一人前になるように仕向けてるんですね。また試しているとも言えます。うまく人間関係を保てるか、融通がきくか、熱心で当てになるか——。永遠に荷造りされた状態にあるなんて、よく冗談に言ったものですが、ついに永遠とまでは行かず、メイデンで止まることになってしまいました。ええ、そうです、たしかに疲れました。わたしだって一箇所に落ち着くということはなく、アーサーは長期の単身赴任を繰り返したんですから。わたしが覚悟していた以上に、つらい生活になりました。その当時にも、アーサーがわたしから去っていくという感覚はありましたね。

そういう訓練期間が、わたしたちほど苦にならなかった人もいるんですよ。たとえばヴィンス。あの人は、あちこち回されて、落ち着くことがなかったんです。里親に育てられたんですが、定着できる家はどこにもなかったでしょう。ヴィンスにしてみれば、さっと動ける仕事がよかったんだと思います。どこそこに行けと通達があって、すぐに荷物をまとめて、任地に向かう。北へ、南へ、どこかの島へ。メイデンみたいな岩礁の塔は、ヴィンスには初めてだったようです。もともと経験の乏しい人には極端な配属先だったでしょうが、ああいう結末になったと思えばなおさら……ひどい話ですね。これからが人生だっていう若い人でした。

ミシェル・デイヴィーズが取材に応じることはないでしょうね。ヴィンスの恋人だったというので、事件の直後には、ひどい目に遭ったはずですよ。ヴィンスが犯人だという説がさかんに言われましたのでね。つまりアーサーとビルを殺したというのです。何週間も前から計画して、自分だけは巧妙に脱出した。あの当時、公社側だって、そのように匂わせてましたもの。さすがに表立っては言えないとして、世間の観測を誘導したい魂胆は見えてました。

あれからミシェルは結婚して、二人の娘がいます。いまさら事件当時のつらかったことを思い出したくはないでしょう。それはもうヴィンスとは恋仲でした。彼はロンドンにいて、勤務の前になると出てきたんです。よく波止場で見かけましたよ。いつもカセットプレーヤーを持っていて、ひょろっと細長くて、アメリカのテレビドラマに出てくるような大きい髭を生やしてました。あのまま補助員から補佐になったら、自分でも社宅に住まわせてもらえたでしょうに。

アーサーは、ヴィンスを高く買っていたようです。いい若者だと言ってました。地に足がついてるって。たとえ人生の出だしで躓いたからといって、いつまでも悪いとばかり思われて、そこから抜け出せないとしたら、あんまりひどいじゃないかってことなんです。

前科者を採用したということで公社も非難を浴びました。でも、社会復帰の必要な人を雇うことは、よくありました。それまでは眉をひそめられることも不安に思われることもなかったんです。ひっそりと世間から離れて、狭いところでも暮らせるという人には、かえって適職ですよね。そういう人でしたら、厳しい生活にも慣れていて、規律正しくなっているものでしょう。ですから灯台に勤めていると、少年院や刑務所へ行っていた人と組むことも、めずらしくなかったようです。ただ、それで何かあった場合には困るわけで、すぐ犯人あつかいされる人がいたということとですね。ミシェルには言い返すこともできませんでした。一人で逆らっても公社の方針と違えば取り上げてもらえませんから、ちっともヴィンスの弁護になりません。ですから、いまでも取材を受けないんだと思います。いまさら昔のことをほじくり返されたり、あらためてヴィンスを悪く言われたりするのがいやなのでしょう。元受刑者だと知れ渡ってから、世間は憤慨していました。ありとあらゆる噂が飛びかって、あいつは人殺しだ、十人は殺した、なんて言われたものです。連続殺人、強姦魔、小児性愛、そんなことを言われてましたよ。すべて嘘だとわたしからは申し上げましょう。

自分に間違いがあったのかどうか、そんなことは刑務所に入れられなくてもわかります。誰しも、多少なりとも、何かしら身に覚えはありましょう。わたしがしたこと、アーサーや、ビルがしたこと。それで鉄格子に閉じ込められなかったとしても、だから不問でよいとは言えません。

いつだったかミシェルに聞いたことがあります。たしかにヴィンスには忘れたいと思う過去があったようですね。でも、こうしてアーサーとわたしのことをお話しするからには、わたしだって似たようなことはあるとも言ってしまいましょう。

16　二紙の記事から

『デイリー・テレグラフ』一九七三年四月

メイデンロックの捜査に、収監の経歴が浮かぶ

三名の男性がメイデンロック灯台から失踪した昨年十二月の事件から、全員絶望と見られる中で、新事実が浮上している。最年少のヴィンセント・ボーンに何らかの要因となった疑惑があることを語る関係者が出てきた。ボーン氏は補助員として勤務し、南西部の離島灯台からアーサー・ブラック、ウィリアム・ウォーカー両氏とともに失踪したクリスマスから新年にかけての時点では二十二歳だった。昨日に判明したところでは、〈トライデント・ハウス〉に入社する以前のボーン氏は、放火、暴行、傷害、不法侵入、窃盗、教唆、脱走未遂の容疑で拘束されたことがある。

『サンデー・ミラー』一九七三年四月

灯台守は隠れ凶悪犯だった

一匹狼の灯台男ヴィンセント・ボーンは犯罪の常習者だったことがわかった。同じ刑務所にいたという人物が事情を明かす。「あいつは何でもやった」と元受刑囚は口を開いてくれた。「何だって平気なやつだ」ヴィンスは独身。ほかの二人とメイデンロック灯台から消息を絶って四カ月、いまなお三名とも行方不明である。「灯台に近づかせたのがいけない。何かあったとしたら、あいつの仕業に決まってる」

17 ミシェル

恋人だなんて、あんまり長くなかった。そんなことを思いながら、腰をかがめて靴ひもを結んでやるのも、きょうだけで五十六回目になるだろう。「じっとしてなさい」と娘に言ったら、その手がぎゅっと髪の毛をつかんだ。怒ったように力を入れている、としかミシェルにはわからなくなるのだが、つかまれて痛いのだからミシェルの髪なのだろう。

「ちゃんと履いてなさい。頼むわ、もう」

二人の娘はボードゲームで遊ぼうとする。それでカーペットの上が散らかって、犬がサイコロをくわえるのかもしれない。ミシェルは部屋へは行かず、電話を見ていた。

けさも一度、あの男から電話があった。きのうも、先週も、かかってきていた。「もうヴィニーの恋人ってわけじゃないんですよ」と、言わなくたってわかりそうなことを言ってやった。ヴィニーは一生ずっと、また恋人を持とうとは思わなかっただろうし、そもそも生きていない。生きていない？　そうなのか？　ずっと長いこと不確定なものに向き合って、それを心の奥に宿らせてしまう。そんな中途半端な苦しみはつらすぎる。

ダン・シャープという男は、事件の深層に迫るつもりなのかもしれない。だがミシェルには、まったく底なしではないかと思える。どこまでも深い。海と同じだ。なぜ、どうやって、ヴィニーが消えることになったのか。わからないものは、どうしようもなくわからない。ヴィニーの実像とは違うこと、世の中の嫌われ者になっていた嘘の理由の数々を、あたしから言わせようとしたって、そうはいかない。また、いまはもう家族がある。もし夫が帰ってきて、知らない男に妻が話を聞かせていたら、いい気分ではあるまい。その妻にとっては十九歳で愛した男だけが本当に愛した男であり、そんな昔話にまた息を吹き込んでいるとしたら……。

もし作家がネタをさがしたければ、ほかへ行ってもらいたい。もう忘れたいと思っている人の記憶をほじくり返して、どうしようというのだ。スリラーものだけ書いていればいいではないか。去年、ロアルド・ダールの『ことっとスタート』を目当てに出かけた図書館で、そういうのを一冊借りたことがある。ロジャーは、くだらん、と言っていた。もともと彼女が本を読むのを快く思わない。つまらない考えを持たされるだけだという。

「マミー！」

二分間。いつも平均して二分くらいで、どっちかの娘が大きな声で不平を鳴らす。今度は何だろう。取った、取られた、ズルをした、フィオーナがお尻丸出しになってボードに坐った……。彼女は部屋へ行って、泣いている下の子をなだめながら、ヴィンセント・ボーンのことは考えまいとした。あれは別の世界だ。いまはもう彼女が住んでいない世界のこと。たとえ戻りたいとしても、戻っていく道はない。

もはや昔のことを人に言われる心配もなくなった。結婚したのがよかった。名前が変わって、誰だかわからなくなったおかげで、「ああ、あなたが——。じゃあ、事情はよくご存じですね」と言われずにすんでいる。もちろん彼女の答えは決まっていた。いいえ、何も知りません、皆さんと同じです。ところが、そうなると誰もが、いやいやそんな、という目つきをする。失踪の原因を知らないわけはないでしょうにと言いたげだ。しかし、わからないものは言えない。あの人がいなくなったのだ。秘密を知るのは、あの人だ。

「マミー、ねえ、ビスケットぉ」

「だったら何て言うの？」

「ビスケット、ちょうだい」

子供は壁になる。それが一応はありがたい。心の痛みの歯止めになる。ただ、壁を乗り越えてしまうこともある。たいていは朝起きて、目を開けて、真新しいページのような一日が始まろうとして、ヴィニーの映像が心の中に、写真なのかと思うほど、はっきりと浮いている。彼と最後に触れ合ってから二十年にもなることが信じられない。これだけの細かい記憶を、どうして残しているのだろう。そんなことをロジャーに言ったりはしない。嫉妬心の強いタイプだから、過去の男のことなんて聞きたくもないだろう。あの彼だったら、なおさら。

キッチンを出かかったら、電話が鳴った。ビスケットを持って、胸元に絵の具の染みをつけて、足が止まった。また同じ電話だろう。

まあ、話してもよさそうなことはある。いっそ話してしまって楽になりたいと思わなくもない。でも、そう思うとしたら夜中のことだ。目覚まし時計がやかましく鳴れば、娘らを起こして、朝の食事をさせ、ロジャーのサンドイッチを袋に入れて、娘を学校へ送っていく、という時間になれば、また分別が戻ってくる。

ミシェルは受話器をとった。

作家が何か言いかけたが、もう彼女は聞かなかった。

「放っといてくださいって言ったでしょ」受話器を握りしめている。「ヴィニーの件で話すことなんてありません。これ以上言ってきたら、警察に通報しますよ」

18 ジェニー

どこにでも砂がもぐり込む。足の指の間がざらついて、いやな感じがする。せっかく用意したお弁当のバスケットにも砂が入る。けさ早くにチーズとピクルスのロールサンドを作って、孫が食べやすいように、ちゃんと四つ切りにした。たぶん家に帰っても砂粒が歯にくっついていて、一週間くらいは食べるものに砂の味が残りそうな気がする。

こうして海辺に来ていると、『ジョーズ』の映画に出たシーンを思い出す。日よけの帽子をかぶった子供らが、バケツをたたいて空っぽにしたり、浅瀬で喚声を上げたり、タオルにくるまって震えたり──。〈オルフェウス座〉で『ジョーズ』を見たのは、たしかビルがいなくなってから三度目の夏で、いま思えば、よくもまあ、あんなものを最後まで見ていられたものだ。海の中から悪いものが出てくる。歯に血の匂いがついている。

ジェニーはこわい思いをするのが嫌いだ。また子供に戻ったような気がする。暗がりや階段のきしむ音がこわかった。コンフェリー・ロードにあった母親の家で、庭に落ちる影が日に日に忍び寄ってくるようでこわかった。まだ小さかった時分には、姉のキャロルが吸血鬼や狼男の話をしたがった。適当な話をでっち上げることもあって、ベッドの下には皺くちゃの妖怪が住んでいるなどと言った。この家はこわいものだらけだったんだとジェニーは思った。

キャロルがさっさと出ていったのも無理はない。縁を切ったようにいなくなった。ジェニーのほうが家にとどまる時間は長くなった。

ハンナが、コーンのアイスクリームを買って戻ってきた。「ごめん。溶けちゃった」たしかにコーンまで緑色にべとついている。よさそうなものを孫たちに取らせたら、砂地に落としてしまった。ジェニーは肩がじりじり焼けるように思った。

「まだ気にしてるとか?」ハンナが言った。

「ちがうわよ」

「被害妄想じゃないの」

「だったら何さ」

ジェニーは遠くの灯台へ目をやった。ぼんやりとしか見えない。荒れた天気が晴れた直後には、ああして靄に包まれていたりする。もっと目を凝らすと、いくらか灯台の形が浮いてきた。こんな二つの情景が、どうして同じ世界にあるというのか、いつまでも気になってならない。子供らが他愛もなく遊んでアイスクリームをなめている海辺。そして、あの場所。

「その人に見張られてるとでも？」

「そうじゃないけど」

ジェニーはパラソルの下へ動いた。男女の二人連れが通りかかって、男は女の腰に手を添えている。ビルだって、ならんで歩けば、ああいう手つきをしたものだ。最初のうちは、まだビルも彼女に近づいてきたがった。

「やめてよ、ママ、ちらちら家の外をうかがったりして、不健康だわ。それから電気くらいつけなさいよ。実家に帰ったら死んだように真っ暗なんていやだもの」

「じゃ、来なきゃいい」

ハンナは少々むくれた。「何をそんなに気にしてるの。こっちから話してやることを、あっちで適当に書くってだけでしょ」

「それってどういうことさ」

「知らないわよ。あたしが聞きたいわ」

ジェニーは砂地に一本指を押し込んだ。表面よりも冷たく感じた。

「だったら取材に応じるのやめたら」ハンナが言った。

「無理よ」

「なんで」

「やめる人がいるんなら、あたしもやめる」こんな言い方をしたのは、どうあってもヘレンという名を口にしたくないからだ。考えるのもいやだ。あの女が存在すると思うだけでいやになる。「あら、やだ」ハンナが飛び上がって、砂浜を駆けていった。ニコラスがほかの子の掘った穴に落ちたのだ。どうかするとジェニーは、ハンナに言わなければよかったと思う。ビルがほかの女に心を移したことを知らせたのは、あの娘がやっと十代になった頃だった。隠し通すべきだったのかもしれない。やさしかった父親という記憶を、そのまま汚さずにいてやればよかったのだろう。だがジェニーはいつしか自分を止められなくなっていた。みっともなくて、ほかに話せる相手もいなかった。

ジェニーとビルは、傍目には完璧な夫婦だったろう。友人たちからは羨ましがられたものだ。彼がいなくなったあとでも、そんな体裁を壊したくなかった。それでは悲劇の上塗りだ。

わあわあ泣く子を連れて、ハンナが戻ってきた。ジェニーは口の中に酸味が広がるような気がした。そう、あのチョコレートを食べて、ビルはどんな味に感じただろう。

「そんな女がどう言おうといいじゃない」ハンナが隣にならんで坐った。日射しに手をかざしている。「ママが一番よく知ってたんだから」

ハンナに手を重ねられ、ジェニーは泣きそうになって困った。この娘に知られたら、もう最後の一人まで失うことになる。あれはビルをちょっと痛い目に遭わせようとしただけで、おかしな浮気をするんじゃないとわからせればよかったのだ。ありきたりな漂白剤を、ほんの少しだけにしておいた。「少量の誤飲でも、吐き気を催すことがあります」バイオレットの香りでごまかした石鹸のような匂い。

たしかに自分がいけなかった。いままでずっと人付き合いをしようとはせず、ただ閉じこもって、『ブロックバスターズ』の再放送を見ながら、冷凍食品を電子レンジで温める生活をした。ジュリアとマークもいい子たちだったが、ありがたかったのはハンナである。大きくなるほどに友人のようでいてくれた。そのハンナは、母親がまったくの被害者で落ち度はないと思っている。じつは夫婦のどちらにも過失があったと知られる危険は避けねばならない。

いまシャープとかいう作家が押してきている。こっちが降参するまで突っつこうとするだろう。いや、もう知られているのかもしれない。ヘレンが知っていたのではないか。アーサーが灯台から手紙に書いたということもあり得る。ともかく、どうやってハンナに説明したらいいのか悩ましい。そんなことできるはずがない。

「だって十四年も夫婦でいたんでしょう」ハンナが言った。「子供が三人いたのよね。じゃあ、ヘレンが知ってたのは？　せいぜい正味五分とか、そんなもんじゃないの。それで何を言おうと、言わせときゃいいのよ。もし過去をほじくり返してつらくなるんだったら、やめとけばいいだけ。家の外に不審な車がいて見張ってる？　なあに言ってんだか」

まったくその通り。だが、おとといの晩、たしかに感じたのだ。外の道路をうろつく人がいた。そしてまた、メッシュのカーテンを通してのぞくと、静かにエンジンをかけたままの車が見えたのも間違いない。だいぶ長いこと、こっちを見張るように駐まっていた。乗ろうとする人も、降りようとする人もいなくて、そのうちに走り去った。

ジェニーは立ち上がり、タオルをばさばさ振って砂を落とそうとした。風に吹き戻される砂を浴びてしまった。もう帰りたい。だが、きょうは子供たちもいるのだから、オーブンでチョップ肉を焼かなくてはならないし、ジャガイモの皮むきもある。『ネイバーズ』を見逃すことは覚悟しておこう。とりあえず帰り支度に手を貸した。荷物をまとめ、子供らを呼び集め、その足の砂を払ってやる。その間ずっと、メイデン灯台は、遠い背後に、おぞましく佇んでいた。もはや腐れ縁である。

いま踏み込もうとするやつがいる。そのドアには閉まっていてもらわないと困る。これまで何年もずっと開けさせまいとした。ドアの向こうは、もう二度と行かれない場所だからだ。すでに夫をなくした。ここで娘まで失うわけにはいかない。

19　ジェニー

わからない、だからいけない、とは思いませんよ。わからなくていいんです。よく母に「ジェニファー、あんたはものを知らないね」って言われましてね、まったく母らしいところで、意地の悪い言い方になってましたが、結局、知らなくて助かったと思う人生になりました。いまだビルの遺体は見つかってませんから、見つかるまでは、生きてるかもしれないってことでしょう。その限りでは、まだ望みがあるじゃありませんか。もちろん、そんなものは年々薄らいでいくとしても、すっかりなくなることはないんです。

あの人なんだとわかるようなものを公社が見せてくれるんだったらともかく、そうでないなら死んだなんて認めません。そんなわけないでしょ。手品みたいに消えたんで、また戻ってくる仕掛けがあったっておかしくない。ポール・ダニエルのマジックショーじゃないけど、さあ、びっくり、ってなもんですよ。ぱっと消えたのがおかしくないんなら、ぱっと出てきたってよさそうじゃないの。

作家さんてのは、おかしなことも否定しませんよね。そうじゃありません?

ビルに胸苦しさがあったってことは言いましたでしょう。そういう直感の働く人だったんですよ。あたしと同じで、何かの波長に合うというのか。たとえば、あの人、母親の死に方もあったのか。それで信じるようになったというか――信じたくなっていたのは間違いないんで――生命というものは、この世に生を享けた肉体だけにとどまらないと思ってたんです。

あたしと付き合うようになった頃のビルは、よくメモを書いてました。それを教室の机に入れましてね、何時に会おうなんて知らせるんです。母の目がありましたんで、うまく内緒にしないといけなくて。もう姉のキャロルは家を出てましたから、母と二人暮らしになってました。あたしが帰れば、もう母は戸締まりをして、娘を外に出さないんです。公園の木の幹に洞《ほら》があったんですが、そこにプレゼントが置かれたりもしましたよ。シャーベットレモンの袋入りとか、プラスチックの指輪とか市場で見つけたもの。いまでも、ひょっこりビルからのメモが来るんじゃないかって思うこともありますよ。枕の下に突っ込んであったり、ヤカンに立てかけてあったり。あの当時の住宅で、月曜の四時半に、なんてねえ。

ビルがどっかの海岸で日向ぼっこしてるなんて、そんなこと言ってませんよ。ただ、もし超自然の現象みたいなものがあって、それがビルを連れてった――というか借りてったとしたら、また超自然の具合で、すんなり返してよこしたりするんじゃないか。そういうこともある。そう思ってるだけでいいんです。

何でも説明はつくもんだって言う人は信用しません。ひどく狭苦しい考えですよね。目の前にあるものしか見えなくて、ほかのことが考えられないとしたら、もったいない生き方になりますよ。

その先まで見なくちゃだめ。ちょっとくらい無理しても、心を大きく広げませんとね。

たとえば、お聞きになったことあるかしら、「銀の男」といって、モートヘイヴンの近辺じゃあ、ちょっとした伝説なんですよ。あたしは見てないけど、見たっていう人はいくらもいます。でたらめを言うはずのない信用できる人が、そう言うんです。はっきり見えたんだそうですよ。いるのが当たり前みたいに、いたんですって。

小説の企画としては、ピカ一だったんじゃありません？　銀ピカですよ。髪の毛も、着てるものも、皮膚だって魚みたいに銀色がかってる。また見かけもそうなんだけど、まさかと思うところに、ひょっこり出てくるのが変なのね。そんなに速く動けるのか、何人かコピーがいて出没してるんじゃないか――。ブリーフケースを持って歩いてたから仕事に行くんじゃないかと言う人もいる。そのブリーフケースも銀色なんだって。大通りのずっと先に見えたと思って、それから車でしばらく走ったら、坂道を上がった前方に見えたとか、三マイル以上も走ってから、今度は崖の上にいたとか。パットっていう、セブン・シスターズに住んでる人がいてね、やっぱり見てるの。会えばわかるけど、嘘なんてつける人じゃないのよ、でも海岸から手を振ってくるのを見たんだって。だいぶ遠くにいて、銀色の鞄みたいなのを持ってた。こっちへ来いって言ってるみたいだったらしい。近づいていくと、そいつは海に入って、どんどん歩いて、もぐって見えなくなったんだっていう、そんな話。

ええ、あたしはクリスチャンですけど、宗教だって、元を正せば、みんな同じなんじゃないかって思えるんです。天国と地獄、なんていうのは超自然でしょう？　天使と悪魔。燃える柴。割れる海。もし神を信じるのであれば、神が創った世界にはどんなことでもあるんだと思って、広い心になりませんとね。

教科書に載ってるようなことばかりじゃありませんもの。どれだけ科学が進んだって、答えの出ないものはある。宇宙の始まりはどうだったんでしょうね。科学がビッグバンの理論で時間をさかのぼったって、その先はどうなるんです。ビッグバンを引き起こすもとになった材料は、どっからどう出たんでしょう。粒子だか原子だか、ばんと破裂することになったものだって、何もないところから出やしませんよね。だから科学者にも宗教心があるんだってビルは言ってました。無から有は生じないって一番よくわかってるのは科学者ですから。

うちの母は二股かけて信じてました。あたしが育った家には、十字架やら聖歌の文句やら、そんなものだらけになって、どこを見ても幼子イエスがいるんですから、なんだか逃げられない感じがしました。母はロウソクに火をつけて、カーテンを引き回して、チャペルの中にいるような雰囲気にしてましたね。その一方で、ウィンドチャイムやドリームキャッチャーを吊っていたりして、呪《まじな》い師に見てもらうこともありました。その中にいたケストレルという男が、うちに来ては母の頭に手を置いて、むにゃむにゃ言ってから、二人で二階へ上がっていました。その男の背中の上のほうに、二枚の羽根が交差した模様の刺青があったのを覚えてますよ。ある朝、あたしが寝巻きのままでキッチンへ行ったら、そいつがいて見えたんです。もう起き出していて、まるで同居してるみたいにトーストを焼いてるんですから。

あたしが九歳の年には、うちの庭にマリア像が来ましたよ。ある日、あたしが見たら、物置あたりに出してあった冷蔵庫とゴミ袋の間に、マリアが突っ伏してました。教会でヴァンの後部ドアから転げ出たのを、うちへ連れてきたんだって、母は言ってました。娘二人を、キャロルとあたしですけど、よく見てもらわないといけないから連れてきたって言うんです。ヴァンから転がったなんてのは、いまにして思えば母がでたらめに言っただけのことでしょうが、あの当時は、荷台のドアがぱっと開いて、等身大のマリアが路面に顔を打ちつけるような場面が、頭に浮かんでました。どう打ったのかもわかりましたよ。ほっぺたに欠けたところがありましたからね。母は家の中に入れて、きれいにするつもりだったんでしょうが、実際には放ったらかしだったんで、あたしは庭に出てって、立てるだけは立てました。それからは毎晩、こわいもの見たさというのか、寝室のカーテンを開けると、本物の人間みたいに立ってるんですよ。あたし、よせばいいのに、おっかないことを考えて、あれが庭の中を行ったり来たりしてるような気になってました。毎日じわじわと、こっちにも寄ってきてるなんてね。

母は信心をしてるつもりでしたが、あたしの考えるような神様とは、神様が違ってたんでしょう。傷ついたのは石膏のマリア像だけじゃないとだけ言っときますかね。

あの母と暮らしていれば、いやでも善と悪の区別がつくようになりました。目で見てわからなくたって、ほら、ここで、感じてしまうんです。あたしはね、この世界には光と闇があるって、そう思うんですよ。それでもって世界が回ってるんです。光があるから闇もあるんで、その逆もまた言えますね。秤で重さを測ってるみたいに、一方が上がれば、一方が下がる。どっちの分量が多いかってことです。もし光が増えれば、闇の割り込む余地は減る。神の光って、わかりやすいんですね。見つけやすいというか。ふだん光がちらついたように思う瞬間があるでしょう。いい話を聞いたとか、いいことがあったとか。懐中電灯がついたみたいなものかしら。そういう光も、ついてる間は明るい。そのうち消えちゃう。神の光は消えない。

そんなことや、ほかのいろんなことを、打ち明けて言える相手はビルだけでした。あたしが婚約すると、母は、この娘をもらってってくれるならありがたい、さんざん苦労させられた、なんてことを言っていて、それくらいしかビルと口をきかなかったんじゃないかと思いますよ。いざ結婚パーティとなったら、母は〈ジェムソン〉のボトルを抱えてパブの二階に閉じこもったきり、娘に捨てられるんだって泣いてたっけ。

たしかに捨てたと言えるのかもしれないわね。トイレで寝込んじゃった母を、そのままにしたんだもの。トイレットペーパーのホルダーに頭をもたせかけて寝てたわ。あれ以来、口をきいてない。いまでも生きてるのか死んだのか。そんなこと考えても仕方ない。ビルがいなくなってからも、母はあたしに連絡をとろうとはしなかった。あれだけ新聞に出て騒がれたんだから、何か言ってきたってよさそうなものじゃないの。あたしとしては、居所を知られないなら、それでよかったんだけどね。会わなくていいんだもの。母親がいないほうがいいなんて、あんまり言いやすいことじゃないけどさ。あたしの場合はそうなのよ。

自分の娘たちには、そこまで嫌われたくないわね。そういう母親には絶対にならない。あれじゃあ母親とも言えなかった。母親って言葉は聖なるものに聞こえるけども、そんなんであるわけなかったわよ。あたしをこの世に送り出しておいて、あとで縁を切った人というだけ。

ビルとの出会いは運命だった。ビルがいて、灯台の仕事があった。そうでなければ、あたし、いまごろは施設に保護されるか、ホームレスになってるか。だからビルが自分から灯台を捨てたはずがないってわかるでしょ。あたしたち、やっとここまで、っていうところまで来てたのよ。だったら何かしら原因があったってことじゃないの。

ビルが胸苦しさにとらわれておかしくなると、見ていてわかりましたよ。食べられない、眠れない、なんてことになってました。朝の五時に目が覚めちゃったり。暗い中で大きく息を飲み込んでる気配があって。それでも起きずに、じっと静かに横になってました。あたしが声をかけて、「ビル、寝られないの?」なんて言っても返事がないんで、いよいよ雲行きがあやしいとわかるんですよ。

ふだんは口の重い人でしたが、もし何か言おうとするなら、あたしが聞き役になってあげようと思いました。そういうことがなく育って、父親からも、兄たちからも、ずっと笑いものにされてたんです。だからビルにとっては、何がいやかと言って、笑われることがいやだった。もし母親がいてくれたら、また違う人間になったかもしれません。ただ、くどいようですが、あたしにしてみれば、そういうビルがよかったんですから、ああだこうだ言いたくはありません。

偶然の一致があるってこと、信じてますでしょ。そうですよね? だって『海神の弓』の最後で、とんでもない設定にしたじゃないですか。二人の人物が同じホテルに入っていく。そんな偶然てあります? そうではない設定もあったんでしょうに、そのようにした。あたしの考えることと、ちょぼちょぼかもしれませんね。

もう一つ、言っておきましょうか。ビルが失踪した前の晩、つまり二十九日の夜に、灯台は点灯してたんですよ。それは新聞もさかんに書いてましたけどね。どんな事件だったにせよ、その発生は翌朝だったことになる。ただしジョリー・マーティンの補給船が行く前でなければならない。夜の間は、誰かが点灯して当番をしていた。三人のうちの一人なのか、ほかの誰かだったのか、ともかく一人はいたんですよ。でも補給船が行ったら、みんな消えてたんでしょう？

そこまで偶然が重なるなんて、じつは何かあるんだろうとしか思えませんよ。だったら補給船がもう少し早く行っていたら、もし悪天候のさなかにでも出発していたら、なんてことも考えたくなって、さすがに無茶な言いがかりみたいに聞こえるけれど、詰まるところは、やっぱり偶然だったと思うかどうかってことでしょ。それだけで世界は動いてるのか、ほかに何かあるってことなのか。あたしに言わせれば、わかりきってますよ。

島の灯台に補給船が行くってことを、ちょっとでも知ってる人なら、その日には誰もが無線機にかじりついてることもわかるでしょうね。行って上陸できるのか、予定に遅れは出ないのかって、みんな夢中になってるはず。でも、あの日には、まるっきり通じなかったんです。陸地から何度も呼び出そうとするのに、ちっとも応答がなかった。荒天による障害ってことになってるけど、そんなの全然信じられない。たまたま無線がおかしくなって、同時に三人が地上から消えていく。そんな馬鹿なってなもんでしょ。

まあ、何だかんだ言って、あれが怪現象だからこそ、いつまでも噂が絶えないってことなのよ。超自然の何かがあったんじゃないの。ヘレンが言うように海の条件がどうとか、さもなくば補助員が見境をなくしたんだとか、そんなのじゃ人の噂も立ち消えになるでしょうね。

ビルが失踪した前の晩に、空に走る光を見たっていう人もいるんですよ。赤い光が灯台の上に浮かんでから、ぱあっと飛び去ったんだって。あの灯台が無人化されて何年もたつのに、灯台守が回廊の手すりから通りかかる船に向けて手を振ってたって言う船長もいますね。また鳥の話もあって、これは聞いたことあるでしょう。漁船から目撃証言が出てるんです。三羽の白い鳥がいて、潮が引いてると岩場に降りているし、波が高ければ灯台の上のほうで飛んでるんですって。点検に行く技師もそんなこと言うんですよ。いまでは灯台のてっぺんにヘリパッドを設置してあって、昔のように苦労して海から上がったりはしないようですが、その三羽がそろってヘリを待ってるんです。ローターの回転音なんて平気なもので、じいっと見つめてくるんですって。だから、修理屋が行ったとかいう話も気になるんですよ。誰もがね、行ったやつなんていない、あの三人のほかに誰もいなかったって言うんです。もちろん公社は取り合いません。幽霊を見たっていう船長くらいに当てにならないって。だけど何を信じるのかって問題なんで、さっきも言いましたけど、あたしは、もしや、ってことを信じますよ。

ビルの胸苦しさ、空に走る光、三羽の鳥、無線機、偶然の一致。まだ思いもよらないことがあるのかもしれない。母の言い草じゃないけど、あたし、何にも知らないのよ。あたしにわかるのは、何にもわからないってことだけ。

20

チャーチロード八番地
トウスター
ノーサンプトンシャー

ヘレン・ブラック様
マートル・ライズ十六番地
ウェスト・ヒル
バース

一九九二年七月十八日

ヘレンさん

会ってもらえませんか。大事な用なんです。いまの電話番号を書いておきます。じかにお話ししたいと思います。ヴィンスのこと、事件のこと。電話してくれませんか。よろしくお願いします。

ミシェル

V

1972

21 アーサー
悲しい歌

灯台で二十三日

陸にいれば、ヘレンと交替で食後の洗い物をする。自分の番だと、こんな雑用は手早く片付けようと思う。さっさと終えて、テレビで『ポール・テンプル』を見てもいいし、晴れた夜なら少し歩いて崖まで行ってみる。はるかに灯台を見て、なつかしく思うのだ。

島に来ていれば、片付けることも儀式になる。じっくり時間をかけて執り行なう。ここで時間を過ごせばよいのだ。食後の一本を吸いながら洗ったりもする。灰が落ちそうになると、あとの二人のどっちかが気を利かせて、ひょいと灰皿を差し出してくれる。さもなくば流しに落ちた灰を取りのけて、また作業に戻る。

シガレットはともかくとして、ここでは清潔を保つことに気を遣う。自宅ではどうなのかと言われたら、たいして気にしないと答えるしかなかろうが、それは妻という存在がいて、そっち方面の面倒を見てくれるからでもあり（ヘレンはそうでもなくて、だから好ましいとさえ思えるのだが）、また自宅では大問題にならないからでもある。だが島の灯台に来ていれば、生活の空間が乏しいので、その空間は徹底して清めていたい。フロアでも何でも、あらゆる表面が、食器と変わらないほどにきれいである。もし洗い物にシガレットの灰を落としたら、また初めからやり直す。窓から海が見える位置なので、ここで三十分くらい立っているのも悪くない。アルミホイルのような銀光の海だ。それが心地よいばかりに皿洗いを引き受けることが、これまでにも二度あった。

「詩を読んだりします？」ヴィンスが言う。いま彼は一服しながら、クロックソリティアのカードをならべたテーブルに向かい、カセットプレーヤーからは「スーパーソニック・ロケット・シップ」を流している。

「まあな」

「どんな身近なことでも詩に書けるって言いますよね」

「そうらしいな」

「どうせ暇ならってことだけど」

「そういうことだ」

この若いやつは、おれにやり込められるかと思っている。たしかに、こんな灯台にいて自分の夢を語ったら、気取りやがってと笑われるのが落ちだろう。ヴィンスは見かけではわからないやつで、ロックバンド、ペン、シガレット、というところで生きている。キンクス、ディープ・パープル、レッド・ツェップ、T・レックス。そこへいくと、おれもビルも音楽には無頓着だ。食器棚に乗せたラジオだけで充分だと思っている。調子のいい日ならBBCラジオ4のコメディ番組を拾える。受信状態は不安定だが、ともかくもバリー・クライヤーの声を聞けば、この世界には、ほかの人間がいて、ほかの生活がある、ということを思い出す。だからこそ聞きたくない日もある。それでもラジオを止めろとビルに言ったりはしない。自分が離れていけばよい。

「好きな詩人なんかは?」

「そりゃあ、トーマスだ。――やさしい夜に寄り添うのではない……」

「知らないな」

「知っとけよ」

「詩人と言ってもいい人が、結構いるんですよね。デイヴィスとか、ボウイーとか。そいつらの書くものは、もちろん音楽もあるけど、言葉がちゃんと詩になってる」

「ボブ・ディラン」

「そう、そう」

「ウォルト・ホイットマンは、読んだことあるか?――いつまでも揺れる揺りかごから……九番目の月の真夜中から」

「どういうこと?」

「これだけだとわかんないだろうな。全部読んでも、読む人によりけり」

「おれにも女がいるんで」ヴィンスは言う。「ちょっと書いてやったりもしたんです」

「どうだった?」

「女って、詩を喜ぶみたいで」ヴィンスの顔が笑う。「こう言ってわかるかどうか、おれにとっては、ありがたい結果になりましたよ。まず頭ん中でいろいろ考えちゃってるんです。刑務所の夜は時間が長いですからね。とりあえず思いついたことが、ぽつぽつ組み合わさってきて、いい感じになることもある。そういう頭に浮かんでることを紙に書いて、あとで見返すと、ちっぽけなことみたいに思えたりして、それがいいんじゃないかと思うんですよね」

「どんなこと書いたんだ？」

「素面《しらふ》じゃ言えませんよ」

「ちょっとは見せてもらえるかな」

「まあね。主任だったら、いいかも」

「うれしいね」

「つまんないっすよ。ぶっ飛んじゃってるんで。だけど、わかってもらえると思う。だから、かもしれない。ため込んでいたくないんですよ。ため込むのはよくない」

「そうだな」

「うまく出さなきゃ」

「おれは、いつでもいいぞ」

「どうも、主任さん。でもビルには言わないでくださいよ」

「詩のこと？」

「ええ」

「わかった」

「そういう人じゃないと思うんで」

「どうして？」

「決まってますよ。破いちゃうかも。その気じゃなくても、手が動いちゃったりして」

二十四日、二十五日、二十六日
　太陽が、月が、何度も昇る。光が点灯して消灯する。夜空に星が回転する。太古からの星座が傾きを変えて、柄杓が斜めに、カニが逆さになる。サソリ、マザロト、天の分点。風が波打つ。馬が駆けて、泡を吹いて、また静まる。海は果てしもなく、気まぐれで、ひそひそと、ひゅーひゅーと唄っている。悲しい唄、魂の唄。たとえ失われても、すぐにまた唄は立ち上がって揺れている。その真ん中に、このメイデンが樹齢数百年のオークの木のように根を下ろし、ずっしりと岩に重みをかけている。
　波が大きくうねる。晴れた一日。霧信号やレンズの装置を潤滑させる。缶詰のステーキは、匂いはともかく味は悪くない。ニコンのカメラで空と海の写真を撮る。その境目がないので、空と海で一枚の写真になる。空軍の戦闘機が四分の一マイルほどの距離を、灯台くらいの高度で通過する。手を振ってやるが、どうせ見えていないだろう。
　眠る。眠ろうとする。暗くて狭苦しい空間で、また飛行機かと思うのだが、飛んでいないとビルは言う。あの一機だけだった。眠っておかないといけない。眠らないと、いつのまにか何時間が何日になる。昼と夜が入れ替わっている。いつだったか忘れないように、カレンダーで一日ずつ消していく。きょうは、きょう。あすは、あす。ホイットマンは、九番目の月の真夜中、と言った。

金曜日。船が通りかかる。日帰りの観光船だ。灯台をぐるりと回って、「おーい、誰かいるかー」と呼ばわる。こんな季節に、わざわざ帽子やらスカーフやら、すっぽりと頭にかぶって来るとは、どうかしているとしか思えない。もし漁船が通るのだったら、よう、頑張れ、と言ってやりたい。観光客から見れば、おれたちはめずらしい見物《みもの》だろう。「クリスマスには帰んの」と大きな声で言ってくるのだが、岩に砕ける波の音で、これが質問なのかどうか、よくわからない。ともかくも一人だけはそうなる。ビルだけは帰ることになっている。

しばらく一緒にいればわかる。ビルの場合には四十日が目安だ。ぶらっと歩きたい、妻子を抱きしめたい、と思うらしいが、そのあたりを通り越せば、すべて忘れそうになるのが見えてくる。ここの外にも生活があり、この壁が世界の終わりではない、ということを忘れそうな段階にさしかかる。ビルは石のように硬化し、冗談も言わなくなる。そのあたりで四十日。いつも決まってそんなものだ。

二十八日
オイルを貯蔵する階のフロアに白線が引かれている。塗り直したほうがよさそうなので、一時間かけて丹念に作業をする。完璧な出来映えで、前よりも上等だ。この用事を終えてから、セットオフへ降りて、刷毛を手入れしておく。これまた新品同様に仕上げる。陸の留守宅ではペンキ塗りをどうしているのかと思うが、さほどに気がかりということもない。そういうことには公社が派遣してくれる人もいる。こっちに来ていると、おれは自分から保守点検の仕事をさがす。しばらく放っておいて見た目におかしくない箇所でも、すぐに修繕なり改善なりをしている。

灯台の仕事につくまではロンドンにいた。タフネル・パークの一間だけのアパートに、ヘレンと暮らしたのだ。日曜日の朝は、よく一人で新聞を買いに出て、町角のパン屋にも行った。ヘレンはベッドにいて、シーツを脚に絡ませた格好で、おれが持ち帰ったロールパンを食べた。それからパン屑を払って、ざらっとした口当たりのブラックコーヒーを飲んでから、ハムステッド・ヒース公園を散歩した。ああいう暮らしのままだったら、おれたちはどうなっていたか。ヘレンは、いまよりは幸福だろう。おれのために自分の生活を犠牲にしたというような、いまの考えは出ていなかっただろう。これなら軍人の妻になってもよかったと言ったことがある。

深夜の当直をしていると、こうなればいい、こうなればよかった、という思いが出る。いつぞや聞いた話で、ある灯台守が同郷の娘に恋をしたそうだ。うまくいくようないかないような夏があって、どうなるものかと思っていたら、ある日、一隻の船が来た。その船首にはロープと救命胴衣に埋まりそうな彼女が立っていて、愛してる、と叫んだそうだ。そう聞いて、みんなで大笑いしたものだ。恋心だのロマンスだのというと、笑い飛ばすのが当たり前だ。しかし、おれの内心は違っていた。

自分の中にあることを、すんなり言えるとはかぎらない。おれには難しい。

おれも同じことをヘレンにやってみたらどうかとも思ったが、こっちから陸へ行くのだから、ちょっと様にならない。そんな用事を頼める船長もいない。つい考えてしまって、すぐに馬鹿らしくなった。二十五歳ならともかく、五十にもなってすることではない。ここまで来ていまさら、と思うような時期が来る。時の流れ。いやというほど流れた。

塔内へ戻って、ざっと身体を流す。ヴィンスは居室にいて音楽を聴いているらしい。声を掛けてみる。風が出ているのだ。しかし聞こえないようで、わざわざ繰り返すほどの重大事でもない。身体を流すと言っても、炊事場でブリキのバケツとタオルを使うだけのこと。パンツ姿で立ったまま、手早く石鹼で洗う。それで心地よいこともなく、ただの汚れ落としだ。水気をぬぐって、服を着て、すぐに茶を一杯淹れる。なにしろ寒くて、まだ髪も乾かない。

思い出せるかぎり昔の記憶には、濡れた髪が出てくる。おれの髪の毛が濡れていて、母親がタオルでごしごしと拭いている。世間一般の母親が指先に唾をつけてから子供の口についた汚れをこすり取ろうとするような実力行使に似ていた。やきもきした気遣い。その後、母親は彼の父にそういうことをした。すでに父が子供じみていた。おれは子供ではいられず、大人になって父よりも大人びた。

分厚い壁の二重窓からバケツの水を捨てるのは大変だ。それよりは回廊まで上がって手すり越しにぶちまけるのがよい。ところが、いざバケツを傾けようとしたら、北西の風が出し抜けに吹いて、ふらりとよろけそうになった。あやうく手を離すところだったが、そんなことをしたらクリスマスの季節にずっと平謝りすることになったろう。すまん、入浴設備を失ってしまった——。しかし、どうにか踏みとどまって、その代わりに水が撥ねかかった。プルオーバーの腹からズボンにかけて、びしょ濡れだ。

風が凍るように冷たい。バケツの縁を持った手は、赤くなって、ひび割れている。急いで塔内に戻って下に降りる。まずバケツは戻して、寝室で着替えだ。

　ビルは眠っている。寝棚のカーテンを引いていないので、横向きになったビルの、耳の輪郭、がっしりした肩の筋肉がわかる。いままで細身なのかとばかり思っていた。小柄で、ひょいひょいと動ける、いわば地下鉄にいるスリみたいな男。それが最近になって肉がついたのか。もともとこんなだったのか。あらためて見ると印象が違うということはある。ふだん近くにいて、かえって見誤ったのかもしれない。

　いびきの音が聞こえる。うるさくはない。もともと縁もゆかりもないはずの連中と、こうまで共同の暮らしをしている。つくづくそう思うことがある。陸に帰っていれば、おれは人付き合いが苦手だ。そういう要領が悪い。人が行き来して、落ち着かず、うまく近づいていけない。ここにいれば、いやも応もない。縦長の空間に閉じ込められた共同生活で、友人にも兄弟にもなる。一人っ子だった者には、これは大変なことだ。子供の頃、一人っ子《オンリー》というのはさみしい子《ロンリー》なのかと聞き違えていた。ずっとそうだと思っていたが、十四歳になって保健のパンフレットに正しい文字を見つけた。

　静かに動いて、物入れの中からジャンパーを出す。だがズボンはさっき穿《は》いていたのが最後なので、ビルのを無断借用させてもらってよいことにする。もしベルトをしなければ、おれはビルと同じサイズでよい。おれのズボンが乾くまでには、とんでもなく時間がかかるだろう。せいぜい調理台くらいしか乾かす熱源がない。

　ズボンを穿いて、ついポケットの中をさぐったのは、いつもの習慣でしかない。だが、その手にふれたものがあって、なんとなく覚えがあるような気がする。そうとしか言いようがなくて、何なのか判然としない。ただ知らないものではないという感触だ。

ヘレンに求婚した当時は、指輪を買ってやることもできなかった。ともかくも彼女にふさわしいものには手が届かなかった。ようやくハットン・ガーデンの店へ行って、サファイアが二粒のダイヤにはさまれている指輪を買えたのは、さらに五年たって、しかも銀行でかなりの借金をしたからだ。また、それよりは何週間か前のことだったが、ちょっと遠出をした先に雑貨の小店があって、彼女がネックレスを見つけていた。どうという品物ではない。飾り気のない銀のチェーンに、碇の形をしたペンダントがついていた。十ポンドで買ったのだから、いま彼女の指にあるリングに値段では及ばないのだが、いつも大事にしていたのは、このチェーンである。

それを身につけることがなくなった。おれに気づかれていないとヘレンは思っている。だが、おれはヘレンのことには何でも気づく。陸に帰るたびに、変わったところがあれば、すぐにわかる。

船を出させればよかった——。おれのものだった生活、妻だと思っていた女が、そうではなくなりそうな瞬間に、碇のついたチェーンを指にくぐらせながら、そんなことを思う。船を行かせて、その舳先から大声で言ってやる。それで彼女にもわかるだろう。

昼間でもじっとり肌寒い階段で、ビルのズボンのポケットから取り出したネックレスを見る。そして寝棚のビルに振り返って、じっくり考えようとする。ほかの誰にもわかりそうなことで、おれには考えられない隠しごとだ。嘘の破壊力が大きすぎる。おれだけが知らなかった事態がずるずる展開していたということだ。

星座の様相が変わった。空が落ちた。仲間だと思った男が——。

22　ビル
銀の男

鮫はのっぺりしている。だから凄味がある。冷たい脂肪質の魚雷だ。鰓《えら》が切れ込んで、ずらりと歯がそろっている。脂肪と歯で生きている。凝固した乳成分に、針を埋め込んだようなもの。そういうのを見たことがある。釣りをしようと坐っていたら、いきなり出た。大きな灰色の菱形が、海水を突っ切ってきた。その形だけで言うなら、眠れないときにジェニーがよこす錠剤と似ていた。あわてて釣り糸を引き上げたが、鮫のやつは灯台をぐるぐる回って泳いだだけで、まもなく去っていった。ウバザメかと思ったら、アーサーはホホジロザメではないかと言った。アーサーはもの知りだ。この近辺の灯台でも目撃例があるらしい。

陸に帰って、そんな話をジェニーにしたら、しがみついてきた彼女の息に、ぷんとワインの匂いがした。「もうセットオフで釣りをしようなんて思わないで。約束して」その夜の彼女は、すがるような目をして寄ってきた。

おれは、あの鮫のことを、こわいとも思わず、たいしたやつだと見ていただけなのだが、そんなことを彼女には言わなかった。あの鮫は、もし家族がいたのなら、家族を捨てていただろう。もし妻がいたのなら、すでに食ってしまったことだろう。

灯台で四十五日
　週の半ばになって、嵐に見舞われる。大荒れになる前には、そろそろ来そうだと思うことがある。分厚い雲が迫ってきて、海には暴れ出す気配がある。だが、いきなり風雨が襲ってくることもあって、何も知らずにいた朝食の最中にも、波しぶきが窓に飛びかかってくる。

「くっそ」ヴィンスが言う。いつも無感動な顔をしているやつが、きょうは立て続けにシガレットを吸わずにいられないようだ。いくら頑丈な窓とはいえ、嵐の音は桁外れに猛烈だ。雨が窓ガラスを洗い流して、海はミルクを混ぜすぎたように気色が悪い。灯塔の全体が揺すられて、まるで電流の中にいるとでもいうのか、土台から足の裏へ来た波動が、頭のてっぺんを抜けていくような感覚がある。時速五十マイルの石がばらばらと衝突してくるようだ。こうなっても灯台が立っているというのが不思議でならない。

　アーサーは『ナショナル・ジオグラフィック』の古い号を読んでいる。不安ではないらしい。彼の過去を考えれば、いまさら怖がるほどのものはないのだろう。だから、おれが罪悪感を持つまでもない。ヘレンだってそのはずだ。もう彼は最悪を見ている。

　こういう天候だと、アーサーは安心材料としての知識を傾けたがる。かつてスミートンが設計した塔は、その根元だけしか残らなかったが、後世の技師には多くの知見をもたらしたこと。灯台なるものには何百年もの歴史があって、建造と倒壊を繰り返してから、花崗岩ブロックを食い込ませて結合する工法にいたったこと。

要するに、おれを下に見てしゃべっているだけなのだ。また駆け出しに戻ったような気にさせられる。初めてここへ来た日に、おれをセットオフの外縁まで引っ張り上げたのがアーサーだ。アーサーはものを知っている。おれに何がわかるか。

ところが、きょうのアーサーは何も言わない。ひたすら『ナショナル・ジオグラフィック』を読んでいる。一度だけヴィンスに目を上げて、ああ、お茶か、一杯もらおう、と言った。古雑誌は、一九六五年か、もっと前くらいに出たらしい。時計がこちこち鳴っている。いま十一時を四分過ぎた。シガレットが何本も煙になる。そういうことが続く。

正午。灯室に上がる。きょうは主任が午後の当直をする。霧信号は爆発式で、耳が聞こえなくなりそうだ。この仕事はつらい。音を鳴らして退屈しのぎになると思ったら大間違い。戸口に坐ったまま、ひたすらプランジャーを押しているのだから、これほど退屈なことはないだろう。濃霧で視界不良だと、当直になっている者が坐りっきりで、五分に一度の操作を何時間でも繰り返す。当番ではなくても、音を追いかけているしかない。とんでもない爆音が一時間に十二回も鳴り響く中で、食事をして、どうにか眠ろうとする。公社からは耳栓が支給される。離島でも沿岸でも、灯台で暮らせば、そんなものが来るのだが、だからどうなるわけでもない。鳴っていると何も手につかない。まともに考えることができない。

とにかく大変なのは、灯室から回廊へ出ての作業だ。ここでクレーンの腕をおろして、その先で霧砲の火薬を装塡する。大揺れの海を見おろしつつ、びゅうびゅう吹く風に耳が痛くなる場所に出るのだから、楽しいわけがない。陸地へ帰ってからでも、まだ風の音が耳を抜けるような気がする。晴れた日のさわさわと鳴る音。急に荒れる日のすすり泣く音。アーサーは好きらしい。回廊に出て、ぐらぐら動く世界を見るのが好きなのだ。その主任は、いま灯室の中にいて、炊事用の椅子に腰掛け、引き金に親指を掛けている。

「いいか、ビル、行くぞ」

霧信号が轟音を上げる。ばるるるるるるるる。

「お茶ですよ」おれは主任の足元にカップを置く。その足は靴を履いていなくて、靴下の組み合わせがちぐはぐだ。ありがとうとも言わず、じっと海を見ている。

「きょうの夕食は何だ？」しばらくして主任が言う。

おれは階段で立ち止まる。手をポケットに突っ込む。

「ステーキ・アンド・キドニー」

「そりゃ結構だ」

「陸に帰れば、もっと結構ですね」

アーサーはシガレットに火をつける。「おまえ、そろそろだよな」

「あと十三日」

あと十三日したら、また彼女に会う。その髪の匂い。クローヴの香りに似ている。初めて重ねたときの唇は、ちらりと光線をよぎる一片の雪だった。

「帰ったらどうする？」主任が言う。

「とりあえずビール。それから、まともなベッドで寝ますね」

ばるるるるるるるるる。

「うちのヘレンにも、よろしく伝えてくれ」

「いつもそうしてます」

主任はプランジャーに親指を這わせている。「どんな荷物だった？」

「何です？」

「ジェニーから来たんだろう。ヴィンスが持ってきたよな」

「いつもと同じですよ。手紙、チョコ」

おれは一服したいところだが、シガレットの持ち合わせがなくて、きょうのアーサーは分けてくれようという気分ではないらしい。天候によって、そうなる。ぼんやりして、心ここにあらず。だいぶ年寄りくさくなってきた。

「なんだか申し訳ない気がしますよ。そう思わせるつもりで送ってくるんでしょう」

「いい奥さんじゃないか。ヘレンなんて絶対にしやしないぞ」

ばるるるるるるる。

「何を？」

ヘレンがすることを、おれはわかっている。というか、おれが彼女に望むこと、彼女がしてくれること。いずれ、夫には負い目がないと彼女が割り切れば、そういうことにもなる。

「いい奥さんか」アーサーは言う。「おれには関係ないな」

もし彼がこっちを見たら、わかってしまうかもしれないが、彼が目を向けてくることはない。ヘレンに聞くと、彼は目を合わそうとしないという。もし彼女がおれの女なら、目を離そうとしないだろう。すでにそうなっている。こっそりと。ジェニーにはわからないように。その家のドアが開いて彼女が出てくる。そう思って、おれは見ている。出てきたヘレンは、バッグをはたくように家の鍵をさがす。彼女の視線が窓ガラスをかすめる。あら、こんちは、と言っている目だ。忘れてはいない。おれのことを考えている。おれが彼女のことを考えているのと同じだ。できるだけ早く一緒になりたいと彼女も思っている。するとジェニーの声がキッチンから鳴り響く。赤ん坊を見てなきゃだめじゃないのと怒っている。なるほどスクランブルドエッグが床に落とされているようだ。

おれがアーサー主任の下で勤めるようになってから、いつだって見えていたようなものだ。ヘレンは夫婦に接触がないと言う。話すこともない。いまだに彼はまったく気づいていない。どうしようもない感情というものがある。おれは初めからヘレンに言った。ヘレンが洗濯機の前に立っていた別れ際に、そう言った。アーサーなんて関係ない。もしアーサーが彼女と夫婦でないのなら、まったく問題はないだろう。だが現実に夫婦である。おれが半ズボンをはいた子供で、そのベッドの端っこに坐った親父がベルトを手でしごいていた時代から、あの二人は夫婦だった。

「ジェニーのやつ、もっと自立心があってくれてもいいんだが」と、おれは言う。「ヘレンみたいに」

この名前を彼の前で口にするのは、ちょっとした冒険だ。だから言ってみたくなる。

「自立した女が好きなのか、ビル？」

「自立しないよりいいでしょ」

「そうか？」

「ほら、四人でモートヘイヴンへ行った日ですよ」おれは様子を見てやれと思って、この話で押している。「たしかヘレンの誕生日で、ロンドンで買ったっていう青いドレスを着てましたよね。うちはシッターに子供を見てもらったんだった。〈セブン・シスターズ〉で魚の大皿を取り分けて食ったじゃないですか」

「あのドレス、おれが買ってやったんだ」

「似合ってました」

「いまでも着られる」

「ヘレンはワインが気に入らなかったみたいですね。ジェニーが飲むのは止めなかった。うちに帰ってから、ジェニーに泣かれましたよ。ヘレンとならんでると、自分は器量も悪い、頭も悪いって思うらしい。そんなに飲まなきゃ、そういう気分にもなるまいって言ってやったんですがね」

「傷つきたくないんだろう」

「飲んだくれなんです」

「なんで飲むのかな」

「知るもんですか。ともかくも、あいつは飛んでくるミサイルみたいなもんで、おれなんか陸へ帰ると、何にぶち当たるかわかんない気がしますよ」

「お互いさまだろう」アーサーが言う。

「え、何です？」

「ヘレンに言われたことがあるんだ。知らない人が帰ってくるみたいだって」

「おれのこと?」

ここでやっとアーサーが目を合わせてくる。シガレットの火が進んで、フィルターぎりぎりまで迫っている。きつい苦味が出る。「いや、おれだよ」

ばるるるるるるる。

「茶が冷めそうですね」おれは引き下がろうとする。

「いくらか寝とけよ、ビル」彼はシガレットを消して、火薬の装塡に立とうとする。

四十六日
当直まで、あと二時間。いつもの感覚が胃に来る。いや、さらに重苦しいだろうか。どっちつかずの場所に置かれるような、もやもやした感覚。陸でも海でもない。家でもない。遠くでもない。どっちつかずで、どこだかわからず、ふわふわ浮いている。いやな場所のことを考えるなとヘレンには言われる。だが考えずにはいられないこともある。
妻には言っていないことも、ヘレンには言える。
その男を見たのは、おれが十二歳の年だった、というようなこと。近所に住んでいたミセスEの車に乗せてもらった日だ。ミセスEの息子とは同級生だったが、あのバカ息子ほどのバカは見たことがない。おれは泳いだあとで、まだ髪が濡れていた。考えていたのは、兄がタバコを隠している真鍮の缶のことだ。親父の銃器戸棚にある缶の中から一本くすねて、誰も帰ってこないうちに、ポーチの物陰で吸うつもりだった。

坂の下で、これからモートヘイヴンの町に入ろうという道に、急カーブがあった。ミセスEが止まりそうなくらいに徐行したら、その車の前を突っ切る男がいた。いかにも奇妙に見えたので、子供の目にもくっきりと印象が残った。銀色の髪をした男が、ブリーフケースを持っていた。凍えるような二月の日だったのに、サングラスをかけていた。そういう姿の全体に、いつの時代だと思わせるものがあった。すでに五〇年代が始まっていたけれど、髪の毛と同じように銀色だったスーツにしても、いくら親父に「頭の足りない」子供と言われたおれでさえ、その仕立てを見れば、ずっと前の、たぶん二〇年代くらいの服だろうと思った。男にあわてた様子はないとして、どこかに用事でもあるような、たとえば行く先は決まっているが余裕で間に合う、という感じだった。

その男は横道を行って、おれたちは直進を続けた。ミセスEがサンビームを走らせる運転は、まるで九十歳の老人のようで、目がしょぼしょぼして、手が震えて、鼻がフロントガラスにくっつきそうに前のめりだった。五分たった。車で走れば、かなりの距離になる。だから信じられなかった。郵便局を通過したあたりで、さっきの男が前方を横切った。今度も左から右へ。さっきと同じ髪の毛とスーツ、サングラスにブリーフケース。まるで出し抜けに、垣根の陰から、ひょっこり現れたので、あわてたミセスEの車が道端にはみ出し、もはや意味もなくクラクションが鳴った。男はこっちを見なかった。車を見ない。あやうく轢かれるところだったとも思わないらしい。おれたちに気づきもしないようなのだ。

そもそも車より先に来ていたことがあり得ない。車かバスかバイクで来たとしても、どこかで追い越したとは思われない。おれたちは追い越されていないし、モートヘイヴンまでは一本道でしかない。もちろん歩いてきたはずがない。それだったら、まだ途中の丘を越えてもいないだろう。まさか双子がいて、同じ服装で、同じ身のこなしで、というなら話は別だが、それは絶対にないと子供心にも思った。そういう話ではないのだ。おれたちが見たのは、ただ同じ男というのではない。同じ瞬間を見ていた。左から右への横断、首を傾けた角度、ブリーフケースの揺れ方、サングラスにきらりと光った冬の日射し、また踏んでいった歩数でさえも、いわば道を行くのではなく、どこか別の見えない表面を移動するのにも似て、でたらめに現像した写真のように、この町の路上に転写されていたのだった。

ミセスEがおれの顔を見て、「いまの何よ。何だったの」と言った。

何だったであって、誰だったではない。

いまになっても、あれが何だったのか、おれには答えようがない。

そんなことを、おれは親父には言わなかった。兄たちにも黙っていた。その後、何週間か過ぎて、ブリーフケースの男も徐々に脳裏から薄らいでいった。ミセスEが急死したと聞いても、おれは黙ったきりになっていた。ミセスEは、ある朝、いつも夫が読んでいた『ヴァレー・エコー』を買いに出た。どうかしたのか、と新聞屋は思ったそうだ。窓の外に見覚えのある人がいたらしい。新聞が手から落ちた。

あれから二十年以上もたった。おれは島の灯台にいて、テレビで『コロネーション・ストリート』を見ている。二層下の階でヴィンスの煮ているカリフラワーシチューが、とんでもない匂いを発している。そんなときにまた彼のことを思い出した。ここにいると考える時間がありすぎる。そこまでは親父も計算していなかったろう。もちろん人による。自分の心にたぶらかされるのか。

いつまでも取り憑かれてしまうのか。

この弱虫め。おまえなんか、さっさと灯台へ行くのが身のためだ――。

窓越しに、白っぽい目のような月がある。おかしな月、おかしな考え。ここで見る月は、痛いほど明るくもなる。月の光が何にでも映えて、むやみに明るい。月が太陽になる。すべて裏返し。そんな世界を思う。

今度は、おれの番だ。おれが銀の服を着て、車道に出て行く。ブリーフケースの形が手の感触にある。何が入っているのやら、その重みはわかる。おれが車を見ると、サンビーム・タルボットの助手席に子供が乗っている。おれは子供に言う。

走れ――。

「おい、ビル」

アーサーが部屋の入口に来ている。炊事のナイフを手に持ったままだ。

「あ、いけねえ。眠っちゃった。いま何時です?」

「七時だ」ナイフがこっちを向く。きらっと光る。「ちょっと手を貸してくれるか」

23 ヴィンス
黒魔術の記号

灯台で十五日

沿岸警備隊ハートポイントから全体に送信。感度いかがですか、どうぞ。

こちらタンゴ、下がってます。フォックストロット、下がってます。リマ、下がってます。ウィスキー、下がってます。ヤンキー、下がってます。

ハートポイントからタンゴへ。いま聞こえますか、タンゴ、どうぞ。

タンゴから応答、聞こえてます。こちらは晴れた午後です。聞こえますか。

はい、タンゴ、ありがとう、聞こえてます。快晴ですね。ハートポイントからフォックストロットへ。こんにちは、聞こえてますか。

フォックストロットからハートポイントへ。こちらからもご挨拶します。はっきり聞こえてます、どうぞ。

はい、了解。ハートポイントからリマへ。聞こえますか。

リマからハートポイントへ。聞こえてます。皆さんによろしく。リマからハートポイントへ、とくに報告事項ありません、どうぞ。

ありがとう、リマ。こちらハートポイント、聞こえますか、ウィスキー。

はい、ウィスキーからハートポイント。ちゃんと聞こえてるよ、スティーヴ、どうぞ。

どうも、ロン。ハートポイントからヤンキーへ。そっちは聞こえてるかな、どうぞ。

こちらヤンキー。ハートポイントへ。ヴィンスです。声が聞けてうれしいですよ。どっちの周波数も感度良好。どうぞ。

ありがとう、ヴィンス。では皆さん、これにて。ハートポイントからの通信を終わります。

十六日

ビルの女房が差し入れに寄越したチョコレートを、ちょいちょいと持ち出した。きのうの夜、ビルがテレビを見ている隙に、そんなこともできた。何かしらめぼしいものがないか、あいつらの私物を勝手に見せてもらうこともある、と白状しておこう。もし分量に余裕がありそうなら、見つけたもん勝ちということにする。ただ、ビルの場合には、気づいたとしても、うるさいことは言わないだろう。ふだんの話を聞いていると、たいして惚れた女房でもなさそうだ。

そっちに話を持っていくと、「一生の半分も結婚してみろ。そうすりゃわかる」とビルは言う。「女に指輪をさせたら、それっきり変わるんだ」

セットオフに降りて、釣り糸を垂らす。たいして釣れるとも思えないが、ひょっとしてポラックかサバでも掛かってくれたらありがたい。ビルに教わったように、ちょっとニンニクを揉み込んで、それから乾燥パセリでも添えてみる。まだレモンがあったかもしれない。手袋から出ている指先が冷気にかじかんで、チョコを取り出すのが大変だが、ともかく出せば食える。

外側が黒っぽい色で、中身がライラッククリーム。食ってから舌に塩味が残った。こんなものが作れて、作りたいとも思って、だから作ってくれる、というような女を、おれも持てるだろうか。おれは出発前にミシェルと話し合って、これからずっと別れることなく、二人だけで暮らそうと確かめた。そういうことを、どっちかというと、おれが心配している。こんな島へ来て、二人の男と暮らして、いったい何なんだと思わなくもないからだ。彼女は陸に残っている。町にはナイトクラブがある。ああいう睫毛もしている。プレーヤーで「ウォータールー・サンセット」

をかけると、二人で歩いたウォータールー橋を思い出す。あのとき彼女はくるっと顔を向けてきて、「すごく知っていて全然知らない。こんな人いない」と言った。だが気に病むことはない。わかってるやつなんかいない。主任やビルだって、毎日おれと暮らしていてもそうなのだが、そんなことはどうでもいい。人に見せるおれ、本物のおれ、この二つは別物だ。いや、それは誰だって同じだろう。

釣りというのは、糸の引き具合もそうだが、ともかく坐っていることが肝心だ。コートの襟を眉毛の高さまで引っ張り上げて、股間の玉が凍結しそうになっても、じっと寒気の中で坐っている。こんな海の真っ只中にいると、ちっぽけな人間になりきっているような気がする。塀の中にいた頃には、よく水のことを思い浮かべた。風呂とか小雨とか、そんなものではない。オリンピックの水泳プールになるような水。また何マイルも広がる海。そのときに持てないものを、そのときに欲しくなる。

命綱をつけていないので、なるべく主任には見られたくない。正直なところ、あんなものは面倒なだけだ。ごろごろした結び目が尻に当たってると、穴を突き上げられるようで、痛くてかなわない。どこの主任も、それぞれの灯台にどんなリスクがあるかを計算して、管理の重点が違ってくる。アーサーは命綱をしっかり巻いておけと言う。以前、エディストーン灯台で波にさらわれそうになったことがあるからだ。もし運命の女神が微笑んでくれていなければ、その話を語ることもできなかっただろう。

灯台で何かあれば、最後には、主任が責めを負うことになる。スコットランド沖の灯台で、そのように消えたという若い男の話を、アーサーから聞いたことがある。警告として語り継がれる一例なのだが、もしエディストーン灯台でも危なかったとしたら、ここでも同じことがあってもおかしくない。スコットランドの主任には現実の事故として忘れようがなくなった。つまり、その下っ端の若いやつが、ある日、釣りをしようと思い立って、空には雲一つなく、海も静まり返っていた。主任補佐には話をして、そうと聞いた補佐は「そうか、うまいもん釣ってこいよ」と言った。主任はぐっすり昼寝中で、何も知らされていない。若い灯台守は、おれと同じように、セットオフに下りていって、その外縁から足を投げ出して坐っていた。それきり行方がわからない。しばらくして補佐が呼びに行ったら、もう影も形もなかった。何が何だかさっぱりだ。補佐は物音も叫び声も聞いていない。もし落ちたのなら、そのへんに浮かんで、助けてくれと言ったってよさそうだ。しかし、そんなことにはならず、ただ消えただけで、釣り糸も何もなくなっていた。主任にしろ補佐にしろ、相手のせいにすることはなかったが、そう言っていただけで根拠はない。

結局、その主任は、自分の責任である、そういうものだ、と考えた。ところが現場を検証すると、若いやつの寝棚から、悪魔だのオカルトだのという本が見つかった。あんまり関わりたくないような、気色悪いものだ。寝室のあちこちに、黒魔術の記号が彫りつけられていた。五角の星形、人差し指と小指を突き上げた手。そんなような模様が壁に刻まれていたのだった。ぞっとする話だ。

釣り糸を引き上げて、塔内に戻る。

すると、何かしら海に見えたものがある。ぷかぷか浮いて遠ざかろうとするようだ。目を細くして見ると、流木ではなく、ブイや鳥でもなさそうだ。マグロの群れが海面に近づいたか。ビニール袋なのか。もし袋なら何枚か広がっているのだろう。もっと大きいか。硬いものか。人間くらいの物体か。うつ伏せ、あお向け、腕を広げている。よくわからない。海面が揺れていて、そもそも見たと言いきれるのかわからない。しっかり見ようとするのだが、もうどこかへ行ったらしい。

「で、ランチはどうなる？」ビルが炊事場と寝室の中間で、階段の手すり磨きをしている。この部分には清掃作業が欠かせない。シガレットを吸ったり、チェッカーのゲームをしたりするので、いつも手は汚れているだろう。くたびれて寝に上がろうとすると、その手でうっかり触れてしまう。

「ちょびっと海草、あとはポテチ。そんなもんでよければ」

「ばか言え」

もう手すりは新しいペニー硬貨のようにぴかぴかなのだけれども、ビルはがむしゃらに磨こうとしている。きのうアーサー主任に、ビルはすっかり帰る気分になってますねと言ったら、主任らしい横目が飛んできて、「そのようだな」と喉の奥から出る返事があった。

「水死体を見たような気がする」

ビルが手を止めて、「何だと？」

「たったいま」

「どこで？」

「どこって、海に決まってますよ」

ビルはゆっくりと手をぬぐう。「どんなやつだ」

「さあ、泳いでたのかな」

「ほんとか」

「どうだろ」

もちろん、また外へ出ても、何か見えるというものではない。おれがビルに話した頃には、どこかへ行っていたのだろうし、おれだって何を見たのかわかっていない。へんに気になったというだけのことだ。どうするか主任に聞きたいところだが、ビルは放っとけばいいと言う。いま主任は昼寝中だ。しばらく休んでいなかったから、そろそろ身体にこたえているはずだ。そういうことに気づかないおれではない。だから知らせるまでもない。

「ゴーグルをしてたな」

「誰が」

「泳いでたやつ。赤いゴーグル」

「じゃあ、無線で言っとけよ。気が向けば捜索するだろう。どうせ死んでるんだろうけどな。そうなんだろ」

「どうかな。あんまり騒ぎたくない。アザラシだったかもしれない」

「アザラシが、ゴーグル?」

「それも自信ないんだ」

「はっきりしないやつだな」

炊事場の流しの下に、拳銃が隠してある。そう思うとありがたい。何かが来た場合の用心だ。

その階に上がって、ビルが茶を淹れる。濃い。砂糖を二杯。といっても大匙でどかすか入れるから、実質、六杯くらいになるだろう。まわりが海だと、ありもしないものが見えてくる。そういう話を主任から聞いた。たとえば一つの絵をずっと見ていると、ひょっこり別のものを思いつくことがある。集中力を試されるようなものだ。砂漠だと蜃気楼が出る。そういうことが海にもある。にわかに信じがたい色彩を見る。水が撥ねて渦を巻く。海面に揺れ動いて消えるものがある。凪いだ海でも、水がずたずたに乱れて、一晩出しておいたゴミ袋のように、黒く縮み上がっている。空をびりっと破いて、その穴に指先を突っ込んでいけそうだ。空の奥がどうなっているのか、やわらかに引き込まれて、もう放してもらえないかもしれない。

　毎日、海とばかり向き合っていると、心の中にあるものを海がつかまえて、逆反射するように見せてくる。——血と毛皮、子供の悲鳴、おれの腕の中で冷たくなった仲間……。

「ほら、飲めよ」ビルが言う。

　熱くて甘い茶で気分が悪くなる。それとも水死体を見たせいか。

「アーサーに聞かされたことあるかな。北部にいた船乗りの話」ビルがライターをかちりと押して、シガレットの先端に火をつける。おれが何のことだと言うと、ビルは、「灯台まわりの岩場で、難破した船があるらしい。乗ってたやつらが溺れて、船荷も流れたんだが、一人だけ来やがってアーサーに文句を言ったそうだ。灯台がおかしいって言い草だ。ずっと外海にいて、何にもねえ水平線ばっかり見てるうちに、やっと光が見えたら、どれだけ先かわかんなくなってた。距離感が狂うんだ」と、シガレットの根元を頭の横にとんとん当てる。「まだ遠いと思っちゃうんだよな。気がついたらぶつかってる」

「おれの話もでたらめだと？」

「いや、本物だってどう見えるか怪しいって言ってるんだ」

「主任はいろんなもの見てるよな」

ビルはふうっと長く吸った。「アーサーは、昔とは違ってきた」

「どういうこと？」

「別人みたいになった」

「昔から知ってるようなこと言うね」

「そうじゃねえ。ヘレンに聞いたんだ」

「まあ、いい人ばっかりじゃいられないよな。長い間には誰だって……」

「そういうのでもねえんだ」と、ビルは言う。「なんだか急におかしくなって、すっかり人が変わる、なんてことをヘレンが言ってた。灯台に迫られた船も、こんなはずじゃないって思ったんだろう。ずっと夫婦だったのに、さっぱりわかんなくなるってことさ」


午後、雪になる。灯台にいて雪が降ると、まるで方向感がなくなって気味が悪い。車の屋根に積もるとか、畑を白く覆うとか、そういうことがない。だから、どれだけ降ったのかわからずに、ただ空から落ちてくるだけで、その空は骨のような色をしている。海は静かに雪を受け入れる。ずっと下の海水が、鈍い金属質の色をして、ぴたりと動きを止めている。灯台の仕事をする前は、海はいつも同じ色だろうと思っていた。青か緑か、そんなものとしか考えなかったが、現実には青や緑とは言いきれない。ありとあらゆる色がそろっていて、よくあるのは黒、茶、黄色、金色だが、荒れていれば赤っぽくもなる。

　灯室に上がっていて、天候の日誌に書き込み、イニシャルでサインをする。そのまま机の上に出しておけば、次の当番にもわかりやすい。海や天気のことは、すべて主任に教わった。海がどう動いて、それが天気でどう変わるか。ある日にそうだったとして、ほかの日にも同じだとはかぎらない。日誌には略号が使われる。雪《スノー》ならS、曇《オーバーキャスト》っていればO、通り雨《パッシングレイン》だったらP。いままでのページに、そういう文字がずらずら書かれている。天気はあっという間に変わるもので、いつ見ても魔法のようだと思うしかない。大騒ぎしてから、ぱたっと寝る人のようだ。雪は天気が見る夢だ。

　天気を文字にする。霧雨、暗雲、稲妻、突風、雷鳴、露、靄。そういう言葉の感じ、見た目が、おれは好きだ。音の響きが語感に通じることもある。雷というと大きな石がごろごろ転がってくるような感じがする。靄はだらけていて、突風だと慌てふためく。また海の生き物の名前にも、海岸で小石がぶつかるような音を感じる。タマキビ、マッセル、ホヤ、バイ……。何カ月かに一度はどっさりと本が届けられる。系列の灯台で回し読みになるので、いわば巡回図書館のようなもの。本を読むのは好きだ。

　養母になった人に読書家がいた。そういうのは、あの一人だけだったろう。よく子供らに読み聞かせをしたから、ふだんは聞かない言葉の響きが耳に残ったということだ。おれの生活語になっていたのは、おい、こら、ばか、のような短くて硬くて、人の頭をレンガで殴るような言葉だ。

　ある言葉を聞いて、いいと思ったり、何か感じたりすると、それを覚えておくことにした。たくさん読めば、それだけ心が自由になるような気がした。もし心の中が自由なら、あとはどうでもよくなる。おれは刑務所内で辞書を使わせてもらった。めずらしい言葉を見つけて、これはすごいと思うことがあった。たとえば鳥だけでも、いろいろな言葉が出てくる。ミツユビカモメ、ウ、シギ、セキレイ。鳥の身体に風が抜けていくような音に聞こえる。いくつもの言葉を書き写して、わかってきたことがある。言葉を組み合わせ、いじりまわせば、また何かしら新しいものが出る。

だが、いまミシェルに手紙を書こうとして、言葉に詰まっている。もう当直を終えて、寝棚に戻り、いくぶんか身体を起こした毛布の上にメモ帳を置いて、手にペンを持って、すべて書いておこうと思うのだが、どこからどう始めようか迷っている。Aは謝罪《アポロジー》のA。Dは欺瞞《デシート》のD。

そろそろ彼女には本当のことを言おう。

ロンドンのアパートにいる彼女が目に浮かぶ。手紙を開封しながら、片足の先をふくらはぎに擦りつけているだろう。

Ⅵ

1992

24　ヘレン

落ち合うなら大きな教会がよい。広い空間に、誰がいてもおかしくない。会衆席でも、回廊でも、赤いビロードの聖歌隊席でも、すでに何世紀にもわたって、ひそひそと語る声が石に染み入ってきた。これから彼女自身とミシェルの声も、人知れず、そのようになるだろう。

「ロジャーが娘たちを連れて、そのへんのカフェに行ってる」ミシェルは言った。「あんまり長く話せないわ。連れてくるつもりじゃなかったけど、ついて来られちゃった。ま、その、夫が来たがったんで」

「どこにいると思われてるの？」

「プレゼントを買うってことにした。夫の誕生日なのよ。あとで〈デベナムズ〉へ行って、ネクタイでも見繕っとく」

悲惨な目に遭っている同士で、こんな調子になれるのかもしれない、とヘレンは思った。よけいな前置きに気を遣ったりせず、すぐ話の要点に向かおうとする。もともとミシェルとは知り合っていなかった。出会ったのは事件のあと、〈トライデント・ハウス〉が遺族のためというよりは新聞報道への対応として催した「追悼会」と称する葬儀だった。それ以後は、どっちかの女が近くに立ち寄った場合に、都合がつけば会うこともあった。あの冬の悲しみが思い出されてたまらず、その思いをわかる人に伝えたい衝動に駆られると、手紙を書いたりもした。それに返事が来ることも来ないこともあったが、いずれにせよ書くだけで慰めになるのだった。

「ありがとう、来てくれて」ミシェルは言った。「電話もうれしかった」

「いいえ、いいのよ」

「そうしてもらえるのか、わからなかったから」

「どうして?」

「どうかな。ジェニーからは返事があったことない」

「あの人は、わたしにも音沙汰なしだわ」

ミシェルはハンドバッグのジッパーを開けて、〈ポロ〉のミント菓子を取りだした。細長いホイル包装の中身は、輪っかの形が一つ残らず割れていた。きっと落としたのだ、とヘレンは思った。その様子が目に見えるようだ。村の商店で、娘たちにフルーツガムやコーラボトルグミを選ばせていたのだろう。あの二人はいくつになったか。八歳と四歳、そんなものだ。子供が丈夫に育って大きくなり、細かった手足が太くなって、髪も伸びて、いつのまにか親の背丈と変わらなくなる。そんな成長がどういうものか、ヘレンは知らないままだった。

ミシェルは、割れてるけど、よかったらどうぞ、と言った。

「いただくわ」ヘレンは言った。

「ダン・シャープとは、もう関わらないでくださいよ」

これには意表を突かれた。「それを言うために会おうと思った？」

かなり年配の夫婦が会衆席に来て、すぐ前の椅子に坐った。その男が頭を垂れる。ミシェルが距離を詰めたので、ヘレンの鼻先にシャンプーの匂いが寄せた。

「まあね」ミシェルが言った。「どういうやつか知ってる？」

「よくは知らないけど、船とか、爆弾とか、そんな話を書いてるんじゃないの」

「本名は出してない」

ヘレンは割れた菓子を嚙み砕いた。「そういうことは、あると思うけど」

すぐ前に坐った女が、首をひねって、じろりと見てきた。その短髪がオートバイに乗ってかぶるヘルメットのようだ、とヘレンは思った。

ミシェルが声をひそめた。「なぜ小説家があたしたちのことを書きたがるのか」

「どうかしらね。なぜ人はものを書くのか」

「何かしら訳ありでしょうよ」

「海が好きだとは言ってた」

「だったら、休みの日に行けばいい」

ヘレンは、よくわからない気がした。ろくに知らない男のことを、いま弁護する側にまわっている。また、そうしたいような気がするのも、どういうことか。「真相をさぐりたいんでしょう。それが大事だと思ってるのよ」

ミシェルは菓子をバッグにしまって、ジッパーを閉めた。

「しーっ！」前席の女がおっかない顔をした。

ミシェルはいくらか移動しようと手で合図をした。通路を越えて坐り直しながら、ミシェルが祭壇に見上げた顔を見て、耳にピアスをしたことがあるらしい、とヘレンは思った。

「信じてる？」ミシェルは言う。

キリスト像は両足の甲を重ねていた。凝固した出血の表現がある。やけに凄惨な像だとヘレンは思った。誰が制作したものやら、荊の冠をあまで押しつけなくてもよかったのではないか。

「信じようとした」

「あたしも」ミシェルは結婚指輪を回した。「ここへ来て、何事もなさそうな人を見ると、うらやましくなる。そんな顔でしょ？　安心してられるんだわ」

「信者なのよ。そこが違うんでしょう」

「そうなの？」

「たぶんね」

「ヴィニーがほかの二人に悪さをしたとは思わない」ミシェルは言った。

「アーサーだって、してないと思う」

「でも断言できないのよね」

「一応言っとくと、わたしはヴィンスが犯人だなんて考えたことない」

ミシェルはちょっとだけヘレンの手をとって、するりと放した。

「ええ、そう言ってくれたの、あなただけ」

ミシェルはさっきから爪の先をいじっている。赤いマニキュアを塗っているが、爪を噛む癖で、だいぶ短くなっている。時間が二十年も逆戻りしたように、不安そうな十代の少女としてのミシェルを思い出した。追悼会でも、事情聴取でも、町で記者につかまっても、ひくひく震えていた。いつまでたっても、人間、そう変わるものではない。この自分だってジェニーから見ればそうだろう。

「公社に知れたら、あとがこわいって思わない?」

「何を言われようと平気よ」ヘレンは言った。

「送金を止められるんじゃないの」

「どうかな」

「うちは事情が違うから。面倒見なくちゃいけない子供がいる」とまで言って、ミシェルは自制した。「あ、別に、その——」

「いいのよ」

「まだ小さいものだから——」

「そうよね」

「こわい相手だって思うことはあったでしょ? 人には言うな、社内のことは洩らすなって、そればっかりだったわよね。いつでも脅し文句になってた。そうと口には出さなくても、脅してるのは見え見えだった」

「そうだとすれば」と、ヘレンは言った。「シャープという男に話をするのは、わたしたちが正直になれる絶好の機会なんだわ。公社にしてみれば、ヴィンスを悪者にしておけば都合がいい。

そういう方針を押し通したじゃないの。やり方がおかしいわよ。たしかに刑務所へ行くような人だったから、根っから不良みたいに思われて、犯人あつかいしやすかった。誰だって、はは−ん、と思っちゃうものね。あんなやつを雇ったのがいけなかった、あれがまずかった、以後気をつけよう、ってことで終わりにする。でも、それでいいの？　ほんとのヴィンスはどんなだったか、はっきり言えばいいと思う。あなたにこそ大事なことなんじゃないの」

ミシェルは目を閉じた。

「だから、ここへ来たんじゃない？」ヘレンは言った。

わずかに間を置いて、ミシェルが口を開いた。「ヴィニーから手紙が来てたの。失踪の直前だった。観光船が預かってきてくれてね。刑務所に入った最終回の理由が書いてあったわ。いままで、あたし、誰にも言わなかったけど」

「いいのよ」

「ますます悪者みたいになりそうだったから。ただでさえ不利な立場だったんで、傷口に塩を擦り込むようじゃいけないと思って——ああなってすぐ明るみに出たら、そういうことにしかならない。そうでしょ？」

「ええ」

ミシェルがしっかりと目を合わせてきた。つらいことを言ってしまいたい目になっている。

「その手紙には、もう一つ書かれていたことがあった。それを人に言っとけばよかったのよね。大事なことだから、何かの手がかりになったかもしれない。でも、あたし、こわくて口がきけなくなってた」

ヘレンはあせらずに聞こうとした。

「ヴィニーは、ある男に追われてるんだって言った。灯台へ行ってれば過去から逃げられると思ってたのに、それが裏目に出た。かえって居場所を絞られたってことよね。海に出て、どこにも行けないんじゃ、ねらいやすい標的になっちゃった」

「ある男って、誰のこと言ってるの？」

「そいつに、やらかしちゃったのよ。最終回に」

「いったい何なの」

ミシェルは背後を気にした。いつのまにか夫が立っているとか、〈トライデント・ハウス〉の社員が来ているとか、つい考えてしまうのかもしれない。教会の入口で赤ん坊の泣き声がした。

「そいつも〈トライデント〉にいたんだって」ミシェルは言った。「ヴィニーが知ったのは、雇われた直後だった。地元の仲間が教えてくれてね、まさかと思うだろうが、ほかにも公社に入ったやつがいる、ってことだったの。灯台の現場じゃなくて管理業務なんだけど、いわば一つ屋根の下みたいなもんでしょ。へんな名前で通ってたやつなのよ。自分でホワイトルークって言って、町の連中にもそう言われてた。髪の毛が真っ白だったからね。子供の頃からで、ああいうの何ていうんだっけ」

「アルビノ」

「ほんとの名前はエディ」

「そのエディが、ヴィンスを付けねらう目的で、同じ会社に入った？」

「きっとヴィンスが雇われたのを知って、ここぞとばかりにもぐり込んだんでしょうね」

ヘレンは頭がくらくらした。あの失踪のことを考えるとそうなる。何かしら新しいことを思いついたり、事件が違った角度から見えたり——あるいは、もっともらしい可能性が午前三時に心の中に浮上して、つい起き上がり、じっとり冷や汗をかいていて、ここはどこだと思うくらいで、ベッドサイドの照明をつけて、ようやく方向感を取り戻す、というようなときには、灯台がスノードームの景色のように揺らいでいる。群がる雪片は舞い落ちるたびに形を変える。

「つまり復讐だったと？」

「そういうこと」

「その後、エディは？」

「辞めたわ」ミシェルは言った。「ふっつりと姿を消した。でもエディが自分で手を下したとは思わない。金で雇われたやつがいるのよ。そういうのはどこにでもいた。おっかないやつら。さっさと仕事をやってのけて、誰にも悟られることはない」

「そっち方面のことは公社も知ってたのかしら。どうせ気づいてたのよね？」

「そうだとしても、あたしには何にも言わなかった。でもヴィンスは事件を予想してたらしい。へんなものが見えるって言ってた。いわば幻覚みたいなものなんで、ああいう淋しいところにいれば、そういうこともあるんだけど、これればかりは違うって言ったのよ。そのあとで失踪したわけでしょ。だったら、もう見え見えだって気がしてくる。海が荒れたとか、どっかのスパイとか、そんなのじゃない。ホワイトルークってやつの仕業よ。つまりエディ。そういうのが野放しになってるんだもの、もし何にせよヴィニーのことをしゃべったなんて知れたら、今度はあたしや家族をねらって来ると思う」

ヘレンは、夫の父親が鳥の世話をしたという話を思い出した。アーサーも学校へ行く前の早朝に、鳥小屋を見に上がったものだと言っていた。

よくなれば、飛んでいくんだ。

そんなことを言って、読んでいた本から目を上げる夫の笑顔に、ほんの一瞬だけ、えくぼが浮いたように見えた。

人間の心は、そういうものにしがみつくのか。中心街へ出るのは何番のバスだったか、ちっとも覚えられないというのに、あんなことだけは思い出す。

「つい自分のせいだったように考える。そうなりがちだと思うのよ」彼女は慎重に言った。「わたしもそうだわ。たぶんジェニーもね。それぞれに物語を抱えていて、そこにこそ意味があるみたいに思うじゃないの。だけどね、そのホワイトルークのほかにも、いろいろあるはずなんだわ。あの失踪事件の原因に、わたしたちも意外に関わっていたような、何かしらの責任があったような気にさせられること――」

「あたし、作家につきまとわれたりすると」ミシェルは言った。「また何もかも思い出しちゃっていやなのよ。一九七三年が、どんなだったか。あれをまた生き直すなんてたまらないわ。まだ十九の小娘でさ、あたふたするばっかりよ。好きでたまらない人がいなくなった」ミシェルは、こみ上げるものがあって、声を詰まらせた。「いまでもヴィニーを思い出す。一日だって忘れない。あなたもそうでしょ。アーサーを忘れられないわよね。ジェニーはビルを忘れない。あたしはロジャーと夫婦になってるけど、やっぱり違うのよ。あなたくらいの年になってたら、誰とも一緒にならなかったと思う。そうでしょ。意味ないもんね。だけど、あたしの人生はこれからだった。あきらめられる年じゃなかった。もちろん生まれた娘たちは手放せるもんじゃないけど、初めての恋が二度とないってことは確かなのかも」

「それはそうね」ヘレンは言った。

「もう黙ってるほうが安全なんだわ」

「それを言ったら公社の思う壺」

「くだらない本が一冊書かれて、それで何になるの」

「何にもならないかもしれない。でも、わたしには違う」

小学生くらいの男の子が二人、すぐ横の通路にいて、こっちを見ている。ミシェルは「だったら、あたしよりジェニーに言ってよ」と言った。「そっちが本命なんでしょ」

「まあね。じつはもう頼んでみた」

「あの人、どこにいるの？」

ヘレンはそれを伝えて、「公社から住所を聞けたのよ」

「さすがに主任の奥さんだと待遇がいいわ」と言いながら、ミシェルの顔は笑っていた。「二十年て、長いわよね。みんな先の道へ進んだ。彼女だって、いまさら恨みがましいとか、いくら何でも——」

「それが、なかなか」

ミシェルがヘレンの手をとった。「あたし、協力してもいい」

「じゃ、どうしてもらおうかな」

「おたがいさまよ。でも気をつけて、ヘレン。それだけだわ。その作家に何をしゃべるのか、気をつけてよね」

「わかった」

ミシェルは時計に目をやった。「あら、やだ、三十分だわ。ロジャーが捜索隊を出さないうちに、〈デベナムズ〉へ行っとかなきゃ」

彼女はバッグとジャケットを手にして、二人とも立ち上がり、抱き合った。ヘレンは抱き合うことには不慣れだ。昔から何となく苦手である。そうしてやる人もいなくなった。

「会えてよかった」ミシェルが言った。

「そうね、よかったわ」

ヘレンはコートを着て、相手の女が去っていくのを見送った。後ろ姿が通路を行って、午後の明るい外光に出ていった。

25　ヘレン

隣へ越してきた人と出会うなら、たとえば戸口に出て、あるいは車のドアを閉めたところで、その姿が見えるというのが、まず妥当なところだろう。だがビル、ジェニーというウォーカー夫妻と初めて顔を合わせたのは、村のダンスの会場だった。アーサーが灯台へ行っていた夏に、モートヘイヴンの会館で、チャリティーの催しがあったのだ。その週のヘレンは、バスルームで泣き暮らしていた。月曜日から木曜日は、そんな状態だった。バスルームなら安全に泣いていられる気がした。いつものヘレンだったら、アーサーがいなくて、がらんとした社宅にいても、だからどうということはないのだが、このときは違った。泣きたくなる季節があった。

フランクの妻のベティが、シェパーズパイを手土産にやって来て、できたらクロークの係を引き受けてくれないかと言った。仲間の一人が出られなくなったので、穴埋めに手伝ってくれたら助かるということだ。いつもながら、急な頼みごとをされると、きっぱり否とは言いにくい。それで人助けになるならと、つい考えてしまう。ベティが帰ったあとで、どうして承知したのかと思った。だが会館のクロークはぼんやりした照明の部屋で、コートのハンガーに札をつけておくのは単純だが無難な作業だった。ベティに「もうお隣さんに会った?」と言われた。まだだった。ウォーカー夫妻が車で引っ越してきたのは前日のことだ。新しい主任補佐の一家である。荷物と子供をわさわさと運び込んでいた。ヘレンも出ていけばよかったのだが、結果としては知らん顔したようになった。主任の妻なのだから、本来は先頭に立って手を貸すべきだったろう。ベティが来た日にはそうしていた。

アーサーは勤務があれば役に立たない。だが、きのうは特別な日だった。年に一度の、死の記念塔。それが三百六十四日かかって、おぞましい水平線から、ずるずる迫ってくる。一瞬、目を合わせてしまって、あわてて目を閉じる。

ダンスの会はうまく進行していた。ヘレンはずっとクローク係で、ふんわりして香水の匂いがするコートの番をしていた。男性用コロンにむっとする刺激があって、女性用のムスクには花弁の開くような色香があった。仕事の合間には、タバコを吸って泣きたいのをごまかし、ずらずら下がっているビロードの袖に手を出していじっていた。きっちり重なって、ひらひらしているのが、キノコの襞のようだと思った。もう終わりかけた時間になって彼が来た。妻が預けたジャケットを受け取ろうとしたのだった。

「ヘレン、ですよね」と言った男が、ビル・ウォーカーと名乗った。

薄暗いのがありがたかった。こういう男だったのかと思った。といって、どういう予想を立てていたのでもない。むさくるしくもなく、案外若いのかもしれなかった。のっぺりした目鼻立ちを見たら、ラファエロの絵にある枢機卿の顔を思い出した。その男がじっと見つめてきた。こんなに見つめられるというのは絶えてなかったことなので、なんだか自分がすっかり別の女になって、いままでの出来事がすべてなかったことになりそうな気がした。

「そこの二着です」彼は言った。「ボタンがついてる、はい、それ――あ、そっちは違うんで、その次の」

しまいには彼が近づいて、どれなのか教えた。それだけ近くなって――きれいな白い肌に皺もなく――不思議なくらいの安らぎを覚えた。どう考えても二十歳は年下の男だったろうに。

あたりに下がっているコートには、現場を見られていた。ほんの何秒かのことだったろう。それ以上であるはずはないのだが、彼女が記憶を追うかぎり、もっと長いと思われてならなかった。

「大丈夫ですか」ビルは言った。わかっていて聞いた。

「ええ」彼女は言った。わからなくて言った。どう始まるというのか。そもそも始めるべきものなのか。たったいま会ったばかりではないか。

彼の妻はバーへ行ったきりだ。彼が呼びに行かなければ、戻ってこようとはしないだろう。流れてくる音楽は「青い影」だった。薄暗いクロークで、世界に二人だけになって踊った。煤けたような暗がりの中、彼に引き寄せられたのか、何もされずに寄っていったのか、どうとも言いようはないとして、二人が抱き合い、頬を重ねていた。音響が高まり、天井が吹き抜けたようだった。

26　ヘレン

どうして寄り添ったのかわかりません。ビルでなければ、ほかの誰かだったかもしれない。あの当時の私には誰でも同じだったでしょう。

身勝手な言い分かもしれませんが、ご勘弁いただきます。こういうことを本に書かれるのなら、ちゃんと書いてもらいませんとね。へんな誤解のないように。

ジェニーはどう思うかしら。たぶん納得しないでしょうね。でも私に言わせれば、そういうことだったんで、それで間違いありません。埋もれたままになるよりは、書いてもらったほうがいいんです。

そういう出会いだったんですよ。私がどんな気分だったかということが大事なんで、あの人への誘惑を感じたとか、そんなような話ではありません。望まれるってことが心地よかったんですね。もちろん言い訳にはなりませんよ。私がしたことに変わりはないんですし、自分でしでかしたことですから。でも、あんな遭遇があって……なんて言ったら大げさに過ぎましょうか、出会って惹かれたってことを、気取って言ってるみたいですよね。実際には惹かれたとさえも言えないんです。泣いてるのを見られただけなんですよ。見られたくないところを見られてしまったんで、こうなったら全部さらけ出したって同じだって気がして。さびしかったんですよ。男の腕に抱かれることが、とうになくなってましたんで――ともかく触れられることもなくなって――そんなところにビルが現れたんです。不倫めいた感覚を一通り味わいましたよ。また若くなって、求められて、過去のけしからん行状を清められるような気がするんですが、もちろん当時の行状こそ何よりけしからんのですよね。

私がビルの気持ちに応えたのか? いえ、それは違います。私にやさしくなろうとする人に、心が向かったということ。ちゃんと聞いてくれる人ですね。夫は私の言うことに耳を貸さなくなってましたんで。

ああいう社宅でしたから、どっちからも近づかないというのは無理です。暮らしが重ならないわけにはいきません。男が海へ出ていても、陸にいる女同士には接点だらけなんですから。きょうは人と会う気分ではない、なんて言えないんです。誰かが家の前で草むしりをしていたり、窓から声を上げてコーヒーでも飲みに来ないかなんて言っている。ちょっと顔を出さないでいると、どうかしたんですかと言ってドアを壊しそうにたたいてる。それを好ましいと思う人もいるでしょうけど、わたしはそうじゃないです。ドアはドアなんで、閉めておくものだと思ってます。

アーサーが出ていれば、ビルが帰っている、ということがありました。もちろん逆もあります。勤務の順番なのですよ。灯台に八週間いて、陸に帰って四週間。その交替を、フランクも入れて四人で回してました。ですから、まあ、お膳立てとしては整っていたと言いますか、夫が留守でビルがいるという巡り合わせも、めずらしくなかったんです。じつに好都合だったでしょうね……もし本当にそういうことになっていたんなら。

そうと気づいたジェニーは、当然、悪いほうへ考えました。どうしてわかったのか、彼女は黙ってましたし、わたしから聞いたこともありません。薄々感付いていたんだろうとは思います。ビルはわたしへの気持ちを隠しませんでしたので。ただ正直なところ、わたしへの、と言ってよいのかどうかも迷います。心の奥には違うものがあったでしょう。うまくいかない生活からの逃げ道が欲しかったのではないか、わたしはそう思います。あれでも不倫と言えるのかどうか、ともかく彼なりに模索した道でした。

知っていたと彼女に言われたのは、あの追悼会の日です。おかしなことを言うものだと思いましたよ。「いずれこうなるはずだった――」わたしにも、そうだったのかもしれませんが。

追悼会は、夫が死んだと断定されてから、まもなくのことです。〈トライデント・ハウス〉の主催で、わたしには何の相談もなし。ご承諾を、ご理解を、なんていう話は一切ありませんでした。

そう言えば、公社への取材は？　ああ、やっぱり、そうでしょうね。あと六回電話したって返事はないと思いますよ。こういう調査からは距離を置きたいはずですから、ろくな回答は見込めません。いやなことを言うようですが、これまでのご著書から考えれば、まともに取り合ってもらえないでしょう。こんな小説家に事件の何がわかる、って言われそうですね。仕方ないかもしれません。でも、わたしの事情まで知ろうとする人は、この二十年で初めてですよ。乗り出した記者は何人もいましたけれど、わたしを訪ねて、じっくり語らせようとする人は、皆無でしたからね。

〈トライデント〉としては、あの事件を社史から消したいくらいでしょう。いかなる余波にも関わるまいとしてます。わたしの知るかぎり、そうでしたよ。インタビューも、記録の公表もなし。およそ透明性がなかったんです。いまはもう、そんな時代じゃなくなって、やかましく言われるんでしょうけれど、あの当時は、ひたすら穏便に済ませようとしてました。ただ公社の都合がどうあれ、人間はそうはいかないんです。感情や記憶はどうにもなりません。書類棚の奥にしまって隠せるようなものではない。どうしたって人間を黙らせたままにはできませんね。

あの追悼会は、おかしなことばかりあって、よく覚えてるんです。春になったのかならないのか、寒い日でしたよ。風はありませんでした。モートヘイヴン海岸は、なめらかな茶色の砂浜で、ぽつぽつと小石が散っていました。ざざっと打ち寄せていた波が、いまでも目に浮かびますよ。ビールみたい、とでも言いましょうか、発酵して泡を吹いたようでもありました。その海岸に花で飾った看板を立てて、制服の係員がついてました。アーサーたちの写真が、陸地に目を向けてるんです。埋葬の儀式めいてましたね。埋めるものなんて何もないのに。

雨でしたよ。やまないんです。わたしはハイヒールを履いていて——そうでないと失礼なような気がしたのは、まったく愚かしいことでしたが、ずぶずぶ砂に沈み込んでばかり。看板になったアーサーの顔は、アーサーのように見えませんでした。ほら、たとえば、殺された女の写真が新聞に出たとして、その目に手がかりをさぐったりしませんか。いったい何があったのか、予感めいたものはあったのか——。あの日、わたしはアーサーの写真を見ながら、これは秘密を語るような顔ではないと思いました。当時、身内やら友人やら、ここは戦わなきゃ、と言う人はいましたよ。しっかりした答えが出て、解決がなされるまで頑張るんだ——。でも、戦うっていうのは、何かに対抗するってことでしょう。それが大変だったんですよ。わたしが戦っているのは公社ではなかった。夫なんです。そのアーサーが、わたしを相手にしなかった。普通ですと、愛する人に死なれたら、その答えを求めるのが当然と思われるでしょう。でも死んだ人が静かにしてくれと望んだらどうします？

そのあと、ジェニーの攻撃があったのです。それを責めることはできません。ジェニーの娘たちが砂浜を駆けてふざけていたので、さらに赤ん坊を抱えたジェニーに手を貸そうとしたところでした。彼女が泣き通しで、ろくに寝ていない顔であることはわかりました。わたしも同じです。そうしたら、いきなり、顔をひっぱたかれたんです。アーサーとビルの顔写真が見えていて、それが一番いやでした。アーサーの目に出ていた表情は、いやはや、おれは関係ないぞ、というものだったんです。

いますぐ夫と替わりたいと思いました。夫がどこにいるのか知りませんが、わたしがそっちへ行ってしまいたい。縛り上げられて船に乗ったのか、どこかの入り江で鳥の餌食になったのか。何でもいいから、そうなりたい。夫が一人になっていることが羨ましかったんです。消えるのは簡単ではありませんからね。まったく、うまくしてのけたものですよ。さて、ともかく困ったのは、ジェニーがわたしの話に耳を貸そうとしないことなんです。わたしが悪かったように書かれて、読者もそう思うことになるんでしょうか。ほかの女の夫と関わり合いになるなんて、そりゃあ、憎たらしい女ですものね。男がどうこうとは言われない。へんな女に引っ掛かったってことになるんでしょう。それでいて都合のいいときだけ男に主導権があることにしたがるんですから、おかしなものです。都合が悪くなると、男なんて弱いもんだと言うだけで、あとは女まかせなんですよ。ジェニーはいつまでもビルを愛してました。それを仕事にして、専売特許みたいに思ってたんです。ビルとは夫であり父親であって、そういう役割にあっては、わたしなどの窺い知れない大きさがあったのでしょうね。

では真相はどうだったかと言うと、あの日、チャリティーの催しでダンスの会があって、アーサーは灯台へ出ていたという日に、たしかにビルと踊ったのです。それから何週間か、親しさは増していきましたが、あるとき、あっちの家へ行って、わたしが取り乱したことがあったもので、そのあと彼にキスされました。

キス自体は、ごく短時間の、他愛もないものでした。ひどく場違いな感じがありましたが、それで転機にもなったのです。わたしは何をしていたんだ——自分はこんなじゃない、そうであるはずがない——こんなことをして何になるつもりだったんだろう、なんて思いました。いい気になっていた、ということはあるでしょうね。わたしなんかを相手に若い男が何のつもりなのか。ああ馬鹿だった、間違えた、と思って後悔しました。ビルもまた後悔してくれたらよかったのです。

これ以上続けるのは無理だ。そのように言いまして、それで意見は一致するとも思いました。ところが彼はびっくりするような反応を見せて、もう夢中なのだと言いながら、突っかかってくるようでもあったのです。愛してしまったと言うのですが、いまの自分がいやでたまらないのに、その現状を変えられないということか、ほとんど吐き捨てる言葉になっていました。

それからは、できるかぎり彼を避けようといたしました。顔を合わせなくてすむように、ジェニーには適当なことを言ってごまかして、もちろん彼が灯台へ行っていれば、ほっと安心していられました。彼が陸に戻っていて、まだアーサーが海に出ていると、脅威を感じました。そうとしか言えない行動を彼がとったのです。たとえば、わたしの家にひょっこり来ていて、電灯の具合がおかしいってジェニーに聞いたんで、などと言うのです。帰ったあとで気がつくと、わたしの持ち物が何かしらなくなってたりするんですね。下着、石鹼、靴、宝飾品。わたしが大事にしていたネックレスがありまして、アーサーがプロポーズの記念にくれたものなんですが、あれを盗んだのはビルに違いないと、いまでもそうとしか思えません。さもなくば、どこへ行ったのかわかりませんよ。でも、そんなことはアーサーには言えないわけですから、ネックレスを見かけないとしても、わたしが無くしたか、もう気に入らなくなって身につけないか、どっちかだと思ったでしょうね。

どうやらビルはわたしと夫婦気取りになって、少なくとも心の中では、その願望を果たしていたようです。休暇をとったらどうだろう、なんていう話をするのですよ。この次に帰ってきたら近場の名所を案内したい、気に入ってるレストランにも連れて行きたい……。

わたしはもうやめるようにと言ったのに、そうとは聞いていなかったような態度でした。もちろん何をやめるのかという話でもありまして——たった一度だけ寄り添って、なんだか親しくなって、やたらに顔を合わせることがあって——それが不倫だと言うなら、まあ、言って言えなくはないのかもしれませんが、わたしとしては見境のないようなものでは絶対にないと思ってますよ。でも彼の態度だけを見れば、わたしがアーサーと絶縁してビルとやり直すことにしたみたいな調子でしたからね。また、そういうことを露骨に見せつけるんです。ジェニーがいる部屋でわたしの手をとってみたり、ジェニーが持ってきたフルーツケーキを、わたしがキッチンで切っていると、するりと腰に手を回してきたり。およしなさいと何度も言ったのに、性懲りもなく付きまとうんです。それと、あの貝殻！　灯台で暇つぶしに削った貝殻細工を、お土産のつもりで持ってくるんですよ。家の中で置き場所に困るくらいでして、人に見られたらいやだと思って隠したいのですが、たとえば引き出しでも何でも一杯になりそうでした。うっかり捨てられないんです。ジェニーに見つかるかもしれませんのでね。ジェニーは、ゴミが回収される間際にも、ガラス製品を捨てに行くことがあったんですよ。その危険を考えますとねえ。

まったく困ったことになったもので、もう動きがとれません。もし逃げ道があるとしたら、わずかな期間だけ近づいたことを認めなければなりませんが、それもまた双方の言い分がぶつかるだけでしかないでしょう。

どうせ一度はキスしたんじゃないか、と言うこともできましょうね。ただ、せいぜいそんなものだったということを、ジェニーには知っておいてもらいたいんです。ビルとは恋仲なんかじゃなかった。恋愛というのは、もっと澄みきって、思いやりのあるものでしょう。どこかしら、気高い、やさしいところから来るんですよ。いらついたり、脅したり、憎んだり、もやもやしたり、そんなものじゃないでしょう。ビルがわたしを愛したとは言えません。そのことをジェニーに言いたくて、ずっと長いこと、どうにか伝えようとしてきたんです。手紙を書いて、会おうとして、電話して――全然だめ。

いま、こうしてお話ししていながら、わたしが事件のことを知りたがっているとお考えかもしれませんね。いったいアーサーに何があったのかわかるのではないか、いままで思いもよらなかった発見をしてもらえるのではないか——。でも、そうではないんですよ。二十年は長いです。どうしようもなくなったことに、いつまでもこだわっているような時間ではありません。どうにかなることを考えていたいですよ。

夫は亡くなって、わたしは生きている。ジェニーも生きてる。だからジェニーも同じだと思いますが、まだ死んでなくて生きてるんだったら、まだどうにかなる。これから変わっていける。どこかへ抜け出せる。そういうことです。死ぬ、死なれる、なんて考えるのはうんざり。もうたくさん。

たしか庭の話をいたしましたね。生命ってのは戻ってくるんです。何度でも、冷たさの中から、生き返るんですよ。そうなればいいと思ってます。そう願いたいですね。

27　ジェニー

姉の夫は、メトロのギアを入れっ放しで駐めたらしい。エンジンをかけたとたんに、あわてたウサギみたいに、びくんと車体が飛び下がるようだった。運転するのはしばらくぶりだ。ハンドルを持つ手がふるえそうで、あれこれ考えて頭の中がこんがらかる。方向指示を出す、ミラーを見る、死角に気をつける。以前だったら何も考えずにできていた。いまはもう、こんなのやってられない、と思ったりする。

きょうは孫が六歳になる誕生日。だが、その予定を心待ちにしてなんかいなかった。もともと人付き合いは苦手なのだ。ビルがいてくれた頃には、まだ我慢していられた。

いまは一人でやっていくしかない。家族の催しと言ったって、うまく立ち回るのは大変だし、知らない人だって来ているかもしれない。まわりから視線が追ってきて、静かに鑑定されているような気がする。ずっと何年も前の彼女が、まだ記憶にあるのだろうか。親の世代なら覚えているかもしれない。当時はヒステリックな女ということになっていた。カメラマン相手に喧嘩腰になって、わめき散らしているように報道された。だがハンナには、もっと家から出ないとだめ、と言われた。ずっと閉じこもってばかりで、「おかあさん、おかしくなりそう」とのことだ。

車内の送風ファンを回したら、出てくる空気が魚くさいように思った。もっと車を走らせないといけない。といって、どこへ行けばいい。子供らの家か、スーパーか、そんなものだろう。婦人会にでも入れば、とハンナは言う。だが、いい年をした仲良しが集まって、かぎ針でブランケットを編む、なんていうことを考えると、心が冷えるだけだった。こちらの過去に気づかれたらどうなるか、もう見当はつく。手が針を運びながら、口が噂をするだろう。

意を決して車を出そうとしたら、サイドミラーに人影が映った。女が道を歩いてくる。

ジェニーは運転席で首を縮めた。つい人を避けようとしてしまう。公園や商店で、知った顔を見たとしても、普通の女のように、あら、こんにちは、などと寄っていくことはない。街灯のうしろへ回ったり、積み上げられたトイレットペーパーに隠れたり、相手がいなくなるまでの時間をやり過ごす。

ただ、この女は知り合いではない。ともかく、そうは思わない。ブルージーンズ、たっぷりしたジャケット、うしろで丸くまとめた金髪。サイドミラーだけでは顔がよく見えない。あの背格好には、何となく覚えがある。そんな気はする。魚のような臭みが強くなって、ファンを止めた。

女は車を通り過ぎていって、ジェニー宅の門の前に立った。ポケットからメモらしき紙を取り出して、住所を確かめている。それからドアをたたいて、しばらく待った。たっぷり二分間は立っていただろう。ようやく横に動いて、居間の窓をのぞきたい様子だった。カーテンを閉めておいてよかったとジェニーは思った。

またノックして、待とうとする。よほどに大事な用があって来たらしい。

運転席で縮こまったまま、ギアをファーストに入れて、ジェニーは車を出した。死角がどうこうとは考えなかった。


あたしが子供の時分には、と彼女は思った。マーマイトで味をつけたスコーンが出て、椅子取りゲームをするくらいだった。だが、いまは公民館を利用して、ビニールをふくらませた遊具に乗ったり、風船の形を変える余興があったりして、三十人の同級生がみんな招かれている。そのあとでハンナの二軒長屋式の家に場所を移して、壁のタペストリーかと思うような大きさのケーキが出てくる。

そんな集まりに参加させられて、ジェニーは中心から離れて浮遊していた。なるべく人と話さないようにしたい。ハンナは子供らの世話に飛びまわり、ぐちゃぐちゃのマルゲリータピザや、ずっと出しっ放しで待ちくたびれたようになったニンジンスティックを、せっせと紙皿に取り分けて配っていた。ほかの親たちはもう痺れを切らした顔になって、チーズパフを盛ったボウルの近くに座を占めつつ、ようやく全容を現したケーキには目を向けるしかなかった。ニンジャ・タートルズの図柄のケーキに、宇宙ロケットの点火みたいな大量のロウソクが燃やされたのだ。

「ママ、ちょっと片付けに手を貸してくれる？」

仕事があるなら、それだけ気が楽になる。キッチンへ行って、ケチャップのくっついた紙皿を、黒いポリ袋に放り込んでいればいい。さっきの部屋で子供の言い争いに火がついて、泣く声、なだめる声が聞こえて、そうっとドアが閉められた。電気ポットのスイッチを入れる。

いつぞやはエンジンをかけたまま家の外にいる車……そしたら今度はミシェル・デイヴィーズ……。

二十年たって、だいぶ老けたようだが、それでも間違いようがなく、あの女。

「どうして、あんなことを」

という問いかけは、自分にしているのか、ビルに言いたいのか——どっちでもいいようなものだ。ただ、ぼんやりしてもいられない。先週末には、ひとり言がハンナの耳に入ったようで、ぴしゃりと言われた。「ママ、惚けちゃったりしないでよね。うちじゃ面倒見られないんだから、ホームにでも入ってもらわないとね。そうなったら出口は一つしかないわよ」だが、もしジェニーが口に出さなければ、ビルに聞こえないではないか。どこへ行ったにしても、どうにか聞こえているはずだと思えてならない。

心を研ぎすませば、いまだって夫の姿が見えてくる。キッチンの戸棚の前に立って、コーヒーカップを出しながら、こっちには隠れている顔から、森の中の煙突のように、ゆらゆらとシガレットの煙を上げている。

そうやって見えているビルは、いなくなった当時のままだ。それからの更新ができていない、というか年をとったビルを考えられない。人間の顔というのは、先の見えないものである。遺伝のみならず、生き方によっても変わるので、その人がどうなったのかわからなければ、いまの顔もわからない。だからジェニーは夫になった男の記憶を、そのままに保存している。失踪するより前の、ヘレン・ブラックと知り合う前の、あのメイデンロックなんていう灯台を目にする前の、ずっと昔の記憶である。

彼女はマグに湯を入れた。ネスカフェが少なくなっていたので、遠慮して薄めにした。その代わり砂糖を三杯入れて味を補強している。

ハンナが顔を出した。「もうケーキ切るわよ」

「なんだか具合悪くって」

「どうしたの」

「頭痛なんだけどさ。すぐ治まると思う」

ハンナは心配げな顔をした。「バスルームに風邪薬あるわよ」

「いいから、気にしないで。ちょっと休ませてもらえばいい」

ジェニーはカウンターにもたれかかって、必死に涙をこらえた。つまらないことで絶望感に駆られることがある。コーヒーがなくなりかけても、そうなる。どうということのない不都合であっても、そんな瞬間には、この世にいいことなんか一つもないと思う。

ビルが不倫をしでかしたのは、失踪したことよりもいやだった。行方不明なら、ビルは被害者だと思っていられる。いや、ヘレンとのことだって、とジェニーは何度も自分に言い聞かせる。悪いのはヘレンで、ビルは被害者だ――。

事の始まりには茶があった。いまジェニーがマグの中をかき回していると――「ハッピーバースデー」の唄の繰り返しが壁をすり抜けてきて、黒いポリ袋が、商店のドアに寄りかかるホームレスのように、ゆらりと脚にくっついてくるのだが――ビルが陸に戻っていたある日の午後に、ちょっと外へ出て帰ってから見たことが思い出されてならなかった。ヘレンが来ていたのだ。身だしなみが行き届いて、ちゃっかり坐り込んでいた。その長椅子にビルも坐って、ヘレンに腕を回している。二人分のカップの茶がとっくに冷えていたようだ。あとになってからジェニーはさんざん茶のことを考えた。だいぶ前から二人で話していて、すっかり茶のことは忘れたようだった。あの茶が冷えていたのが、ひどく悩ましかった。

どうしてヘレンが来ていたのか、あとでビルに聞こうとしたら、ばかを言うなと叱られた。重ねて問うと、どなられた。おまえは飲んでばっかりだから、わかることもわからない、というのだったが、そのように見下されたことが、たったいまの出来事のように、いまも心に突き刺さる。あれから何日か、ジェニーは夫の顔を見ることができず、話すこともなかった。そのあとの別れはつらいものになって、夫が灯台へ戻ってしまうと、まるで頭が働いていなかった。ヘレンを見かければ、いつも目をそらした。顔を突き合わすのがこわい。それでいて突っかかりたくてたまらない。

だから飲んでごまかそうとしたのだが、飲むほどに気持ちがささくれて、飲まないのと同じだった。母に似た人間には絶対ならないと決めていたが、そういうことが静かに進行していた。最初は、ビルが灯台へ行っている間に、さびしさを紛らそうとするだけだった。幼い娘らに神経をすり減らし、マークが生まれてからは眠れる時間もなくなって、また飲むこともあった。まもなく、一杯のつもりが一本にもなった。

ジェニーはキッチンを出た。もうパーティの場所は庭へ移っているようだ。パティオのガラス越しに見ると、子供らが木のまわりに群がって、ふさふさした怪獣みたいなくす玉が吊されている。これを棒の先でひっぱたいているうちに、お菓子がどさっと落ちてきた。

おまえは不人情だ。ビルにそう言われた。ヘレンはつらい経験をしたんだから、まわりの友人がやさしくしてやって当然じゃないか。

だったら、その役目を、あたしに回したらどうなの、とジェニーは思った。どうして彼なのか。何でも夫婦でしていて、夫だけの付き合いなんてないはずだ。

それ以来、ビルが陸地にいると、いつも不安になった。自宅から出るたびに、留守中ビルがこっそり隣へ行くのではないか、あるいはヘレンがこっそり来ているのではないかと思った。帰宅すると、まずグラスに水気が残っていないか確かめた。いつも斜めにひねっておくバスルームの蛇口も見た。香水の匂いがしないか室内の空気に鼻をひくつかせた。ヘレンがつけている香水には、オー・パシオネという、ジェニーがかろうじて知っているフランス語の名前がついていて、それも一度だけヘレンの家へ行ったときに、化粧台にあるのを見つけて、しゅっと一吹きしたから知っているだけなのだ。ふだん香水をつけないジェニーとしては、ちょっとした奥様になった気分だった。ある日、しばらくあとになってから、エクセターまで車を運転して、自分用にも買ってきたのは、返す返すも不覚だった。ヘレンのような気分になりたかった。どんなものなのか知りたかった。ビルが陸に帰ったのを船着き場で出迎えたら、開口一番、「何だ、この匂い。似合わないな」と言われた。もう二度と香水はつけなかった。

いまハンナの家の前に車が来た。ばんとドアが音を立てる。ジェニーは慌てふためいて、ビー玉が喉にせり上がるような気がした。階段の手すりを摑んで、二階へ駆け上がった。

まもなく、ハンナの寝室の窓から見下ろして、早めに子供を迎えに来た人がいるのだとわかった。さっきから泣いている子の親らしい。

なるほどハンナの言うとおりだと思って、みじめになった。おかしくなっているらしい。

それにしても娘の部屋はみっともない。ベッドは寝起きのままだし、娘の夫の男性用化粧品がベッドサイドに撥ねている。ビルは散らかすということがなかった。灯台の男には身についた規範がある。たとえば靴下はきちんと丸めて引き出しに入れていた。カーペットにだらしなく脱ぎ捨てて、二匹のネズミが車道で轢かれたみたいになったりはしなかった。

どうして自分はあんな悪いことをするように追い込まれたのか、その辛さを、うまく言えればよいのだが……。

ちょっと揺さぶりをかけたかっただけだ。かわいい子供を産んで、やさしい家庭を作ってやった。それなのに、フェンス越しに隣を見て、あんなことのあった夫婦が、うちよりも上等だと思っていたのか。

姉のキャロルが、さらに火をかき立てるように、あんた一人で子育てをしてるじゃないのと言った。たしかに、ビルが灯台に勤めるようになって、二人の娘を一人で抱えていた。マークが生まれてからは、この子の世話まで一手に引き受けることになった。おしめを洗って、哺乳瓶をあたためて、午前三時にベビーベッドの様子を見る。メイデンロックの光が夜通しちらついている。そういう夜に、ジェニーは憤って泣いた。どっちがましなのかわからない。もしビルが起きているなら、灯台の灯を守って、妻と同じくらいに眠れない夜を過ごしている。そうだとしても、ただ起きているだけで、ちっとも手伝ってはくれない。妻が赤ん坊を放り投げる寸前で、毛布にくるんだまま夜空の彗星のように飛ばしたくなっているとは露知らない。——それともビルは寝ているだろうか。もし寝ていると思うと殺してやりたくなったし、彼がヘレンのことを考えているとすれば、また殺してやりたくなった。眠れなければ、ますます考えるようになって、もっと悪いことを考えた。マークの世話で眠れない夜が何カ月も続いた。眠れなくて気が狂いそうになった。

ヘレンが子育てをしてくれたわけじゃないでしょうに。三人の子を産んで、彼が着るものにアイロンをかけたのでもない。アークティックロールをちゃんと材料から作ってもいない。海を渡る気分がいやだ、胃袋に石炭を詰められるみたいだ、なんて愚痴られて、その目の上を撫でてやったのも誰なのだ。

ところがヘレンは手紙を書くことをやめず、それが理にかなっているつもりだった。どうせジェニーではなく、ヘレン自身の気分がよくなるためのものだ。それを読もうとして——ビルの名前が文字になっているのを見て——ぐしゃっと丸めて捨てた。

あんたって人は、きっと男にちやほやされたんだろうね。当時のジェニーに、ヘレンはそのように思えた。でも彼はあたしのもので、あたしには彼しかいないんだから、いまから取ろうなんて虫がよすぎるじゃないの。

娘の寝間着がベッドの足元側に脱ぎ捨てられていた。ジェニーは坐って、撫でるように手を出した。ハンナがまだ小さかった時分には、寝間着をたたんで枕の下に置いてやったものだ。その汗ばんだ額に、おやすみのキスをする。「すぐ見に来てくれる？　ちょっとしたら来て」「ええ、来るわよ」「ちょびっとで、マミー、来てね。約束」

約束──。どうしてビルは妻子への光を消したりできたのか。

ほどなくハンナも気づくだろう。ひたすら頑張っていた母親が、じつは嘘まみれだったのだ。ずっと長いこと、ただ被害者の振りをして、実体はそんなものではなかった。この娘に見限られるのかもしれない。かつてジェニーが自分の母親を見限ったように、冷ややかに、永遠に──。

「ママ？」ハンナがドアから顔を出した。

ジェニーはぎくりとした。「あら、やだ、びっくり」

「どこ行ったのかと思った。どうなったの、頭」

「え？」

「頭痛って言ってたじゃない」

「ああ、だいぶ良くなった」

「もうお開きで、みんな帰るわよ。ふう、やっと終わった」ハンナは肩にキッチン用のタオルを載せていて、大きな汚れのあとがある。「いまグレッグがお土産を配ってるわ。ママも来る？」

ジェニーは目をそらした。涙が出そうで、こらえようとしても無理だった。

ちょっと脅かそうとしただけなのだ。それきり夫がいなくなるとは思いもしなかった。

「どうしたの」ハンナが入ってきた。「ママ、どうしたっていうの」

ジェニーはベッドにあった寝間着を膝の上に引いた。

「あんたに言わなきゃいけないことがある」

28

トライデント・ハウス
ノースフィールズ八十八番地
ロンドン

ミシェル・デイヴィーズ様
チャーチロード八番地
トウスター
ノーサンプトンシャー

一九九二年八月十二日

デイヴィーズ様宛の弔慰金につきまして、お知らせいたします。

まず年額の小切手が同封されていることをご確認ください。例年通り、応分の措置であると考えております。

一点、ご注意を。昨今、メイデンロック灯台の史実を調査するという第三者の存在が報告されていますが、当事者としての立場がはっきりしていることは、あらためて申し上げるまでもないと存じます。当社はもちろん、いかなる関係者であっても、失踪事件について従来の見解を越える情報を提供することはできません。本件は結論を得ており、これに再考を要するものではありません。

以上、よろしくお願い申し上げます。

〔署名〕
トライデント・ハウス理事会

29 ミシェル

その鳥に気づいたのは一週間ほど前のことだ。ジェニーに会うつもりで出かけた日よりはあとだった。あの日は行っただけ無駄になって、帰りの運転をしながら、今度はロジャーにどんな嘘を重ねようかと、それればかり考えていた。娘らの面倒を見るのに、仕事を一日休むことになった夫が、いい顔をしていなかったのである。友人が重病で、あんまり長くない、なんていう話は、もう使用済みだ。

鳥は芝の地面にいた。彼女がガーデンチェアをたたもうとしていた午後である。それ以来、この家に来るようになった。朝食の支度をする窓辺にも、オークの木の下にも、モルモット小屋の上にも、鳥はどこにでも来て、ビーズのような目で彼女を見るのだった。いつも一羽で行動していた。

「誰なの?」と鳥に言ったことがある。「もうお行きなさい」

鳥の訪れがこわくなった。いくらかの間隔ができることもあったが、そうであればなおさら困った。もういなくなったと思う頃に、ひょっこり不意打ちで出てくる。寝しなに脇腹を小突かれたような気分だ。

日曜日の午後に、ロジャーが娘らを連れて出た。ミシェルはソファに坐って『ウーマンズ・ウィークエンダー』を読みながら、住宅ローンで手痛い目にあった夫婦の記事に釣り込まれそうになっていたところで、白い光のようなものが目の隅をよぎった。また鳥が芝生に来て、羽をたたんでいる。どこなのか確かめるように、その場で一回りしたが、彼女の姿を見ると、ぴたりと静止して、さぐるような目を向けてきた。

「しっ」彼女はサンルームのドアを開けたが、それでも鳥が逃げないので、外へ出て、一メートルくらいの距離に迫ったら、ようやく鳥は飛んで、彼女の頭上の枝にとまった。「もう来ないでよ」と鳥に言った。室内に戻ってカーテンを引き、また雑誌を読もうとしたのだが、まだ鳥がいることはわかっていた。見えなくたってわかる。木にとまって、こっちを見ているに違いない。ロジャーが帰ってきて、まだカーテンは閉まっていた。「おい、何やってるんだ」と言われたので、どうってこともない、ちょっと片頭痛がしたんで、と彼女は答えた。

翌朝、鳥は寝室の外にいた。すでにロジャーは出勤していたので、彼女が窓を開けての行動は見られずに済んだ。うぐっと喉を詰めたような声を出して、カップの水をぶちまけたのだ。それで鳥がばたばたっと羽ばたき、上の娘が歯磨きペーストを口に入れたまま駆け込んできた。「マミー、どうしちゃったの、ピエロみたい」そう言われて鏡を見たら、自身の映像に驚いた。ざんばら髪のすごい顔に、前日の化粧がざらついた黒砂のようだった。

「まあ、いいから」彼女は言った。「もう支度しなさい」

娘たちを〈マンデー・クラブ〉に連れて行く道で、カーラジオがジェイムズ・テイラーの「ファイアー・アンド・レイン」を流していた。ついヴィニーと出会った夜のこと、タバコをくわえた口のことを思い出してしまった。

二人の娘をおろしてから、買い物があるわけでもないのに、〈セインズベリーズ〉へ行って車を駐めた。ハンドルに顔を伏せる。

この曲に心が痛んだ。

一九七二年の二月。あのパーティに出かけたのは、エリカにむりやり誘われたからだ。着ていくものがないので、洗濯物のバスケットからベルボトムのズボンをさがし出し、母親が持っていた〈リヴゴーシュ〉の香水を振りかけた。一週間前に男に振られたばかりで、ちっとも気が乗らなかったのだが、エリカは「まあ、いいから。楽しいこともあるよ」と言った。会場に行ったら、よくある場面だとしか思えなかった。若い女が外の植木鉢に吐いていて、編んだ髪の先が口に出入りしている。

「この人、ヴィニー」

エリカに刑務所帰りの従兄がいることは聞いていた。ちゃんと聞いておけばよかったと、いまになって思った。ヴィニーは目立って背が高く、髪の色が濃く、わずかに歯並びが悪かった。この男を、彼女はこっそりと見ることしかできなかった。うっかり目を合わせると、みじめなほどの衝撃があった。

エリカが離れてから、彼は言った。「ミシェルか……ビートルズの歌を思い出すよ」

「ビートルズ、好きなの?」

「どっちかっていうとストーンズだけど」

「あたし、自分の名前が好きになれなくて」ミシェルは言った。「海を思い出すの。シェルっていうのが貝《シェル》みたいで。海って、こわい感じがする。深いからかな」しゃべりすぎのような気もした。

ヴィニーがいい笑顔を見せた。あたたかくて真実味がある。その表情がたっぷりと目にも広がった。

「お祝いに付き合ってくれないかな」

「何のお祝いしてるの?」

彼は〈ベビーシャム〉のボトルを手にした。「おいでよ」

階段に出ると、さっきの三つ編みの女は会場内に行ったようで、外気がさっぱりしていた。

「きょう、仕事が見つかったんだ」彼は言った。「灯台守になる」

暗がりに彼の睫毛が見えると彼女は思った。「そういう人、会ったことない」

「もう会ったね」

「あたし、海がどうこう言っちゃった」

「だからお祝いに付き合ってもらいたくなった」

彼女は笑った。ドリンクに甘い味があった。「タバコある？」

ヴィニーはジャケットをさぐった。「マリファナならある」マッチを擦った彼の手のひらが見えて、内緒のものを見てしまったような気がした。

「そういう仕事、ほんとにあったんだ」もう少し外にいたくて、そんなことを言った。

「ほんとの仕事って、何だろ」

「どうかしら」彼女はマリファナたばこを回した。「さびしくならない仕事とか」

「いまよりさびしくなることはないさ」

「いま、さびしい？」

彼は笑顔を返した。「そうでもないよな」

この自分には、とミシェルは思った。いけない男に惹かれてしまう部分がちょっとある。どんな女にだってあるのかもしれない。

いまスーパーの駐車場で、追い立てるようにクラクションを鳴らされた。ＶＷを運転している女が窓を下げて、じれったそうに「もう出ます？」と言った。「子供を二人乗せてるんですけど」

そう言えば、赤ん坊を連れた母親の優先スペースに駐めていた。

「出ますよ。すみませんね」バックして駐車場を出たが、一方通行の道を逆走することになって、自転車で走っていた人に、どこに目をつけてんだと痛罵された。ロータリー交差点で左折の方向指示を出したら、中央の島にまた一羽だけの鳥が来ていて、じっと彼女を見ていた。

夜中に目が覚めてしまった。足の先が冷たい。午前二時三十三分。

すぐ隣にいるロジャーの大きな図体に安心感があった。いびきに連動して、肉厚の背中が上下している。彼女は起き上がってガウンを引っ掛けた。洗濯して日に当てたガウンが、ぴんと張っている。

一階に下りて、夫の書斎へ行き、机の下に押し込んだファイルに手を伸ばした。捨てればいいじゃないかとロジャーには言われている。「そんなもの、なんで取っとくんだ」夫から見ればゴミであって、ただでさえ狭い家で、よけいなものは場所ふさぎになるだけだ。そのくせ合板のフロアに置きならべたクローム製の「ストレス解消器」なるものには、そういう異論を向けることがない。

ミシェルは夫の椅子に坐って、フォルダーを開けた。〈トライデント〉からの手紙。ある一つの主題で、さまざまな言い回し。「心の底からの哀悼を……まったく愕然とするところであり……当社の力のおよぶものであれば……」そして弔慰金のこと。はっきり言えば口止め料。おとなしくしていれば、それ相応の補償がある。

そして公社側の結論。「あらゆる妥当な調査を……人間は服役すると変わることも……孤独によって……ヴィンセントの精神状態として、ふさわしい居場所ではなかったと……」

精神状態？　ヴィニーの精神はしっかりしていた。あれだけの人に会ったことなんかない。

「聴取記録（一九七三年）」

ミシェルは前傾して、ちらちらする天井灯の光を受け、ファイルの口に爪の先をすべらせた。あの当時、事情を聞かれることになって、とにかく控えをもらっておくべきだとヘレン・ブラックが言った。ミシェルも受け取れるのか微妙だったが、公社としては、悲嘆に暮れて新聞にでも駆け込まれたら面倒だと思ったのだろう。

そんな昔の記録を読み返す。二十年前に言葉にされたことが、いまでも紙の上に生きている。よく知っている文言なのに、いま読んでも頭が痛くなる。心はもっと痛くなる。

ヴィニーのことを語るのが、自分の役割であったのならよかった。だが、それを求められたのは、彼の叔母パールだった。育ての親でもある。もしミシェルだったら、本当のヴィニーがどんなだったか言ってやれただろう。あんな嘘だらけの叔母とは違う。粗暴なだけの底辺の人間なんて言わなかったはずだ。いいところのたくさんある人だったと、そういう記録を残せていたら、それだけで意味があったと思う。

パールの供述は、ほとんど取るに足らない。だが一つだけ、気になることを言っている。その箇所まで来て、しばらく読み返していたら、わけがわからなくなった。マイク・セナーという漁師の証言が引っ掛かる。ずっとそうだった。灯台が無人だと知れた前の週に、この男は水タンクの補給に行って、ビルおよびヴィンスと話をしている。その際に、思いがけない来客があったことを聞いたというのだ。

そんな証言を、なぜ調査員は追及しなかったのだろう。理屈が通るではないか。それで事件の説明がつくというものだ。

机の置時計を見れば、あと五分で四時——。瞼が落ちそうになってくる。もうすぐ夜明けだろう。

二階へ上がって、またベッドにもぐり込んだ。夫を起こさないように気を遣う。壁を横切る影があった。木々の影が、そろえた指先の形になって、カーテンを抜けてくる。かつて愛し、いまでも愛している男の重みが、まだ感じられるような気がした。その男の亡霊が、付き添ってくれる犬のように、すぐ隣に坐っている。それが軽くなり、ふわりと去って、彼女も眠りに落ちていった。

VII

1972

30　アーサー
船

ヘレン、
おまえに便りを出すことはない。書いたことがなくて、どう書けばいいのかもわからない。灯台からの手紙——。そんなような本を読んでいなかったか？
やわな小説にそんなのがあったろう。駅の待合室で見つけたのだったな。おれたちが一緒になるよりも前のことだ。
灯台守が女に宛てて手紙を書く。離れているから、なおさら恋しくなる。実際にはそんなものではない。あれを読んでから、「なんか違うと思う」と言っていたじゃないか。その通りだ。そんなものではない。おれたちは違った。おれも手紙を書いたらよかったのか？　そうしたら、あんなことはしなかったか？　どうも頭の中にあることを、うまく言えない。たいていは、うまくいかない。言っておきたい気持ちはある。言いたいことがたくさんある。

書こうとして書けず、出すこともなかった葉書。それを破いて海に放り投げ、流れていくのを見送る。もし別の現実に、幸運な現実にあるなら、破れた紙片は海岸にたどり着く。彼女が見つけて、拾い集めて、突き合わせる。それで意味がわかる。

灯台で三十六日

「おい、どうかしたのか」ビルがヴィンスに言う。いまチキンスープと古びたパンで、水曜日の昼食をとっている。パンはもう硬くなってカビが生えそうだし、缶詰のスープは表面に膜が張ったようだが、温めて濃度を戻せばよい。「ひどく顔色が悪いぞ」

「食ったもんのせいかな。めちゃくちゃやばい感じがする」

ビルは、つまんねえ冗談だとでも言いたげに、シガレットを吸う口で笑った顔をおれに向ける。

「え、何だって?」おれは言う。

「いや、別に。そんなに落ち込んでるんじゃねえって話ですよ」

ヴィンスはスープをかき混ぜるが、まるで食い気がなさそうだ。それも無理はない。おれだって新鮮な肉が食いたい。新鮮なら何でもいい。北部の灯台にいた頃は、島で鶏を飼うこともできた。ずっと卵を産んでくれるやつもいたし、そうでないやつはシチューに入った。島に行けば、まず鶏を見たものだ。いじめられている雄が一羽でもいたら、こっちの腹の足しにしてやれる。

「なんだか腹の中が」とヴィンスが症状を訴える。「ぎゅうっと絞られてるような」

するとビルが、「じゃあ、天候が変わらないうちに、帰らせてやろうか。どうかな、アーサー」

おれは親指の先を顎にすべらせる。爪がざらざらと引っ掛かる。なんだかヘレンの顔が見えるようだ。やさしい目でおれを見てくる。あるいは、おれがやさしさと誤認しただけの、むしろ蔑んでいた顔だったろうか。――どうしたの、アーサー・ブラック、髭なんか生やしちゃって。わたしが知ってるあなたは、そんなことしなかった。らしくないわね。ちっとも、あなたらしくない……。

だが彼女がおれを知らなかった時期もある。案外、そっちがおれなのかもしれない。

「そうなったら、おれたち二人ってことになるよな、ビル」

彼はシガレットの灰をスープボウルに落とす。

「そう長いことじゃないですよ。どうせ代わりが来るんで」

この瞬間、おれの補佐である男を見ていると、テーブル上のカップや皿を払いのけ、すべて宙に飛ばしておいて、この男に突進し、油断のならない面《つら》から、ふざけた薄笑いをひっぺがしてやりたくなる。

「まあな、長くはなかろう」

ヴィンスの目が、おれとビルの間でちらちら動く。

「自分ではどうしたいんだ?」おれは言う。

「大丈夫ですよ」彼は食べるものを押しのけながら言う。「もうすぐクリスマスだってのに、急に動員されるやつに悪いし」

これにビルは、「当番を代わってもらえると思ったら、大間違いだぞ」。

「お気遣い、どうも」

「陸に帰れば、医者が気を遣ってくれるだろうよ」

「もし帰ったら、いびり出されたと思われるんじゃないの」

ビルは、しょうがねえ、という仕草を見せる。「いつまでも弱ってられたんじゃかなわねえって話だ。便器だって、しょっちゅう塞がれるしな」

ヴィンスは両手に顔を伏せる。「おれの料理がいけなかったかな」うめくような声だ。

「だったら、誰もが……」ビルが言う。

「三人ともおかしくなったんなら――」

「これからなるんじゃねえの――」

「もう一日、様子を見よう」ヴィンスが言う。「それで良くなるかどうか」

「当番は、おれが代わってやる」おれは言う。「いいから寝てろ」

彼がいなくなってから、ビルは言う。「ボートを出してやったらいいよ。ありゃあ、ひどそうだ」

「おれの判断で決める。あすには治まってるんじゃないか」

「そうでなかったら？」

「連絡を入れよう」

「波が高かったら、来ちゃくれないぜ」

「そこまで高くもなかろう」

「天気予報だと、あやしいみたいだ」

おれはシガレットに火をつける。「予報は当てにならないこともある」

「主任の勘は当たる？」

北部の灯台で鶏を殺すことになって、当時の主任にやり方を教えられた。一羽をさかさまに持った主任が、こいつの喉を切れと言う。左から右へ、すぱっ。

「何が言いたいんだ、ビル」

彼がちらっと目を向けてくる。

「まあ、いいすよ」やっと口をきいて、「主任は主任だ。いいように決めてください」


この苦灰岩という石を集めたのは、フラムバラ・ヘッドの灯台にいた頃だ。当時の主任が穏やかな日におれを呼んで、「ほら、一ペニー硬貨がある。これは酢だ。どうするかというとな」と言った。岩石がカルシウムを含んでいると、酸に反応して泡を出す。コインでこすって、石を十段階の硬度に分ける。その要領を教わった。びっしりと書き込みのあるノート、ガイドブックも譲られた。彼自身はもう絵を趣味にしていたので、そういうものはおれがしばらく持っていて、いずれ誰かに譲ってやれというのだった。

ヘレンにしてみれば、石を面白がるのは異常である。おれはまったく違う。その場に何千年もあった石に触れるのは、歴史と手を取り合っていることだ。

あなたは灯台に出ているほうが気楽なのでしょうと彼女は言う。そうかもしれない。陸地の暮らしはしっくり来ない。落ち着かなくてかなわないのだ。いきなり電話が鳴る。ミルクを買おうとすると二種類売っていて、どっちにしようか迷う。商店でもバス停でも、こっちから聞きもしない話をしたがる人がいる。「ああ、おはよう、もう戻ったのかい。しょっちゅう会ってるような気がするよ。ヘレンから聞いてるかな、ローラのとこのスタンが、やっと膀胱結石を取ったんだ」などと言って、週が明けたら、七月になったら、というような話もするのだが、どうせおれは海に出ているはずなので、ちっとも構うことではないと思いながら、適当にうなずいている。そういう意味では、家に帰っていても、帰っているのかいないのかわからないのが陸地の生活で、ろくな居場所になっていない。たとえて言うなら、知らない人ばかりのパーティに出るようなものだ。服装も一人だけ場違いで、夜更けまで居続けたくはない。

陸地でのおれは、おれではない誰かになって、なじまないものになじんでいるように見せている。普通の人に言ってもわかりにくいだろう。あまり関心を持たれるとは思えないが、朝の当直だと、その静寂は無限に広がる。あるいは、うまく蒸し煮《ブレーズ》を作ろうと思えば、その日も、次の日も、じっくりと作り方を考えていられる。灯台暮らしは世界が狭い。ゆっくりしている。ほかの人には無理だろう。何につけ、ゆっくり、意義深く、ということが難しいと思う。

ここにいれば頭の働きも違う。陸地だと眠ったように鈍くなる。ここだと冴える。いざ交替に出かけようと思えば、あれこれの持ち物を詰めた荷物が、どれだけの重さになるのか、ぴたりと当てられる。スリッパ、下着、タオル類、櫛、ハンカチ、作業ズボン、ゆったりズボン、プルオーバー、洗面道具、シガレット、髭剃り石鹼、などなど灯台での生活用品ということで、一点ごとの重さ、合計での重さがわかっているから、もし入れ忘れたものがあれば、さほど考えるまでもなく、何がないのか見当がつく。桟橋で見送ろうとしたヘレンに、浴室の戸棚に爪切りを忘れたかもしれない、と言ったこともある。普通の生活であれば、そういう勘は働かない。ほかに気を取られることが多すぎる。また変化が絶えないので、気にしていても仕方ない。というわけで、灯台にいれば気楽なものだとか、スイッチが切れてぼんやりしているとか思われるかもしれないが、そんなことはない。

陸に帰るとヘレンがいるので、なおさら頭が混乱する。おれに何かしら言いたがる夜もあるし、そうでない夜もある。どこかへ出かけることもある。その行き先をおれは知らない。

いや、いまならわかるような気もする。ビルではないのかもしれない。ほかに何人もいたっておかしくない。おれのことは、女房をつかまえきれない間抜けとして、陰で笑いものにしているだろう。

あの二人が会っていたと思うと、穏やかではいられない。どうして彼女が。また彼が。あいつが来たばかりの頃は、このおれが面倒を見てやって、仕事の要領を覚えさせ、仲間としてあつかった。こわい思いをして船酔いになって着いたあとで、やつの気を静めようとした。ところがずっと——どれだけになるのか——やつはおれが思うような男ではなかった。

おまえのことを思っても、穏やかではいられない。

眠ることは逃げ場になる。だが収束はしない。寝棚に横になって、暑いと思うと寒くなり、汗をかいては震えている。夜だったはずが夜明けになる。その途中の時間はわからない。

発電機が一つ壊れた。無線で支援を求めると、本土から技術屋を派遣するという。あまり来てほしいとは思わない。新しいやつに来られたくない。どんなやつもそうだ。

四時には海に濃霧が広がっている。これで派遣は無理だろう。灯台の回廊へ上がって、霧砲の火薬を装填する。外気が凍えるようで、異様に静かである。

回廊にぽつんと染みのようなものがある。足跡が一つだけ。

小さい。瞬きをして見直す。もう消えている。

霧のせいだ。すべてを押し包み、静まらせる。おれだけではないと思うが、天候の現象は、同じ灯台にいる人間と同じように、常に身近な存在であるので、つい人間なみの感情を持っているように考えたくなる。それが霧の場合には格別だ。霧は光や音に押しかぶさり、世界を縮小させて、わずかな足元の余地しかなくなったように思わせる。

十二月の太陽は、せいぜい射しても、弱いものでしかない。レモンのような、腐りかけのクリームのような色に見えている。いまごろ陸地では、どこの家庭もクリスマスツリーを立てて、リボンやキャンドルで部屋を飾っているだろう。そんなことをヘレンと二人でやってみた日々は、もう昔になった。いまでもティータイムに鳴らすエンゼルチャイムはあるが、それは彼女が子供の時分から持っていた品物というにすぎない。きらきらした飾りを鏡に掛けることもある。ただ、おれはクリスマスに在宅しないのが当たり前で、彼女だって一人でそんなことをしても意味はなかろう。

天候の記録として、FとGを書き込む。「晴れ《ファイン》」と「薄暗い《グルーミー》」。また温度計を見て、視程も記録する。わずかに灯台の周辺しか見えない。

こういうことには、ほかの連中よりも手間をかける。あいつらが書く分量は少ない。日付、記号。三時間ごとに、そんなものだけを書いて、本来の自分のことは書かない。おれは書いているが、なぜなのか、とくに何なのかわからない。おまえに書こうとしているのかもしれない。霧のせいか、この時間のせいか、すべて無限であるせいか。

回廊に出て、一枚の羽根を拾う。ヴィンスがシャベルで片付けた鳥の羽根だ。ヴィンスは「おれの鳥ってことはないですよ。そんなわけないでしょ」と言う。だが彼が見つけたのだから、そう言ってもおかしくはなかろう。この羽根をちょっとだけ静止させたあとで、つまんだ指先から放す。一瞬だけ、水分の凝縮した空中に浮かんだ羽根が、ふっと消える。落ちていく、風に飛ぶ、というのではない。ただ消える。

ここに立つと、海に見えるものがある。まだ距離はあるが、霧の中から出かかっている。やはり公社が誰かしら寄越したのか。それにしては船の来る方向が違う。外海から来ようとしている。修理屋ということはあり得ない。目を凝らして、天候のいたずらかとも思うのだが、双眼鏡で確かめれば、やはり小船らしきものが急速に近づいてくる。もう迷うことなく、クレーンを巻き上げ、発火スイッチを押して、信号を鳴らす。どかんと爆発音がして、煙が飛び散る。いつもなら五分間隔だが、すぐにもう一発鳴らして、クレーンを下げ、その先に火薬を詰め直す。

小さい船には聞こえていないようだ。急いで近づこうとしている。いまの霧砲にも、おれが腕を振って、進路を変えろと叫んでいるのにも、まるで気づいていないらしい。

双眼鏡で見る目標が、うっすらと形になってくる。一本のマストが立っているが、船体は小型である。操縦する人の頭が見えるので、こっちから見えるのなら、あっちからも見えているはずだと思って、もう一度呼びかける。「面舵だ、面舵いっぱい」

霧砲が鳴る。なぜ直進するのだ。灯台の光さえ見えないのか。

もう破れた帆が見えているが、無風の日に干した靴下のように、まるで揺れ動くことがない。救助を求めているのか。灯台を避けようとはしていない。すぐにウインチを用意してやると叫ぶ。それでも反応がないので、手旗信号を送る。ようやく向こうでも腕を上げたようだ。

「おーい、見えてるぞ」と呼びかける。

そいつは腕を上げたままで、指先はそろえている。手というよりパドルのようだ。船も小さいが、そいつも小さい。

「おい」おれはもう叫んでいない。

小さい船が右に曲がって、乗っている人間は手を振っている。SOSではないらしい。こっちを見て振っている。灯台を通過していく。ほんの何秒か見ていると、もう霧に包まれて、いなくなっている。

31　ビル
あやしいやつ

灯台で五十三日
木曜日。シドという男が来る。朝食のあと、ろくに片付けもしないうちに、アーサーが思いがけない知らせとして、ボートが来る、発電機の修理屋が乗っていると言う。そのアーサーも意外そうな顔だ。いまだ霧が立ち込めている。こんな日に公社が人を出すとは思わなかった。アーサーはおかしいと思わないのだろうか。今週は、彼の顔に、髭の影が濃くなった。目の色はもっと暗い。ずっと灯台に居続けて、人魚の声が聞こえると言いだす灯台守だっている。

薄ぼんやりした空間に、さんざん声を張り上げて、ようやくボートの位置が決まり、初めての男が安全ベルトで吊り上げられようとする。ボート側にいるやつにも見覚えはない。荒天用の帽子に隠れて顔が見えない。しかし、うまくロープを張って、ボートの距離を保っている。この波を考えると、そう簡単にできることではなかろう。いま現在、灯台周辺の波は、浴槽の排水口を見るようだ。岩礁というのは、たまらなくいやになる。冷たい炭素の塊で、人間とは何の関わりもない。海や空と同じように、感情の余地はない。つながりを感じない。だが生命だって突き詰めればそんなものだというなら、なるほどそうかもしれない。すべてが無感情であるなら、天国と地獄、善と悪の区別もないだろう。

「あ、ども、よろしく」技師が言う。「シドです」

こいつが手を差し出す。アーサーやおれよりも上背があって、ボクサーのような体つきだ。もし〈トライデント〉の理事が灯台で夜を明かしたことがあるならば、一人で二人分の場所をふさぐようなやつは雇わないだろう。シドは普通よりも年がいっていて、腕に刺青がある。狼が大きく口を開けて、その中に髑髏がおさまっている図柄だ。髪の毛は量が多くて色が薄い。

「いままでは、どこに?」炊事場に坐ってからアーサーが言う。三人とも煙を上げて、茶のマグに手を添えている。

「あっちこっち」シドは空になったシガレットの箱を揺すってみせて、アーサーの箱から一本つまみ取る。「風来坊だよ。ご多分に洩れずってやつで、灯台の仕事だったら、いろんな行き先があるんだから、おまえに向いてるだろうって言われちゃってね。しかしまあ、ここはちょっと、どうなのかねえ。やけに狭いよな」

シドがきょろきょろ見回す。こういう灯台に来たことがないのか。小さいテーブルや椅子、ここに暮らしている人間を、めずらしがっているのか。

灯台に来るやつは、外来の客になっているのが普通だ。ここに来たら、ここの流儀に従う。たとえば陸地にいて水回りの仕事でも頼んだとすれば、やって来る工事人はそんな感じだろう。ところが、このシドというやつには、どこか不自然なものがある。うまく言えない。こんな大男のくせに、声の調子が高くて、まったく女のようだとまでは言わずとも、そんな気がしなくもない。なんだか似合わないというか、借り物のようにさえ聞こえる。北部のアクセントが丸出しで、おれの爺さんを思い出すから、なおさらそう思うのかもしれない。あの爺さんは、ハムの塊みたいな手と、ねじくれた根菜みたいな鼻をしていた。

よく似たやつがいたような気がする。いつか見た夢を思い出しもする。

「おれ、人より場所をとるんで」シドが言う。「たまに来るんならいいとして、ここで暮らすってのはだめだな。火、ある？　はい、ども。あんたら、よく吸うみたいだねえ。おれは手持ち無沙汰のときしかやらねえ。そう言や、食器の洗剤がねえみたいだが、灯台の人はそういうことにこだわるのかと思った。見たところ、なさそうだよね」

主任が眉をひそめる。「使っていいものか、本部の返事待ちだ」

「いやあ、そうと知ってたら持ってきてやるんだった。〈スパー〉に寄ってきてもよかったしな。ちょっと早いがクリスマスプレゼントだ。たいした手間じゃなかったろう」

「石鹼があればいいさ」

「しかしまあ、一日じゅう何もなしでいたら、いやんなっちゃうんじゃないの?」

「まったくなしってこともない」アーサーは言う。

「そうなんだろうけど、やっぱり退屈だろ」

「慣れたらどうってことない」

「あんまり慣れたくもねえなあ。そう、ありゃあ大変そうだ」シドは分銅筒に向けて煙を吐き出す。「あんなもの、いまだに夜昼となく上げ下げしてんのかい。あれだけで半分は場所をふさいでねえか」

アーサーは一応うなずいておいて、昔はそうだったと言う。大きな筒状の空間にチェーンで分銅を吊っていた。それを当番が灯室の高さまで巻き上げて、落ちる力でレンズを回した。四十分に一回は、大時計のように、その運動を繰り返したのである。あとで電化されたのだが、それまではアーサーだったら喜んで巻いていたのではないかと、おれは思う。アーサーらしい仕事だ。そういうことで懸命になっていたのだろう。おれの親父、そのまた親父もそうだった。なるほどアーサーが社員の鑑であるわけだ。公社にしてみれば永年勤続のベテランで、一インチも規則を踏みはずすことがない。灯台での生活がうまくいっている生きた証拠になる。こういう環境で、人間はまともに生存できるということだ。どこの灯台に配属されても、アーサーは模範だという話を聞いた。いずれは手が届くかもしれない聖杯のように扱われている。

だが、知ってしまえば、そんなものではない。だから彼女が自分の過ちだったとか何とか言ったとしても、そんなことは信じない。

「まあ、すげえもんだよ、癌てのはな」シドが吸い殻を揉み消す。「笑っちまうぜ、三度もなってるんだからな。これがほんとの命拾い。そこまでしぶといんなら、おれの本性は猫かもしれねえ。あ、もっと茶を？　では、ありがたく。砂糖は二つ。かまわないから入れちゃってよ。そう、二つね——。こんな半端仕事ばっかり、よくやるもんだって思うけどさ、とりあえず何かやんなくちゃいけねえんだよな。こんだけ癌になったやつなんているかい？　そりゃもう大変なもんだぜ。犬も癌になるんだってな。おれも知らなかったんだが、友だちの犬がそうなって、まあ犬だから、そのまんま放っとかれて死んだよ。ええっと、三番目は？」

「三番目？」アーサーが言う。

「もう一人いるんだろ」

「寝てる」

「こんな時間に？　おりゃま、どういうこった、休みの日？」

「きょうは具合が悪い」

「それで寝込んでるようじゃ、しょうがねえな。三度も癌になったやつがいるんだ、さあどうだって言ってやってくれよ。もう一回あったっていいと思ってんだぜ。こうなるとゲームみたいなもんでね。こっちに勝ち目があるらしいんで、あと一勝負したっていいんだ。どこまで行けるもんだか。まあ、病院てのも、なかなか厳しいけどな。何度も舞い戻るんで、あやしいやつだと思われてる」

「うちの母親はヨークシャーの出だった」ようやくこの男に口をきいて、おれは言う。

「ほう？」やつが見てくる。銀色の目だ。「だったら、ばあちゃんは？」

「え？」

「実家の話なんてどうでもいいってことよ」

「アクセントで、おやっと思ったんでね」

「へたな考えだぜ。いま言ったとおりで、あっちこっち行ってるんだ。そうなりゃ世間のいろんなことも見てる。白いカラス《ホワイトルーク》なんてものを聞いたことあるかい？　おれの知ってるやつが見たって言うんだ。あんたら、それがメイデンロックの話なんだよ。そう、百パーセント、ここなんだ。いや、カモメじゃないぞ。そういうことはわかってるやつが言うんだ。白いカラス。この回廊に、ひょっこり白いのが飛んできて、すぐ近くに止まって、ビーズの玉みたいな目で見てきやがる。それが真っ白なんだと。でっけえ白カラスだってさ」

「ここいらにそんなのはいない」アーサーが言う。

「そのときはいたんだ。ずいぶん前のことさ。おれは鳥ってやつが嫌いで、どうも虫が好かねえ。まず見た目からして、いまの生き物のようじゃねえだろ。嘴と足がやたら目立って、ばたばた動いてやがる。鳥が困ってるのを助けようとしたことあるか？　ぎゃあぎゃあ騒ぎやがるんだぜ。おっかねえよ」

それからようやくシドを発電機に行かせる。階段を下りながら、こいつの後頭部を見ている。その頭が、オイルに、パラフィンに、物置に向けられる。ひどく変わった色の髪の毛だ。ほとんど白だが、真っ白でもない。年をとって白くなるのとも違う。どこかで見たような、という感覚が、おれの脳内の暗がりで、ちらちら揺れているのだが、そこまで届こうとすると、ばらけてしまう。

こんな大男の修理屋と二人では、バッテリーやら無理に押し込んだ機材やらで手狭になっている空間に、どうやって入れるものかと思うのだが、どうにか入ってしまう。こいつと一緒にいろとアーサーが言うので、いやいやながらそうしている。おれを見る目つきが気に入らない。心の中は読めてるぞと言いたげな目だ。

「船長は誰なんだ？」

シドは燃料を抜く作業に取りかかる。「何が誰だって？」

「ここまで乗ってきた船だよ。知らないやつだった」

「おれも知らねえんだ」

「いつもはジョリーだろ。普通はそうだ」

「がっかりさせちまったようだな」こんな下の階に来ると物陰ばかりで薄暗い。「そろそろクリスマスで、おまけの荷物でも来ると思ってたか」

「そういうこともある」

「だろうな。灯台守ってのは、善意が当たり前みたいに思ってねえか」

「そんなことは言わない」

「だって、学校の子供らがプレゼントをよこすって聞いたぜ」シドの手先がすばやく動く。たいして気を遣わないらしい。電話しながら鍋をかき回すように、手だけが働いている。「教会からも来るんだろう。といってベトナムの実戦部隊じゃあるまいし、あんまり身の不幸を嘆いてもいらんねえよな」

「ありがたいとは思ってるさ」

「そうだろ、たいしたもんだ。じゃあ、もう一つ、言っとこうか。腱炎てやつなんだが、なったことない？　じゃあ幸運な生まれつきに感謝しなよ。おれなんか、目が覚めたら手が引きつって、まるっきり動きゃしなかった。手というか、手首から、肘までずっと、もう死んじゃったみたいだぜ。ジャガイモ袋をくっつけてるようなもんで、どうにもなんねえ。そしたら医者が――」

「癌の医者？」

「いやあ、それとは別だ。そっちの医者が言うには、シドニー、あなたは腱炎ですってことなんで、何ですかそりゃって聞いちまった。手首のあたりで神経が圧迫されてどうこうってんだが、まず治さなくちゃいけないところが先だから、しばらく様子を見ようとも言われた」シドが肩を回して、ぐきっと音が鳴った。「そのときは仕事にもならなくて、ひでえもんだった。もちろん癌にくらべりゃまだましで、そっちが先決だったんだが、やぶ医者の言うことも当たっていて、たしかに腱炎てのは自然に消えた。ところが思いもよらないときに出る。ここに来る白カラスみたいなもんかな」

「来やしないって」

「まあ、いいや。どうとでも言えよ。しっかりしたやつから聞いたんだ」

「誰なんだよ。おれだって知ってるやつかもしれない」

シドはキャブレターを取り外す。「あんた、かみさん、いるよな」

「ああ」

「ジェニーってんだろ」

「なんで知ってる」

彼はフロートボウルのねじを緩める。「ロバみたいだよな」

「そう言われたと伝えるよ」

「うまくいってんの？　飲んだくれてるって聞いたが」

燃料の匂いが鼻をつく。「何だと」

「そういうことは広まるんだよ」こいつの目がちらりと見てくる。「なあ、陸地ではね。人間はしゃべるんだ」

「あんたの知ったこっちゃないだろ」

「まあな。人のことに首を突っ込むのはよくねえ。ただ、男と女が一生くっついていたがるのはどうしてだって、ま、そう思うんだ。おもしれえよなあ。おれは女房なんていないけどな。欲しいとも思わねえ。そこまでひどいものは考えられねえ」

さすがに黙っていられない。ぶん殴ってやりたい。口でものを言うか、拳骨にものを言わすか。子供の頃は、親父に言われた。おまえは殴られるやつだな、ビル、あんまり殴るほうじゃない――。

「つまんねえだろ」シドがワイヤブラシを手にする。「年がら年中、縛りつけられてるなんてなあ。人生は長いんだぜ。やってらんねえよ。おれは一人でいい」

「一人の時間なら、たっぷりある仕事なんでね」

「それで気に入ってるのか」

まったく頭が痛くなる。

「いや、すまん」彼は言う。「ちょっと気になっただけだ。よく困ってる人に相談されるんでな」

「おれは困ってねえさ」

ここで見るシドは、さっき上の階で見たよりも、若い感じがする。ボウルにこびりついた汚れを落とす手はなめらかで、指を油まみれにする稼業だとも思えない。こいつの顔が笑うと、歯のことが気になる。きれいに真っ白だ。犬歯が鋭い。おれは砂袋を呑み込んだみたいに胸がつかえている。

「自分じゃ困ってねえと思いたいってこったろ」彼は言う。「おれの昔の商売、わかんねえよな。あてずっぽで言ってみな。どうせ当たんねえだろうが」

「わかんねえさ」

「いまヒントを出したじゃねえか。困ってる人が相談に来たんだ。週に一度。日曜日。あんた、教会には行ってねえな」

「まさか牧師さんか？」

「え、何だよ、聖職者には見えねえか？」

「見えねえ」

「昔のことだからな。そこのマイナス取ってくれよ」

「なぜだ」

「ねじは回さなくちゃ」

「なぜ牧師なんだ」

「何にせよ胸のつかえは取ってやりたい。そう思えばこそ言ったんだぜ」

「つかえてやしないよ」

彼は刺青のある腕で鼻をこする。「じゃあ、その袋ってのはどうなんだ」

「袋？」

「砂袋でつかえそうだとか何とか、我慢して溜め込んでるもんがあんだろ」

おれは相手をしげしげと見てしまう。

「ロバ女房のジェニーには愛想が尽きてるが、主任の奥さんには言い寄りたいんだよな」シドは両手でドライバーを回す。「な、そうなんだろ。ずうっと惚れてるんだもんな。ここへ来て、あの人にくらべると女房なんかみすぼらしいと思って、それ以来だ。心がときめいて、まともに目を合わせらんねえ。買い物の袋を持ってやりたくても、うっかり手も出せねえな。それが見え見えになって、主任に知られるんじゃないかと心配だ。いやあ、そんなの、とっくに知られてるよ。見べた惚れの下心はお見通しなんだ。びっくりした？　ばれてるに決まってるじゃないか。あれくらいの年なら、もう終わってるかと思うと、ああいうのが何をするかわからんぜ。あんまり考えたくもねえな。失うものがねえってやつだ」

「あんた、いったい誰なんだ――」

「おいおい、わかりきってるだろうに」

シドは人差し指と親指の腹を打ち合わす。昔の電話回線がつながるような音がする。

「あんたは乗り遅れたってことだよ。ああいうことがあったんじゃ、もうヘレンはだめだろ。ちょっと立ち直れないな。あんたとは何もなかった。あの男にはあった」

「そういう話を二度とするな」おれは警告として言う。「ヘレンのことなんかわかってないだろう」

「それを言うなら、おまえだってそうだ。おれはおまえを知ってるよ。ちゃあんとわかってる。ちょっとわかれば、あとは何もかもわかるってもんだ」

彼は手をぬぐいながら、また笑った顔になって、奥の歯まで見えている。

「さあて、そろそろ何か食わせてもらえるよな。あったけえもんの味なんて、いつ以来だかわからねえ」

32 ヴィンス こつこつ

灯台で十八日
誰かが寝ようとするからといって、夜だとは言えない。あたりが暗いからといって、夜だとは言えない。だが夜なのかもしれない。その可能性はいつもある。現実世界に生じること、聞こえることの切れっぱし——茶碗から上がる湯気、食事室めいたハインツのラビオリ缶の匂い……。

どこへも行けず、一箇所におさまっているだけ。胃が重苦しい。胃が網になってカニが何匹も引っ掛かったようだ。気を揉んで待つのみ。毎日が同じ繰り返し。服役中には、わずかに日の射す隙間があった。けちくさい差し入れのようなものだ。暗い心を抱えた人間には、光なんて贅沢だと思われている。それでも晴れた夜には、星が見えることもあって、せいぜい五つか六つだったろうが、あんなに美しいものはないと思ったりした。いまでもそう思う。刑務所の寝床で、上段に寝ているやつが鼾をかいたり、睾丸をぽりぽり掻いたりしている夜に、どうにか寝つくまで、いつまでも星を見ていた。

ほかの二人には迷惑だろう。おれの当番を代わって、後始末までしている。おれはバケツに糞をしたり吐いたりするのも平気だ。ビルや主任は、陶器の、というか磁器なのか、何だか知らないが、そういう便器らしい便器に慣れている。灯台にいても刑務所にいても、具合が悪くなったら、たいして変わらない。

主任が来る。膝をついて、物入れから箱を出すようだ。石のぶつかり合う音がする。こつこつ。やわらかく、ひんやりして、いつも同じ音。時間が過ぎる。

「言ったっけ？　あたし、手相を見るのよ」仕事を終えたミシェルが言った。チャリングクロスで待ち合わせをした彼女は、混雑した駅から出てきて、下げている傘が撃った獲物か何かのようだった。その彼女が手を振って笑う。どうやって答えようと思った。

「おかしなもんに凝ってるんじゃないよな」

「どういうこと？」

「死んだ人間がどうとか。前世があるんだとか」

「そういうのはよくわかんないけど」もうトラファルガー広場を歩いていた。灰色の円柱に灰色の鳩がいる。「手相は、おばあちゃんに教わったのよ」

「そうなの？」

「あとタロットも」

「カードで占うやつだろ。山羊がさかさまにぶら下がる」

「やったことないみたいね」

「ありゃしないよ」

「よかったら、やったげる」

そうはしなかった。彼女がストラトフォード・ロードに借りていた一間のアパートへ戻って、別のことをやったのだ。翌朝、目を覚ましたら、彼女がおれの手をとって、じっと見ていた。

「どうかした？」

「運命線がない」

「あるのが普通？」と言うと、彼女は、うん、と言った。感情線があればいいやと言ったら、それならあるね、と言われた。


半分覚めて、半分眠って、半分の世界に沈み込む。きのうの夜は、主任が無線で話す声がした。医者をよぼうとしているのか。アーサーがおれを助けようとしてくれる。

こつこつ。

誰だ。

海を渡って、おれを襲いに来る。髪が白く、肌が白い。セットオフに立つ足から水が垂れて、鉄梯子に手をかけて上がろうとする。もう入口まで来た。ドアの前だ。

ミシェルには約束した。もう終わりにする。手紙を書いて誓った。もう喧嘩はしない。危ないことをしない。信じてくれ。

刑務所にいたやつが、よくチェスをしていて、おれにも教えてくれたが、人間も駒みたいなもんだと言っていた。ちょっと偉そうな駒、たとえば騎士《ナイト》。馬の形をしている。あの馬は盤上にあればゲームの中にいるので、ゲームとして攻めようがある。そうでなければ、ただの馬だ。馬としか言いようがなく、追うことも、取ることも、進めることもできない。ゲームの外にいて何の関わりもない。

たまには盤上を離れないとだめだ。もとの自分に戻る。一人になって、何のごまかしもなく、本来の自分に返る。灯台にいれば、そういうことができる。あっちこっち押したり引いたりされなくてよい。

おれを狙って来るやつがいると、おれに勘が働く。そういう出来になっている。そういうものを持っている。そうしてやろうとも思っている。

炊事場の流しの下に、おれの秘密がある。主任が石を集めて、一人で喜んでいるようなものだ。あの拳銃の重みを、彼女の肌のようになめらかな曲面を、心の中で思う。

ふわふわと何時間も漂っている。主任が入ってきたことは、ぼんやりと意識した。深々とした闇の中で、寝棚がぎしっと鳴って、カーテンの引かれる音もした。それから小声で、
「聞こえるか、ヴィンス。もうすぐだ」
その暗闇に浮いていたら、もう灯台の頂点に上がったような気がした。空にも海にもつながっている。あるいはまた、どこか陸地をさまよって、もう死んだのだと思いながら、わからずじまいで手の届かない光をさがしているのかもしれない。

十九日

ある日の記憶――。百万日も続こうかという時間の真ん中で、シガレットを切らした。たるんだ頬っぺたのようなポケットをたたいて、全部吸っちまったじゃねえかと気づく。三人の灯台守が上下の階へ行ったり来たり、コートやシャツに襲いかかって、万が一の予備として入れたかもしれない隅々まで捜索した。あらゆる箱も缶も揺すってみながら、たしか仲間にもらった一本があって、あれを隠匿したはずだと思いながら、どこだったか忘れている。ゴミとして捨てた吸い殻を回収し、ねじって中身をほぐしてから、吸えそうな一本に巻き直す。ちょっと吸えば終わりだが、ないよりましだ。

灯台での喫煙は、ただの習慣ではない。二分半ほどの間だけ、しっかりした時間の中にいる。心が静まる。魂が静まる。そのあとは？　船が通りかからないかと思っている。人をよこしてくれと頼んでみても、まだ当分は来ないだろう。時間が延々と続く。海には弄ばれているようだ。ちっぽけな人間、ちっぽけな願望。

するとアーサーが一箱を見つけた。もしビルだったら、すっとぼけたかもしれない。イワシの缶詰ではあるまいし、シガレットは人に分けなくてもどうにかなる。だが主任は三人の席に一本ずつ置いた。一日に一本。自分にも、あとの二人にも、同じように一本。それが出てくるのを神々しいもののように待ち受けた。食事のあとで、三人が黙って一服し、小さく紙の燃える音、ぷはっと煙を吐く音がした。あとにも先にも、あんなに旨いと思ったものはない。

いやな夢に揺り起こされる。あるいはシーツのせいなのか。汗びっしょりで股ぐらに絡んでいる。よじ登ろうとしてもがいていたら、力が尽きて、落ちて、目が覚めた。

ほかに誰か。こつこつ——。どこか遠くで、上なのか下なのかわからないが、何となく話し声がして、ビルと主任の声からすると、ほかの誰かがいるらしい。ぶっきらぼうな普段のやり取りとは違って、少しはましな口をきいている。

どうにか起き上がろうとする。しわくちゃのシーツから背中が剥がれる。かーっと血が上って、頭が痛む。また横になる。

腹は空っぽなのだが、食い物のことを考えると胃がむかつく。ビルの女房から届いたチョコレートを考えるとむかつく。関節が痛い。あっちこっち痛い。丸く凹んだところに、丸いものが収まっていく、そういうところが全部痛い。フロアにバケツが出ている。最後に使ったのはいつなのか、いつ始末されたのか、ちっとも覚えがない。

医者が来ている。おれが病人ということだ。いや、医者ではない、どうというやつでもなさそうだ。おれは回廊に上がる夢を見ている。さっぱりした空気を吸って、いやなものを風に吹き飛ばしたい。だが上がれるわけがない。そこまで身体が上がらない。出たくて出られないのは、喉の渇きと同じだ。飲まないと死ぬようなもの。だったら死んでどうなる。

また目が覚めると、凍えそうに寒い。じっとりした壁も凍りつきそうだ。シーツ、毛布を引っ張り上げると、それもまた凍りつきそうになっている。

夢から夢へ、膝まで浸かる塩水をかき分けるように進む。舌には苦い酒の味がまとわりつく。あの場所にまた戻って、前方にアパートの建物を見上げて歩いている。現実に見たはずの建物とは違うと思った。どこか怪しい。うしろに仲間のレジがいる。ほかの連中もいる。見えないが、いることはわかる。そいつらの動きで、上着の擦れる音がした……。

引き返そう。やめておこう。

だが夢は聞く耳がないように進んで、もう犬が吠えていた。その歯が見えた。血管の浮く歯茎が黒ずんで、うなる犬の皮膚が疥癬でじくじくしていた。

血と毛皮、子供の悲鳴。抱きかかえた仲間が冷たくなっている。

寝室を出ると、窓がぼやけた四角形になっている。これもFだ。霧《フォグ》のF。

三人の声。

水が欲しい。炊事場に行けば、おれがいるだろうと思う。ほかの連中といるはずだ。主任、ビル、おれ、という三人が坐っていて、トランプをしながら煙を上げている。聞こえているのは、おれの声だ。立っていて、そんなことを考えるおれは、まるで関わりを持たない。見えない存在。

死んでいる。どこか夢の途中で死んだ。
だが、下まで行くと、おれではないやつがいる。
銀色の髪をした大男だ。
アーサーが、「そろそろだ」と言う。
銀髪の大男は、どうという口もきかずに、おれを見て、にやりと笑う。

Ⅷ

事情聴取

1973

33　ヘレン

——ええ、大丈夫です。どうであれ、たとえ死んだというのであっても、受け止められると思います。何もわからないよりは、まだ耐えられます。聞かせてもらえますよね。わかったら知らせてくださるのでしょう?

——さぞご心配でしょう。お察ししますよ。

そんなこと言わないでくれればいいのにと思った。察するなんて、できやしないだろう。もうアーサーに会うことがないと思うと、いきなり底が抜けたような違和感を覚える。本を開いたら何も書かれていないとか、列車が切替ポイントを横目に過ぎるとか、暗がりにあると思った階段がなかったとか。

一月二日。火曜日。午前十一時四十五分。

行方がわからなくなってから四日が過ぎた。居間の窓からメイデンロック灯台を見ると、無人で走っていく車を見るような不気味さを覚えた。

——ご主人の身に何かあったとして、思い当たるようなことはありますか。

調査員が目の前にならんで坐っている。この人たちが悪い知らせを持ってくる。あるいは持ってくる知らせがない。何もない。まさか、どうしてこんなことが、と思ったりする。念の入った悪ふざけではないのか。いたずらなのか退屈しのぎなのか知らないが、陸地で大騒ぎするのを面白がっているのかもしれない。もたついた陸の人間が、さりげなく岩にへばりついたトカゲを見つけるまで、どれだけ時間がかかるのか見ようとしている。

——わかりません。どう考えてもおかしいですよ。人間が消えていなくなるって、そんなことないでしょう。

——普通には、ありませんね。

——もう死んでいる、と？

——まだ断定はできません。

——でも、そうお考えですよね。私はそうです。

——あまり先走らずに、ちょっと考え直してみましょう。アーサーからの最後の連絡では、発電機を修理する技師について、いったん要請した派遣をキャンセルする、ということでした。

——ええ。

——どうしてキャンセルしたんだと思います？

——直ったからじゃありませんか。

——でも当社からは誰も行っていない。

——自力で直したんでしょう。アーサーならできたのかも。ビルもそう。

調査員はノートに書き込んでいた。いつまでも質問がある。どれも時間の無駄だ。灯台のことを何一つ知らない人に問われている。灯台に行く人との関わりで灯台に関わるのがどういうことか知らない人。

——アーサーを見送った時点で、おかしな行動のようなものは？

——いえ。

——とくに話題になった人物などはありましたか。知らない名前、めずらしい名前。

——なかったと思います。

——まず一つ考えたいのですが、アーサーら三人が、ほかの誰かに迎えに来てもらったということはありませんでしょうね。船を灯台に来させるような。そんなことをアーサーはするでしょうか。

ヘレンは首を振った。アーサーは堅実そのもので、きっちり整理された精神の持ち主だった。親しくなって初めて遠出をしたときに、彼は星の名前をいくつも教えた。といってロマンスがどうこうではない。知っていることを言っただけだ。ベテルギウス。カシオペア座。いくつもの名前が、ビー玉をガラスのボウルに入れたように聞こえた。彼は時計を分解して組み立てることがあった。どんな部品がどう動くのか知りたいだけだ。メカニズムの美学である。海と空の溶け合うジグソーパズルで遊んだのは、彼女には一面の灰色としか見えない図柄に、細かい色の変化を見分ける灯台守の目があったからだ。いつも彼女は、こんなに立派な肩のそろった男はいない、と思っていた。おかしなところに惹かれたものだが、実際にそうだった。以前に付き合った男はたいして肩幅がなくて、着ている服が、小さいハンガーに掛けたシャツのように、いまにもずり落ちそうで気になった。そこへ行くとアーサーの肩には、左右に一つずつバスケットを載せていられそうだった。この人となら結婚して子供を持ちたいと思った。

――いくらかでも鬱になっていたとか？

――いくらかでも？　そうであるかないか、どっちかでしょう。

――たとえば気が滅入るなんて言ってませんでした？　あるいは食欲がない、ふだんよりも寝ていたがる、人との付き合いを避ける、というようなことは？

――もともと付き合いは少なかった人です。

――では、まあ、鬱だったかもしれない、ということでいいですね。

――さて、どうでしょうか。そんな話をしたことはなかったので。

何週間か前には、このキッチンに夫がいたのだと思った。ここで、この場で、背中を見せてオーブンの前に立っていた。その記憶が、手を出せば触れられそうに、すぐ近い。彼がパンにジャムを塗ると、じれったくなることがあった。それを口に入れる前に、まずナイフを洗って、水気をぬぐって、片付ける。そこまで終えてから、やっと坐って食べるのだ。彼女は何も言わなかった。長いこと夫婦になっていれば、うまく言える言葉がないなら黙っているに限ることはわかっている。彼が海に出た留守中には、どうとでも好きにしていればいい。戻ってきたら、じれったくなっても、何も言わない。それが結婚というもの。たいていはそうしていた。

――以前には、どこかに勤めておられました？

――ロンドンで、店員をしてました。

――がらりと変わったんですね。

――ええ、そうですね。もう人生の半分以上は、こんな暮らしになりましたけれども、昔を思い出すことはあります。ずいぶん変わって、こんなに長くなったって思います。

――ここでの一人住まいはどんなものでしょう。だいぶ町からは離れてますが。

――あんまり考えることもないです。

――ええっと、モートヘイヴンまで、四マイルでしたっけ。

――やたらに出歩くなという本社の意向か、なんてアーサーは言ってました。

――しかし、引きこもってるのは、よろしくないですよ。当人たちもそうですが、その家族にもね。もしアーサーが鬱状態だったとして……。

――そんなこと言ってません。

――いや、そうだったとして、筋は通りますので。

――どうして。

思いやるような目を向けられる。

――引き離されてると、人間には害になりかねませんよ。もともと危うい状態にあったとすれば、なおさら。

――何をおっしゃりたいのでしょう。

――まだ何とも言えません。いくつかの見方はあると思ってます。

そんなことはわかっている。ビルがアーサーに何か言ったという見方もあるだろう。わざと突っかかって、ヘレンがどう思っていたとか、いつから続いていたとか、でたらめを言ったのかもしれない。子供じみたことだ。それをアーサーが真に受けたのかと思うと、彼女の内部で崩れそうになるものがあった。

——隔離されていれば、深刻な影響が出るものです。人間には正常な状態ではありません。ウォーカーさんがそういう問題を抱えていたというような心当たりは？　あるいはボーンさんについても。

——さほどに知っていたとは言えませんので。

——ウォーカーさんは、お隣だったんで、よくご存じでしょう。

——それほどでも。

——あの奥さんはどうです。ジェニーとは親しかった？　お隣が越してきたのは？

——二年ばかり前ですね。

——この社宅に、言い合い、仲違い、なんていうものは？

——ありません。

——奥さん同士で、気持ちが安らぐなんていうことは、ありましたでしょうね。

ヘレンは撥水加工のテーブルクロスに目を落とした。去年の誕生日にジェニーがくれたものだ。サーモン色を基調にしたデヴォンの田舎風景に、スープやコックルパイのレシピをあしらっている。ジェニーは料理が大好きだった。脂肪たっぷりのテリーヌや、糖蜜たっぷりのスポンジケーキを作って、ビルに灯台へ持って行かせていた。料理が上手で、家庭的で、いい母親だということを自慢に思っていた。すべてヘレンとは違うことだ。

ビルが海に出た留守に、ジェニーに呼ばれて、手料理を振る舞われることがあった。それを断りはしないが、気楽に行けたとも言えない。食事中、彼女が子供たちに話しかけ、ジェニーは食べるものを小分けしてしまうと、ワインをどかすか注いで、そのうちにテーブルを片付けた。何度となく会話が成り立ちそうになって、いつも中途半端に終わった。ヘレンは皿洗いだけは手伝うことにして、二人の女が流しの前に立ってから——洗う係と拭く係がいて、ラジオの音が小さく鳴って——ようやく所在を得たように思った。

ごめんなさい、ジェニー。一人でいて、さびしかったから……。

——支援金は出ますよ。あの人はシングルマザーという扱いになる。もちろん、あなたにも出ます。そのあたりは公社としての方針がありましてね、ともかく不自由はないでしょう。

——そこまでの話になるのかどうか。まだ帰ってこないと決まったわけではありませんし。

だが、もう決まったようなものだった。土曜日の朝、〈トライデント〉の職員が、二台のボクスホール・ヴィクターに分乗して、社宅への狭い通路を下ってきた。ジェニーと子供たちは、ビルが帰ってくるものと思っていた。そっちの玄関先を窓から見ていたヘレンにも、すぐに様子がおかしいことはわかった。公社の面々は、背中が張りつめて、いくらか頭を下げていて、ドアが開いたとたんに儀礼として帽子をとった。ジェニーが戸口でくずおれていた。

ヘレンにしても、すうっと生気が抜けていく感覚は肌で知っているのだが、そうなっている人を見るのは初めてで、ジェニーの悲痛を最後まで見ていられず、もう目をそらすしかなくなった。交通事故の現場を通過しながら、見ずにいてあげたいと思うようなものだ。

きっとビルが心臓発作でも起こしたのだろう。あるいは帰りの船から落ちて溺れたか。そこまでは、すんなりと受け止めた。とりあえず、身勝手なことだが、ほっと安堵する気持ちがヘレンに出ていた。

来訪の職員が、こっちにも目を向ける。その一瞬に、まわりの何もかもが音をなくした。時計、冷蔵庫、沸きそうになっていたヤカン――。それから、彼女も知らされたあと、心のどこかで自問することがあった。ひょっとして、これは望んだ結果なのだろうか。いままでとは違うこと、まさかの展開があることを願って、その通りになってしまったのではないか。

――どうかしましたか。続けても大丈夫ですか。

――すみません、ちょっと外気にあたります。

外に出ると、風がむせび泣いて、荒れた茶色の海が白く泡立っていた。上空を波状雲が飛び去っていく。コートを持たずに出たが、冷気が斬りつけるのは必然のような気がした。着ている服に、風がばたばたと吹きつける。ここからでも灯台は見える。遠くに立って、いま非常事態を抱えている。あの面白くもない塔がぽつんと小さく見える場所に住まわせれば、それだけ妻が夫を間近に感じるというのが公社の計算だったろう。ところが、そんなのは逆効果だ。灯台からは見えていない。少なくともアーサーについて言うなら、陸地での生活は頭から消えていただろう。それでも妻からは夫が見えている、ということが、毎日、妻を悩ませた。どうせなら、さっぱり見えないほうがよかった。

戻ってきて、と彼女は思った。

灯台が平気で見つめ返してくるようだ。灯台は気位が高い。とくにメイデン。夫を奪って得意だった。アーサーには妻から逃げる隠れ家で、それを灯台が面白がった。いままでの勤務で集めた石があって、どこが同じでどこが違うと見ている夫を、彼女はひっぱたいて泣きたくなった。

こっちを見てよ、もう馬鹿なんだから、あたしを見てって言ってるの、どれだけあなたが必要なのかわかんないの?

いつから彼を愛したのか覚えがない。生涯ずっとそうだったような気がして、いつから、いつまで、という区切りがない。ただ結局は、夫の安らぎになったのはメイデンで、彼女が妻にないものを夫にもたらしていた。あんな苦しみがあって、どうにか二人で向き合おうとしながら、もう妻にはどうしようもなくなっていた。

熱い涙が目に湧いて、そのまま凍りついた。もっとひどいことがあった。そう思おうとしたのだが、この泣くに泣けない瞬間に、そこまで思い切れるものではなかった。

いま来ている人たちに、そんなことを言おうとしても無駄だ。彼女が恨み言としてぶちまけたい基本となる、あの最もやり切れない憤懣を、わからせることはできなかろう。そういうことを夫に対して抱え込んでいて、口に出して言いたくても夫の沈黙に息が詰まりそうになるだけで、ついに伝える言葉を持てなかった。ほかの人に目を移したのは彼女だけではない。そっちにも女がいたではないか。それに彼女は遠く及ばず、もはや勝負にならなかった。それがアーサーを奪った。夫婦がそろっていても彼はそのことを考え、夫婦が触れ合っていても彼は向こうへ行きたがっていた。

34　ジェニー

――あいにくミルクを切らしてるんです。お茶でも淹れて差し上げればいいんですが、いま出かけて買ってくるわけにいきませんでしょう。ビルが帰ってくるまで留守にできませんもの。ひょっこり玄関から入ってきて、とんでもない誤報だったのかってことになるんですよ。だって、いまにも来るかもしれないじゃありませんか。そうでしょう。だから、出かけずに、待ってなくちゃいけないんです。

ジェニーは深く坐って、身震いを止めようとした。てっきり取り調べられるのかと思ったが、テレビの刑事ドラマで見たのとは大違いだ。そもそも警察に呼ばれたのではない。この家に調査員が来た。しかもソーセージロールの匂いをほんのり漂わせている。朝っぱらから知らない人にずかずか踏み込まれて、普通なら内と外の仕切り線であるものが――玄関ドアとか、寝室の入口とか――さっさか越えられていた。調査員は気の毒そうな態度を見せるが、食べながら仕事をするつもりらしい。しわしわの紙袋を持ち込んで、それでいいと思っている。パンの生地とソーセージがちらほら見える。

――どうも、お時間をとっていただきまして。

赤ん坊が泣きだした。姉がすっ飛んで見に行ってくれた。玄関のドアが開くので、びくっとした。ビルなのか。違った。

——それはいいんですけど、いなくなったみたいな言い方はどうなんでしょうね。なんだか死んだみたい。そうじゃないでしょ。ちょっと遅くなるって、それだけのことですよ。

居間の天井から、紙テープがだらりと垂れていた。十二日から下がっていては、もう楽しいこともない。ツリーのてっぺんにいる天使も、ちゃんと見る気がなくなったように、片目を閉じている。このことでは夫婦の意見が割れていた。彼は天使より星がいいと言う。それに彼女はだいぶ言い返してしまった。あたしが何をしても、どれだけ頑張っても、あんたは文句を言うだけ。ちょっとくらい好きにさせてくれてもいいではないか。クリスマスは大事だと思っている。そうと知らないわけでもあるまいに——。ジェニーは毎年、ビルがいようといまいと、この季節の飾り付けをしていた。クリスマスの日が来ると、灯台にいるビルを目に浮かべて、十一月に送っておいたカードやプレゼントを前に、いよいよ開けるところだろうと考えた。子供たちは庭のテーブルから大きな声でキャロルを歌った。思いきり歌えば灯台まで聞こえるというつもりだった。うまく風に運ばれることだってあるかもしれない。

——いまビルはどこにいると思います?

という男の声が、ちょっと痛みますよと言うように、やさしく響いた。

——もちろん海でしょう。あったかい格好で船に乗ってると思いますよ。

——行方不明の第一報から、まず二十四時間が大事なんです。いまはもう九十六……

——生きてます。

——ご主人と、ほかの二人が、灯台から脱出したとお考えですか?

——ええ。へんなことに見舞われて、いられなくなったんですよ。

——たとえば、マイク・セナーの報告にあったような人物が行ったとか？

女の調査員は、丸顔で、瞼が重そうで、気を張ったようでも、だらけたようでもある態度を見せていた。ふれ合い動物園のフクロウと同じで、人が寄っても心を動かすことはない。

——ひどい雰囲気だったんですよ。ビルがよく言ってました。

——三人の仲が？

——いえ。灯台が、そうなっちゃったんです。ひどいことがあったみたいな。

——ビルが何か？　それとも、ほかの誰か？

ジェニーは息を呑んで、喉が痛くなった。マイク・セナーはでたらめを言っている、と誰だってそう思っていて、もちろん、そうなのかもしれない。マイクは目立ちたがりで、そのために適当な話をでっち上げるという評判だ。また公社がうんと言わないのに、灯台へ上がれた人がいるなんて、常識で考えてもおかしい。でもマイクは自信たっぷりだった。あいつらと最後に会ったのはおれなんだと断言した。そして、もう一人、灯台へ行っていた男がいることをビルから聞いたという。だとしたら大変だ。重大なことではないのか。

だが、もしマイクの証言に信憑性があるなどと言ったら、こっちまで要チェックということになるだろう。食品貯蔵庫でもゴミ箱でも調べられ、ハウスクリーニングの領収書まで見られるのかもしれない。

——そんなことは言ってません。ともかく狭苦しいってことですよ。灯台にいたんじゃ、動きが取れませんでしょ。行き場がないんです。囲まれてるだけなんですから。

――そこに亡霊が出たっていうような話ですか？

――シーツに目の穴をあけたようなのが出るんじゃありません。いま言ったでしょう。雰囲気ですよ。いやな空気になるんです。灯台って、そういうこともあるんです。たとえば、ほら、スモールズ。

――スモールズが、どうかしました？

これはビルに聞いた話で、前世紀のウェールズ沖、スモールズ灯台の出来事だという。昔は二人が一組で勤務した。一度に灯台にいるのは二人だけ。ところが何週間かして事故があり、一人が死んでしまったのだが、もともと折り合いが悪かったことは知られていたので、残った一人がだんだん心配になった。うっかり死体を投棄して殺人を疑われたら困る。そのまま交替が来るまで待つことにしたのだが、しばらくすると、臭いが我慢できなくなった。仕方なく、にわか作りの棺桶に死体を入れて、灯室の外にくくり付けておいた。それが強風に煽られて、ぱかっと開いたものの、腐りかけた死体は落ちることなく、両腕を突き出してきた。死体の腕は、風が吹きつけるたびに、外から灯室をたたいていた。

まるで手招きするようではなかったか、とビルは言った。死んだ人間が、おい、こっちへ来い、と言っているようなものだ。それが生きている人間の脳内にこびりつき、精神がおかしくなった。沖合を通りかかる船もあったが、手を振る男がいると見ただけで、異常事態とは思わず、近づこうとしなかった。結局、ひどい目に遭ったのは、生きている者だ。こんこんと窓をたたいて、入れてくれと言っているような音を、昼でも夜でも、聞かされることになった。陸地に戻るまでには、悪夢にさいなまれ、風の音に取り憑かれて、心身の荒廃をきわめていた。

フクロウ女みたいな調査員は、まっすぐ坐り直していたが、無感動な顔は変えなかった。

――おもしろいお話ですね。

――そうとしか思わない？　ただのお話？

どうせ気のふれた女と見られているのだろう。土曜日から髪がぼさぼさで、きのうと同じ服を着て、シャツなんかビルのものだ。その匂いがする。肌と汗の臭い。

――お隣のヘレンは、溺死ではないかと言ってますが。

――あの人の言いそうなことだわ。嘘つきだもの。わかると思うけど。

――嘘つき？

――溺死だなんて、そんなこと言うだけで詐欺だわよ。主任の奥さんでしょうに。ぼんやりして消えちゃったみたいなこと言って。もうちょっと寄り添ってあげたらいいじゃないの。あたしはビルを信用してるんで、ドジを踏んだなんてこと言わないんだから、帰ってきたら喜んでもらえると思ってる。

――ヘレンの口ぶりだと、社宅には助け合いの雰囲気がありそうでしたが。

――あったわね。

――あった？

――あたしが何か言うと、いちいち繰り返すんですか？

――灯台で、時計が二つ、止まったままになってました。どちらも八時四十五分で止まっていた。その時刻が、ビルにとって何かの意味があるなんていうことは？

――ありません。

——ご家族の、誰にも？

——ありませんよ。

——ご存じない？　それとも、実際になかった？

——どうなんでしょ。その両方。どっちみち。

——ヘレンは電池切れじゃないのかって言いましたが。

——そうなの？

女は儀礼的に困ったような顔をしてみせた。

——残念ながら、その点は未確認なのです。どっちにも電池は入ってましたが、向きが逆だった可能性を捨てきれません。直後の捜索隊が、いったん電池をはずして入れ直しました。それが不確定要素になってます。

ジェニーの脳裏に、波に呑まれてもがいているビルの姿がちらついた。あの人は泳げない。

——あの灯台に、何かおかしなことがあったんですよ。そんな馬鹿なっておっしゃるなら、ちゃんと動いてた時計が、同じ日の同じ時刻に、二つそろってぴたりと止まるなんて言うほうが、よっぽど馬鹿みたいじゃありませんか。

——さもなくば、誰か一人が、わざと止めたと考えるか。

——どうして、そんなことを。

ノックの音がして、調査の助手が二つのカップを持ち込んできた。茶色の液体は、モートヘイヴンの肉料理店で出す薄いグレービーソースに似ている。結婚前のビルが、精一杯のお洒落をして、あの店のディナーに連れて行ってくれた。

コーヒーの匂いで胸がむかついた。

――ちょっと、トイレに。

そのあとで廊下に出たら、キャロルがいて、赤ん坊を抱かされそうになったが、その気にならなかった。いまはビルでない誰にも触れられたくなかった。

居間に戻っても、さっきの場面と変わらなかった。これからずっと、クリスマスと言えば、こんなものを思うのだろう。――調査員、ソーセージロール、紙製のベル、葉っぱの乏しいツリー。とりあえずハンナとジュリアは友人宅にいるが、いつまでも預かってもらうわけにはいかないし、いずれ話して聞かせないといけない。七歳と二歳だが、肝心なことはわかるだろう。もう父親に会えないということ。ハンナには父の記憶が残るかもしれない。ジュリアには無理だろう。赤ん坊にはわかるわけがない。

きっと帰ってくる。

何度でもそう思っていれば、そうなったりしないだろうか。

ならないとしたら？　一日ずつ耐えて生きるだけだ。あんなことをしたのだから、自業自得だと思うしかない。

――計画的な失踪だった可能性も、一応は考えています。

――そんな無茶な。ビルがあたしに、そういうことしやしません。

――アーサーがヘレンに、というのは？

――まあ、事と次第によっては。

――というと、どんな？

――夫婦の仲なんて、他人にはわかりませんよ。

男の調査員がコーヒーを飲んで、手帳に何やら書いていた。

――ヴィンセント・ボーンについては、ご主人から何か聞いてますか？

――あんまり灯台のことを話したがる人じゃありませんでしたから。

――ヴィンセントには服役した過去がありますんで、それを気にする人もいたでしょうね。

――ちょっと盗みを働いたくらいで、誰かに怪我させたとか、そんなのじゃないでしょう。

男はちらりとジェニーの様子を見てから、女と目配せを交わした。女は真空パックのハムみたいな色の爪先を、カップの縁に這わせた。

――あの補助員とお会いになったことは？

一度だけある。フランクとの交替で、モートへイヴンに上陸してきた。まだ二十代前半の、ひょろっとして背を丸めた男だ。くわえたシガレットが隠れそうな、ひげもじゃの顔をしていた。虫に食われたガーンジーセーターの、カビ臭いような、タバコ臭いような匂いがした。じっとりして古びた匂いは、いかにも灯台らしい。ビルもそんな匂いを発して帰ってくるので、そう思うようになっていた。さんざん洗濯して、しまっておく引き出しにはポプリの袋を置いて、ようやく何日もたってからビルに家庭の匂いが戻るのだった。

――おっしゃる通り、ボーンさんの犯歴を見れば、つまらない窃盗で服役することが多かったのです。ところが最後の刑期となったのは、いささか重罪でした。

――何だったんです？

――それは伏せておきましょう。あんまり細かいことを言うと、そこから憶測を招いて、聴取に差し支える恐れがあります。

——細かいこと？　ヴィンスが何かの犯罪で刑務所送りになった。それが元になってビルが危ない目に遭ったとしたら、それでも細かいことなんですか？　何なんです。言ってください。あたし、ビルの女房なんですよ。知る権利はあるでしょう。

——ボーンさんの犯罪が、この失踪に関わっている、あるいは人を危険にさらした、という推測は成り立っていません。

——でも、あり得ることでしょ？

男女の調査員が、哀れな、という顔をした。いまの状況として、というだけではないらしい。この二人が、ちょっと相談してから、彼女に話をした。

その言われたことを心の中で整理するのに、やや時間がかかった。テレビ番組を最後まで見てから、ずっと間違って見ていたと知るようなものだ。ヴィンセント・ボーンをめぐる真相が、船尾で揺れる赤い旗のように、ぽつんと一つだけ目立って、彼女を抜けていった。

秘密があるのは、彼女だけではなかった。

35　パール

——まったく、もう、ここまで来んのに、死にそうな思いだわよ。この年で、こうなっちゃってんだもの。ここんとこ心臓の都合でもって、血液さらさらの薬を飲まされてんだけど、頭はふらつくし、やけに冷えるんで、しょうがないの。だって、ほら、いまだって震えてんでしょ。手なんか幽霊みたいだよね。向こうが透けて見えそうになってる。そう、ワーファリンていう薬よ。だけど、こんなんじゃ、また倒れたほうがましだなんて思っちゃう。

——何かお飲みになりますか、ミセス・モレル。

——もしチェリーブランデーいただけるんなら、ありがたく一杯って言うんだけどねえ。それからミセスじゃなくて、ミズってことで頼むわ。たぶん亭主持ちだって思われてるのかもしれないけど。

——いえ、たいして考えてませんでした。

——そうだったこともあんのよ。すっごい式を挙げたもんだわ。そしたら、ぷいっと消えちまうんだもの。朝のうち牛乳を買いに行くって出てってから、もう帰ってこやしない。そういうことも話には聞くだろうけど、あたしの場合、ほんとにそうだった。出がけに頬ぺたにチュなんてこともしやしない。そんなことがあって、まだ結婚指輪をつけてたりすると思う？　そんなわけないでしょ。あたしだけに赤ん坊おっつけてさ。まだ五カ月で、昼でも夜でもぎゃあぎゃあ泣いてた。冗談じゃないわよ。あとで一回だけ見かけたように思った。六八年だったわ。スタンドでガソリン入れてたみたい。ちゃらちゃらした女が助手席に乗ってた。いま、吸っていい？

男の調査員が灰皿を寄せてやった。こういう場所にありそうな高級感のあるガラス製だ。〈プリンセス・リージェント〉のようなホテルに、パールは泊まったことがない。ベッドは堂々たる大きさで、羽根の枕が載っていて、寝室から続くトイレがあって、また朝食が卵にベーコン、燻製ニシン《キッパー》にパンケーキなのだから、ふだんの生活とは大違いだ。いつもならクランペットをかじって、あとはシガレットでも吸いながら、アパートの窓から下を見て、A四〇六号線を行くロンドンの交通をながめているだけだ。

——わざわざお越しいただいて恐縮です、ミズ・モレル。

——で、用が済むまで、ここの宿賃は持ってもらえんのよね？

——こんな場合ですから、公社としては、ご親戚の便宜も図りたいと。

——それは何度も言われた。ご親戚ってほどに首を突っ込みたかぁないけどさ。ほんとのこと言って、いまさら驚きもしないって思ってんのよ。あの子はいつだってずっこけそうで、昔っからの厄介者で、そういうのは死ぬまで直らないだろうね。あんたら頑張って調べてるみたいだけども、あたしに言わせれば、ちっとも不思議なことじゃない。灯台のミステリーなんて騒がれてたって、おかしいことなんかありゃしないよ。電話で知らされてすぐに、ああ、やっぱりね、って思っちゃった。

——と言いますと？

——わかりきってた。こういう手があったとは、うまいことやったもんだ。やらかすとは思ってた。

——つまり、何をです？

——それはそっちの仕事でしょうに。あたしは何にも知らなかったんだもの。灯台なんかに勤めたってことも知りませんでしたよ。刑務所から出てきたって、何にも言ってこやしない。恩知らずもいいとこだ。出たなんて知らなかった。あいつが付き合うようになった女を、うちのエリカが知ってたんで、やっと知ったってことなのよ。

――親しい女性がいた？

――わかんないもんだね。

――その人の名前は？

――エリカに聞けばわかる。エリカってのは、あたしの娘。いっしょに行くって言ってくれたんだけど、いいって言ったの。あたしは来るしかないよね。あんな自堕落なやつでも、親代わりになってたんだからさ。まあ、義理で仕方なく。

――ヴィンセントが灯台に仕事を得たことについては、どうお考えでしたか？

――たまげたわよ。あんなことしたやつが、よくもまあ採用されたじゃないの。でも、どうせ嘘でごまかしたんじゃないかとも思った。ヴィニーは嘘だけはうまかったから。

――ああいう経歴なら、この仕事に向いてるという人事の考えもあったようです。

――あ、やだ、そういうことだったの。どうして有罪になったのかお構いなし？　これじゃだめだと思わなかった？　そのくらい気をつければいいじゃないのよ。どんなやつでも灯台へ上げちゃうっての？　そういうのと組まされる人はどうなのさ。いい面の皮だよね。だって、あの甥のせいで、ほかの人もいなくなっちゃったんでしょ。いま甥だなんて言ってるだけでも、すっごく気が重い。あんなの血縁じゃなくて赤の他人でございますって言えるんなら、そう言っちゃいたいんだから。あいつがどうなってるか一年前に聞かれたとしたら、そういう答えになってるだろうね。

――ヴィンセントが、ほかの二人に危害を加えた、というお考えですね。

——そりゃそうよ。すっかりワルだもの。町で染まって、刑務所で染みついた。

——甥御さんについて、どのようにお考えでしょう。ご自身で言うとすれば。

——ほかの人は知ったこっちゃないけど、あたしに言わせれば悪夢だわ。そのように生まれついた。姉がさんざん手を焼いてさあ。もう死んじゃったけどね。あいつが母親を死なせたようなもんだ。

——その亡くなった年に、ヴィンセントは何歳でしたか。

——十三。いえ、あのね、だから可哀想ってことでもなくてさ、もともと人生にはいいこともあるなんて決まってやしないでしょ。早いうちからわかってよかったのよ。そもそも自分のせいなんだから。あの子の中には悪魔がいる。あたしね、見た瞬間からわかって、パムに言ったの。ちょっと、パメラ、この赤ん坊、まともじゃないよ。そう、まず目つきがおかしかった。いくらか大きくなって、よちよち歩きだしたと思ったら、もう乱暴なもんでさ、体当たりしてくるんで、母親が顔といい身体といい痣だらけになってた。抱っこしてやろうとすると頭突きしてみたり、ぶったり蹴ったり、何か食べさせようとしても言うことききかず、一晩中泣きわめくんで、母親は一睡もできやしない。それでパムだって普通じゃいられなくなったの。ほかで預かってもらうなんていう繰り返しで——いくつだったのかな、二歳、三歳——ともかく立って歩いてたんだから、それくらいの年で連れて行かれたんだよね。保護の人が来たりしてさ。パムはがっくりしてたけども、自分がおかしくなってんだからしょうがない。なにしろ望んだ子じゃないってことで、初めっから、ややこしくなってた。あたしは欲しいと思ってエリカを産んだんだもの。少なく言ったって、生まれてもいいっていうつもりになってた。ヴィニーの場合はねえ、姉だって頑張ってはみたものの、あれじゃ続かないわよ。子供が魔物だったんだから。

——いま「繰り返し」とおっしゃいましたが、戻されることもあったんですね？

——何度かね。手を焼かされたのはパムだけじゃないもの。里親になった人だって、自分らの生活を壊されちゃうんだから、もう無理ですってことになるのよ。あたしはねえ、もういいかげんパムを休ませてやってよと思った。パムだって、こんな子いらない、もう一人でいさせてっていう気分だったわ。悪くなる一方。

——悪くなる？

——ドラッグよ。とうとう薬漬けみたいになった。わかっていて、そうしたんじゃないかと思う。責める気にはなれないね。パメラが悪いんじゃない。あいつが悪い。あいつと、その父親。

——父親というと、いまどこに？

——知るもんですか。知りたくもない。

——養育に関わるということは？

——ご冗談でしょ。よく言うわ。その憎たらしいやつの顔だって見たことない。逃げ得っていうんだろうね。もし会ったら、どうしてくれようって思うわよ。絞め殺してやりたい。クリスマスの七面鳥じゃないけど、首根っ子へし折って、尻の穴からぎゅう詰めにしてやろうかね。パムが出会ったのは、その一回きりよ。ヴィニーが産まれることなんて、まったく承知してなかった。そう言えばわかるでしょ。

——どうでしょうか。

——ある晩、路地裏に出てきたやつが、強引にやらかしちゃった。それでわかる？

――これはどうも。

――あんたが謝ることっちゃないけどさ。

女の調査員が、いままで質問していた姿勢から、うしろへ身を引いた。この女が聞くことにしようと決めていたのかもしれない。女のほうが当たりが柔らかいから、おかしな婆さんの態度も和らぐだろう、ということだ。

だが今度は男の調査員が、テーブルの上で手を組んで、いくらか乗り出した。

――お姉さんが亡くなってから、ヴィンセントを引き取ったのは、どうしてです？

――そりゃあ、姉妹の仲だもの。パムと最後に話したときにね、「パール、約束して、あの子の面倒見てやって」って、そう頼まれた。だから、あれは自殺のつもりだったんじゃないかとも思うのよね。そんでもって、子供が二人になったら、もうちょっといい住宅に移れないかと思ったりするじゃない。それもなくはなかった。引き取って育てるなんて条件があれば、いくらか優遇されるんじゃないかとね。ところがどっこい、世の中、奇特な人が酬われるってもんじゃなかった。

――最初に逮捕されたのは、いつでした？

――そう言えば、そうねえ、十四か、十五だったんじゃないの。改造車ぶっ飛ばしたり、そういうこと。ヴィニーは警察から注意されてた。あたしにはどうしようもない。止めようがないじゃないの。へんなこと言うようだけど、あの子が少年院送りになって、よかったと思ったわ。そっちの暮らしが合ってたろうね。まともな世界で生きるのは全然だめ。里親ともうまくいかなくってさ。きっと自分でもわかってたんだ。よく舞い戻っていったもの。

――少年院には、どれくらい?

――行けば何カ月か入ってた。最後の一回は長くて、一年ちょっとだったかな。だけどさ、あれだったら軽く済んでたと思うのよね。リタんとこのグレンなんか、六年だったもの。それだってヒースかどっかのお屋敷で、ご立派なバスルームの工事をしなかっただけなのよ。そういう豪邸にお住まいだったら、ほかに発注するくらいのことはできるだろうに、大げさに揉めなくたってよさそうなもんだわ。

――あなたに乱暴な態度をとったことは?

――グレンが?

――いえ、ヴィンセント。

――そんなことさせないわよ。

――では、ヴィンセントの暴力について、ご自身では確証がない?

――そんなものなくたって、パムの生傷を見ればわかるじゃない。

――もしヴィンセントがほかの二人に危害を加えたとしたら……

――ほかの二人を殺したら?

――だとしたら、どんなことをしたと思われますか。

――そこまでは、どうだか。ただ刑務所で渾名をつけられたのは知ってる。フーディーニっていうのよ。聞いたことあるでしょ、脱出の奇術をやってた人。ヴィニーは口にひげ生やして、格好いいつもりになってたんで、「ひげのフーディーニ」なんて言われた。そういうのがいいって言う女もいるんだろうけど、あたしはやだね。口のまわりにちょろちょろ伸ばして、気色悪いだけ。さっき、うちの亭主の話したよね。ガソリンスタンドで見かけたときに、ひげを顎から伸ばしてさ、コーンフレークのボウルでも置いとけそうに大きなひげだった。助手席に坐ってる女を見ながら、こんなやつ、あんたにくれてやるよって思った。

男の調査員が苦い顔をした。パールは、もう一本、ロスマンズに火をつける。

――フーディーニってのはさ、脱出の工夫をしたじゃないの。あの子も、学歴がないわりに、頭はいいんだよね。父親がどんなやつだったのかわかんないけど、あれこれ考えたくもなる。ひょっとして、お偉い人だったかもしれないじゃない。いい学校行って、いい家に住んで、それが一夜の慰みで下々の女に手をつけた、お目に留まったのがパムだった、とかさ。ま、何だかんだ言って、図々しいのよ。人を人とも思わないのは、父親に似たんじゃないの。何でもうまくいくとしたら、半分は才能で、半分は押しの強さだって、しゃあしゃあと言ってたっけ。まず自分が一番だと思い込んで、人にもそう思わせるんだってさ。いわば詐欺よね。だまし屋なんだ。どうとでも言い抜けるんだね。だから灯台からも逃げたんじゃないの。それくらいやってのけるやつだよ。人の目はごまかすように、ちゃんと計算もしてるだろう。見当違いのことを考えさせるように仕組んでるんだ。ヴィニーが死んだなんて、ちっとも思えないね。

――だとしたら、いまどこに?

――知るもんですか。あの三人にしかわかんない。そういうことでしょ。ただ、ヴィニーの仲間が手を貸したってこともあるよね。うまいこと工作して、実際とは違うように見せかけた。

男の調査員は、さもありなんと思ったように、笑みを浮かべた。

――あっちに行ったやつがいたんでしょ。修理屋。

笑みが消えた。

――修理屋なんていませんよ。

――だって漁師がそう言ったんでしょ。

――マイク・セナーでしたら、言ってることに難がありすぎて、その線を追えないんですよ。

――誰がそんなことを？

――そういう見解です。調査の全員が一致してる。

――何なのさ。じゃ、あんたら、手がかりなんか、ありゃしないんじゃない。

――そこは理詰めでしてね。メイデンロック灯台に許可なく上陸ってことはあり得ない。悪天候ならなおさらです。どこの灯台がどうなっているのか、公社はちゃんと把握してますよ。

――そのくせ今度のことは何にもわかってない？

――いいかげんな証言を追いかけて、人手を割きたくはありません。

――もし嘘じゃなかったら？

――技師は派遣されていませんよ。港を出た船もない。船を出した者がいないんです。モートヘイヴンでもどこでも、それらしい人物は目撃されてません。

――そんなこと言われたって知らないわよ。そこを調べるのが、あんたらの仕事でしょうに。まあ、いいわ。どっちみち、あたしの言ってるとおりにしかならないよ。修理屋だか何だか、とにかくヴィニーの同類だったに決まってる。これであたしの心臓がすっきりしたら、あんな出来損ないの甥っ子でも、ちっとは懐かしんでやれるかも。おかしな話だよね。こっちへ出かけてくる前に、エリカに言われたんだけど、ヴィニーには一生一度の願いごとがあったんだとさ。あいつを知ってる人間とはすっぱり切れて、初めっからやり直したいと思ってたらしい。いつもの顔ぶれが町角にうろついてるなんていう世界を抜けたかったんだ。いずれは逃げ出すつもりだったって、そういうことじゃないの。してやったりってもんだ。

IX

1972

36　アーサー
機器

ヘレン、
　きょう、あいつを見た。おれが何も言わない男だと思っているだろう。おまえの顔。いまこれを読んでいる顔。だから何も言わない。
　たまに父を思い出す。爆弾、爆風の衝撃。ふと鏡を見ると、死んだ男がいる。夜中に叫び声。おれの頭が粉砕されている。

灯台で三十八日
　いまだ霧に巻かれている。布きれを口に詰められるようだ。五時をいくらか回って、ヴィンスが起きてくる。

「その人は？」と言うヴィンスに、シドが「おや、わかんねえかなあ。遊びに行けって言われたんじゃねえぜ」と言った。こんなに弱っているヴィンスを見たことはない。何か食ったらいいと言うと、食えない、どうせ吐き戻すだけだと言う。ともかくパンを切ってやったが、バターを切らしていたので、三週間前に牛肉から切り取った脂肪の塊で代用する。

ビルはひたすら煙を上げる。テーブルにドリルを置いていて、作りかけで放り出した貝殻がある。ドリルの尖端は細くて鋭い。

きょうの午後、寝室へ行ったら、ビルが捜し物をしていた。おれが勝手に借りて返したズボンをまさぐり、ポケットも裏返している。

「何さがしてんだ？」

「何でもない」

ビルはズボンを物入れに押し戻して、おれの前をすり抜け、下の階へ行った。

もし二人でいる現場を押さえたとしても、ああいう顔をするだろうか。赤くなって、ぐうの音も出まい。

ヴィンスは椅子にへたり込む。「きょう、何曜？」

おれも曜日を忘れている。おまえの小船を見てから、ふた月にもなりそうに思うだけだ。帆の破れた船から手を振っていた。おれに寄ってこようとしているのだろう。だから援助を断ろうとした。邪魔されたくなかったのだ。おまえを怖がらすような者には来てもらいたくなかった。

シドがふうっと煙を吐く。ヴィンスに冷たい目を向ける。瞬きもしない爬虫類のような目だ。

「おれの知ってる若いやつに似てるぜ。北部に親戚でもいないか？」

「いいねえ」ヴィンスはいくらかパンを囓ろうとする。

「じゃあ、どっか別のとこで見知ったのかな」

ヴィンスに震えが出る。「なんだか目がきかねえ。あんたらの顔も、ろくに見えてねえんだ」

「いいから食え」おれは言う。「食ったら、もう寝ろ」

「バケツが要る」

「持ってってやるよ」

「吐きそうなんだ」

「わかってる」


夕食時。初めて来た男が、皿の前に坐って、おれに目を向けている。銀色がかった青い目は、一月のフロントガラスに薄く張った氷のようだ。

おまえの船を見たあとで、日が昇って、シドが来た。二つのことが同時に来る。関係がないようでいてある。そんなことを書いた『実在の衝突』という本がある。それを灯室で読んだのは、みごとな春の日で、夜明けの光がレンズ群に反射し、まばゆいばかりに紫、緑、オレンジ、ピンクの色を帯びて、幻覚の万華鏡になっていた。何日も、何年も、何千年もかかるのだろう。遥かなる星の叫びが、永遠の時を隔てて、この地上で受光される。おまえのことは誰にも言っていない。おまえは人見知りなのはわかってる。信用してくれ。いや、信用していたのか。それを全うしてやれなかった。

おまえに謝りたい。

「きょうのシェフは誰だい？」シドが言う。

おれはナイフとフォークを置いて、きっちり揃える。「おれだよ」

「生地はもっとふくらますのがいいぜ。ヒキガエル《トード》がへたっちまう」

「それはソーセージのことだろ」

「いや、違う。生地のことを言ってる」

「生地に穴をあけて、ソーセージを突っ込む」

「だから穴に見える。ソーセージが穴だ。それでこそ穴の中のヒキガエル《トード・イン・ザ・ホール》」

「どうせ缶詰だろうが」ビルが口を挟む。「どうとでも言うがいいさ」

ビルは自分の皿を持って、灯室へ上がろうとする。霧砲を途絶えさすわけにいかない。口元が引きつっている。ヴィンスと似たような症状が出たのかもしれない。こうなると三人とも同じものにやられて、朝までに全滅ではないのか。

シドは食い続ける。黄色い生地に舌の当たる音が聞こえるようだ。ビルが出ていってから、「あいつ、おれのことが苦手のようだ」と言ったのは、シドだったのか、おれなのか。

「食中毒だな」この知らない男が、ロール式のキッチンペーパーを一枚破いて、指先をなすりつける。「もう一人のやつ、人のものを食っちまったってことだ」

「何だって？」

「ビルに食わせるチョコだったのさ。ところがビルは食わなかった」

男がにっと笑う。たしかに腑に落ちるものがある。カワウソが岸から川に入るように、するりと落ちる。

「わかりそうなことだ」シドは言う。「あんたなんか、とうにお見通しかもしれねえ。教養人だからなあ。それがもう灯台には要らねえなんてことにされたら、とんでもねえ話だよな。そしたら、あんた、どうする？　かわいい女房がいるったって、それだけに生きる三十年は、ちょっと長すぎるんじゃねえかい。その女房がいなかったら、なんてことも考えたりするだろ」

こいつを見ていると神経が尖ってくる。入ってはいけない部屋に入るのと似ている。自分の目に見えるものを見なかったことにはできない。暗闇が迫って体内にまで届く。布を詰められる感覚が強まる。

「あんた、誰なんだ」

沈黙に鋲を打ち込むように、上から爆音が落ちてくる。霧砲のさびしい呼び声。黒い波間に呼び交わす鯨の呻きのようだ。問いかけが響くだけで、答えが返ることはない。

「あすの朝には失せてやるよ。心配いらねえ」そう言って、男は壁の時計を見やる。「八時四十五分。もう寝る時間だ」

「八時四十五分」おれも言う。

「おれが寝る時間で、起きる時間でもある」男がせり出してくる。その歯——。「ずっとそうだった。これからもそうだ。毎日毎晩。日の終わり、日の始まり。もう考えるまでもねえ」

真夜中の灯室へ上がっていくと、ビルが親指を発火スイッチに掛けたまま、首をかくんと下に向けている。おれが来たのも聞こえないようだ。すぐ背後に寄っても気づかれない。耳のうしろに沿った薄赤い皮膚も見える。こういうところにヘレンの指先が行ったのだろう。それで知らん顔できるつもりだったのかと言ってやりたい。

おれの体内に血が漲る。心臓も血管も張りつめて、大きな一個の血袋になる。

「おい、ビル」

彼がびくっとして、その拍子に起爆装置が作動する。

ばるるるるるるる。

「あ、くそ。何だ？」

「寝てたぞ」

「すいません」

「当直が寝てるようじゃ、クソの役にも立たねえぞ」

こいつを締め上げてもいいところだ。でも、おまえがいる。

「いま何時です？」

ビルは立って、倒れそうになる。どうしようもない。モグラが穴から這い出したようなものだ。

「何か変だな。やけに顔色が悪いぞ」

その顔がまともに見てこない。

「疲れてるんで」

「まあ、いい。もうすぐ帰るんだろう。おれたちより先に陸へ行ける。楽しみなことだよな。ヘレンに言っといてくれ。おれもすぐ帰るって、そう言ってくれ」

こいつの口が開きかかって、もう言ってしまいそうなのがわかる。口にするのは簡単だが、言うに言えないことだ。

「もう、頼むよ」やつが言う。何をどうしろと言いたいのか。

「いいから下りてろ」

やつは言われたように下りていく。おれはシガレットを振り出す。

灯台で三十九日

午前二時。光源を点検し、バーナーを見て、霧砲の火薬も詰め直してから、視程と風向を記録する。東南東の風で間違いないと思うが、一応はコンパスを見て確かめる。この仕事についた当初は、昔に戻ったような生活の知恵を覚えていくのが楽しかった。ドアの取り付け、ボタンの縫い付け、パンの焼き方、電気製品の修理、また料理、火起こし。どれも知っていれば便利なことだが、陸地にいる男はその半分もわかるまい。裁縫、料理なんていうのはだめだろう。それから投光に関して、どういう仕組みなのか、もし故障したらどう直すかという講習があった。なるほど有用なことだと思った。伊達や酔狂でやっているのではない。自分のためでもなければ、余得めいたものがあるのでもない。こんな仕事ができるなら、生き方として立派なものだろう。ヘレンには夫の面倒を見るという感覚がなく、そんなものを女の務めだと考えるような性分でもないのだが、さりとて生活の実用面でおれが彼女を必要としないことを、好ましく思っているのかわからない。

そんなことで必要としたのではないと知ってもらいたい。

目立たないこと。大事なこと。

ずっと何年も、言えばよさそうなのに、言わなかった。どうしてだ。もし彼女がここにいたら、陸地では言えないことでも言えそうな気がする。すまん、と言って、あとはうまくいくだろう。そうやって最初に戻れたら、どれだけよいか。

灯台に人が要らなくなる日のことが気になる。灯台がなく、この世界がなく、妻もなければ、おれは何だというのだろう。自動化の時代になったら、おれたちは消える。すでに噂は聞こえてくる。全国どこでも、そんな気運があるらしい。それが進歩だと人は言う。ゴッドレヴィー灯台は、戦後ずっと、そのように運用されている。いずれは——いつなのか考えたくもないが、遠からず——おれに代わって仕事をする機械が出るだろう。おれにとって灯台は必要なものだが、機械はそうは思うまい。おれのように灯台を愛することもなかろう。テクノロジーで光を点灯させ、霧砲を撃つことはできようが、灯台の面倒を見てやることはできない。灯台とは、物心ともに、面倒を見てやらねばならないものだ。誰もいなくなった灯台は、それまで何十年もあった仲間同士の付き合いを惜しむだろう。炊事場にシガレットの煙が上がり、テレビの前に人が集まって、そこに友情や信頼が生まれ育った。その灯台がもう人の居場所ではなくなる。

だいぶ時間がたって、おれの当直も終わったあと、深々とした暗夜が明けて薄闇に移ろうとしている。寝室に入って、分銅筒との距離感を間違え、したたかに腰を打った。ヴィンスが鼾をかいている。背丈があるので、寝棚から足がはみ出て曲がっている。ひくひくっと動くこともあって、アウター・ヘブリディーズ諸島のアジサシが、怪我をして海岸から飛び上がろうと翼を動かすようだった。手のひらをヴィンスの額に押し当てると、しばらくは鼾が止まる。ヴィンスの目が片方だけ開いて、アシカの目のように濡れ光って見える。

窓の向こうは、何マイルもの先で、海の水がなくなり、大きな陸の塊が続いていく。ちらつく光があるようだ。いや、あれはまだ海の上だろうか。

こういう灯台が建造された時代には、寝室の窓は海岸を向くように設計された。灯台守は、ここからの光が陸地に届いていると思いながら就寝する。また光は確実でなければならない。灯台守に足元の海のことを考えさせたくはないだろう。うっかり知ると危ういほどに、海は静かに深い。灯台で寝ようとすると、記憶が肥大するばかりになって、つい陸地を思っていたくなる。その存在を確かめる。小さな子供が真夜中に耳をすませて、父親の足音を求めるようなものだ。

人間は陸地につながって生きている。舌をざらつかせた生命体が海から這い出し、足ひれで砂地を打って、鰓で空気を吸おうとして以来、陸の生き物になっている。

陸に見える光が気を引くようにちらついてから、突然、きらっと輝きを増して、せがむようなので、やはりおまえだったのかと思う。おれに話しかけているのはわかる。おまえの言うこと、おれの果たすべきこともわかる。

おまえの髪の匂いがする。やわらかな項《うなじ》の感触がある。それでようやく、やっとのことで、おれも眠れる。目の裏におまえの光がある。

37　ビル

ブリーフケース

その人を殺したと知ったのは、おれが七歳になった年だ。おれの頭に向けてサッカーボールを蹴飛ばした兄が、「めそめそ泣くんじゃねえよ、ビル。人殺しは泣かねえんだぞ」と言った。どういうことなんだと親父に聞いたら、フライドエッグの皿から目を上げた親父が、そろそろ知っといてもいいかもしれねえな、と言った。おれが生まれたから、苦しんで死んだ人がいるそうだ。

その言葉の連想で、ぎょろ目になった羊を、ガス室での叫びを、処理場の血まみれの壁を思った。サッカーボール以前にも、何かおかしいとは思っていた。教師や、友だちの親が、憐れみながら厭わしそうな目を向ける。ささやかれる噂が耳に入る。あの子もかわいそうに。いい人だったのに、あんな死に方をしたんじゃもったいない——。もったいない、というのは何もいいことがなかったという意味だ。うちの玄関ホールに中央がせり出した戸棚があって、一フィートくらいの高さの写真が載っていた。小さな祭壇のようなもの。この家に母親がいないのはどうしてか、ずっと説明されたことがなかった。それでも、よくわからないままに、母を愛し、気の毒だったと思うことを求められていたようだ。おれが笑ったり喜んだりするのは、口に出して言えないほどの代償があってのことなので、軽々しくはしゃいではいけないのだった。どっちが生き残るか手違いがあったと言われたようなもの。おれが生きていても勘定に合わないということだ。

母の写真は、ほかに知らない。ずっと何年も、にっこり笑ったままに凍りついて、その姿で心にとどまった。怒ったり、悲しんだり、冗談に笑い転げたりする母を見たことがない。おれが学校から帰ってきても、兄たちにいじめ抜かれても、やさしい表情にとどまる顔が、おれを見ていた。

誰もがおれを許さなかった。母のほかには誰も。

ヘレン・ブラックという女を見た瞬間、あの写真の母を思い出した。だが今度は、話しかけて、その肌に触れることができた。手を握ることもできた。

それまで知らせずにいたことを、すべて話してやりたかった。親父は子供に体罰を加える男で、おれが寝ている部屋にベルトを手にしてやって来てはベッドに腰かけていたが、そんなとき階段の光の中に来ていてくれたら、どれだけ救われたかもしれないと言いたかった。ドーセットの親戚の家のことも、おれは海が嫌いなのに海が運命だと悟っていたことも。また、おれが生きていることの埋め合わせに、いつだって問答無用で言うことをきかされていたことも話したかった。灯台に勤めたのも、そうやって言いなりになったからだ。行かされた生活に逃げ場はなかった。

灯台で五十五日

朝になって目が覚めると、寝室はぴたりと静まっている。カーテンの隙間から、じんわりと光が洩れてくる。この部屋に誰もいない。

上段を見る。修理屋がいたはずの寝棚は、使った形跡もないように、きっちり始末されている。

ヴィンスもいない。そんなに長いこと寝てしまったのか。みんな死に絶えて、おれだけが残されるまで寝過ごしたように思ってあたふたする。

陸に帰るまで、あと三日。もう彼女だって嘘でごまかさなくてよくなる。彼にも、おれにも、彼女自身にも、ごまかす必要はないだろう。アーサーが真実を知った以上は、そういうことだ。とうに気づいていやがった。

おれが盗み出したネックレスを、アーサーは見つけていた。あれはジェニーが町へ出かけた日の午後だった。あっちの社宅へ行ったのはなぜかと言うと、棚を直してやろうと思ったからで、初めから盗む気があったわけじゃない。ちょっと彼女の匂いを嗅いでいたくなっただけだ。スカーフ、香水、寝間着――。そのネックレスがなくなった。ズボンのポケットに入れておいたのだ。彼女がキスしてくれたときに、おれがはいていたズボンだったのに、それを無断で借用しやがった。

あいつはもう何をやらかすかわからない……。

もしかすると、見つかるように、おれが仕掛けていたのだろうか。あいつが苦しい思いをするように。

かがみ込んで、タバコがなかったかと探ると、物入れの奥で、かさかさした紙袋が手に当たる。一瞬、何だこれはと思うが、すぐ腑に落ちる。女房がチョコレートを送ってきたのだった。それだけ長いこと海に出ているということだ。チョコを出してみれば、花の香りが寄せてくるようだが、三週間前とは匂いが違っている。

一つ食おうかと思う。そうしてやるのも、これが最後だ。ああ、食ったよ、うまかった……。

ということにはならず、炊事場へ下りて、ゴミ箱に捨てる。

アーサーが本を持って、テーブルにいる。

「霧が晴れたね」おれは流しの前に立って、なるべく背を向けるようにしている。「ヴィンスは？」

「上がった」

飲み水に塩と海藻の味がついている。「シドは？」

もう出ていったとアーサーは言う。だったら早朝の船があったとしか思えない。

蛇口を止める。ぽたぽた垂れる。「ウインチを操作してやったのは？」

「おれじゃない」

「じゃあ、ヴィンスか」

「そうでもない」

主任は多くを言わない。昔のアーサーだったら、シドが濃霧を突いて来たとか、どういう態度をとって何を言ったとか、もっと語りたがったはずだ。いまは言葉が出てこない。主任とおれは、しゃべらない、という了解にいたっているようだ。

ヴィンスは天候の記録を見ている。たぶんシドのことを聞きたがるだろう。何をどこまで言ってやるか、まだ決めかねているのだが、それで困ることもなさそうだ。ほかに気になることがあるらしい。

「これ、見てくれよ、ビル」

灯室のレンズ群がきらめく。おれはヴィンスのほうへ踏み出す。

「ほら、これだよ。これ」

やつの肩越しに、机の上のページをのぞく。

「てっきり去年のかと思った」ヴィンスが頼りない言い方をする。「ちょっと見に、そう思っちゃったよ。おかしいんだからさあ。何かの間違いじゃねえの。古い記録を主任がごっちゃにしたみたいだけど、やっぱ、これ、今月のだよなあ」

そう言って見せてくるものは、たしかに主任が黒いペンで書いたようだが、ごちゃごちゃした文字や数字の集まりだ。ぐいぐい書くうちに、細かい引っかき傷のようになり、ページを突き破っている箇所もある。波浪高し。大混乱。波しぶき。風雨激しく、ハリケーンに変わりつつあり
……

「風力10、11、12」と、ヴィンスが言う。「12まで強まったなんて聞いたことねえよな。嘘だろ、これ。現実の話じゃねえよ」

このとき、ふとカバンがあるのに気づく。光源に上がる短い階段の一段目に載っている。小さな四角形で、たいして目立たないものだ。ヴィンスは気づいていない。修理屋が持つような道具カバンではなかろう。ブリーフケースだ。洒落た小道具というか、雨宿りする猫のような艶がある。

「なあ、ビル、どうしようか」ヴィンスが言う。

カバンの色は、シドの色だ。どうにも言いようがない。

しゃべらないのは了解済みだ。アーサーも、おれも、そのつもりでいる。

あの修理屋は、修理屋なんかではなかった。いつの間にか一人で灯台を抜け出て、ふっつりと姿を消すやつが、ただ者であるはずがない。あの銀色の男みたいなものだ。一九五一年に、垣根の陰から車の前に、同じやつが何度も飛び出した。

「どういうこった」ヴィンスが記録を閉じる。「おかしいと思わねえか?」

おれは兄が戸棚に隠していたシガレットのことを考える。あれをポーチの物陰で吸いながら、そろそろ帰ってくるのではないかと思っていた。じっとり濡れた金物のような雨の匂いがした。

逃げろ——。

「何だ、あれ」ヴィンスが首を回して、おれが見ているものを見る。

おれはブリーフケースに寄っていって、膝をつき、ぱちんと開けて、びっくりする。

「どうした——」ヴィンスが張りつめた声を出す。「何が入ってる? 見せてくれよ」

おれは中を見る。見せられない。

「何もない」ぴしゃりと閉める。「空っぽだ」

ジェニーは家の中で蜘蛛を見つけると、コップをかぶせてつかまえることがあった。もともと蜘蛛は嫌いなので、手早くすませる。考えたくない、見たくもないというように、つかまえたら、さっさと捨てる。それと同じように、おれはブリーフケースを拾って、もう考えるまでもなく回廊へ持ち出し、手すり越しに放り投げて、海に捨てる。

38 ヴィンス

給水船

研修に行った初日に、あの人が一番いいと聞いた。いま主任であってほしいのは、アーサー・ブラックだという評判なのだった。普通には主任の話など出てこない。どうせ悪評になって、おもしろくない。たとえばスケリーズ灯台には、ふだん裸で過ごす主任がいたらしい。自宅では女房に文句を言われるので、灯台でそのように暮らしていた。マントルの交換でも、フロアの掃除でも、とにかく素っ裸で作業をする。さすがに料理当番になるとエプロンを着けていたが、それでも主任の料理は恐怖の的で、また主任のあとから階段を上がる場合にも、みなが閉口していた。というような噂はともかく、真っ当な理由で名前が知られるというのは、めずらしい例だった。アーサー・ブラックの下で働くようになった初日から、静かなプライドの持ち主で、人情も分別もある人柄に、これ以上の主任はいないと思っていられた。

このところずっと何日か、どう思い出しても、霧が出ているだけだった。ところが、そうと書かれていないのだ。

アーサーは以前のようなアーサーではない。同じ人とは思えない……。どうかしている。何なのかわからない。

主任は変わった。おかしくなっている。天候の記録に書いてあったことは、まるで意味をなさない。さんざん頭をひねって考えても、出てくる答えは一つ。

アーサーも年だ。勘違いもある。

そんなものだろう。もっとひどいとは考えたくない。

灯台で二十日

レモン色の光が射して、海が水彩画になっている。いまは当直だが、おれが見ているのは海ではない。陸だ。はるかな海岸線を双眼鏡で探索して、あのエディに使われてるやつがいないかと見張っている。あいつの実名は知らないが、また来やがるに違いない。今頃はボスに報告を入れてるんだろう。素人じゃあるまいし、きっちりと作戦を立ててくるはずだ。波止場のどこかからボートが出て、ぽつんとした点だったものが親指の指紋くらいになって、ぐんぐん近づいてくるだろう。きょうか、あすか……。

こつ、こつ。

正体はわかる。

とりあえず仕事で気を紛らそう。シャツが臭うし、靴下に破れ目があるが、こんなものの始末はどうということもない。作業をしていれば、そのことだけの穏やかな心境でいられる。荒っぽい感情が止まって、また人間らしくなる。ここでそうしていられるなら、すっきりして楽しい。

双眼鏡をチェックする。

初めてミシェルに会って、どうせ先は見えていると思った。おれの過去がエリカから伝わって、それで終わりになる。エリカのおかげで近づけていけたものを、エリカがさっと取り上げる。そんなことばかりで育った。どこの家でも子供はなつくものだと思われて、それが六歳、八歳、そのあたりまではともかく、ちょっと大きくなれば無理がある。この子は情が薄い、そんなんじゃ好かれない、変な子だ、ということになる。

だがエリカは告げ口をしなかった。だから、おれはミシェルと社宅で暮らすことを考えていられる。そういう未来ができた。ミシェルという女が灯台のようにも思える。そもそも彼女に惹かれたのは、そういうことなのだろうか。いや、おれが灯台に惹かれたのは、そういうことなのか。暗闇でふらついていて、いきなり見たこともないように明るく燃える火があったら、近づいていって迎えてもらいたくなるのは当たり前だ。

その光を消してたまるかと思う。エディでも、ほかの誰でも、そんなやつのせいで消させるわけにはいかない。

炊事場へ下りて、流しの下を手さぐりする。レンガほどの大きさで壁の割れ目があって、おれみたいに手首が細いやつだと、腕を曲げながら内壁の裏をさぐれる。一瞬、エディの仲間に見つけられたかと思ってあわてるが、そうではなかった。ちゃんとある。

拳銃を引き出して、弾が入っていることをチェックする。

あの天候記録を考え直す。おれが読み違えていて、ビルの言うことが正しかったりするのか。だが、やはり答えは一つだろう。おれだけだ。一人で自分のために動くしかない。

しばらく灯台にいると腐りもする。そんな話を本土の事業所で聞いた。島の灯台には気をつけろ、頭がおかしくなってくる。主任にも、ビルにも、すまないと思う。もしシドがまた来て、エディまで来るとしたら、すまないことになる。もう謝るしかない。

午後の遅い時間に、水タンクの補給で船が来る。岩礁の灯台でも雨水の濾過装置を備えているところはあって、ここも雨量だけなら何カ月か保《も》ちそうなほどに降るのだが、ぽつんと手狭な場所に立っているので、真水をポンプで入れてもらうことになる。この船には「スピリット・オブ・アニス」という名前がついていて、どういうことやら、アーサーが言うにはウェールズの魔術師に関わりがあるらしい。本当かどうか知らないが、どうせ船の名前なんてのは何でもありだ。

「おーい、マイクか？」ビルがセットオフから呼びかける。

「よう、ビル。何か積んでくものはあるか？」

「おれを連れ帰ってほしいだけで、それ以外はないな」

「もうすぐなんだろう？」漁師をしている男が言う。「あと何日だい？」

「三日」

「まあ、幸運を祈ることだね。嵐が来そうだぞ。予報で言ってた。でかいらしい」

「シドってやつが発電機を直してった」という話を、ビルがひょっこりと持ち出す。「知ってるか？」

「誰だい、シドってのは」

「大男だ。二晩ばかり泊まってった」

マイク・セナーは首を振る。「主任が無線でキャンセルしたって、陸で聞いたが」

「いつ？」

「そりゃあ、発電機が壊れてからじゃねえのか」マイクは片手を目の上にかざして、セットオフを見上げる。「調べてもらうように言っとくよ」

「本土からは、誰もよこしてないんだな?」

おれは「もう、いいよ、ビル」と言う。

「こっちへ船を出すやつなんて、いやしなかったんだぜ」マイクが言う。「あんな天候だったしな。そこまで無茶をしたんなら、何かしら聞こえてきそうなもんだ」

「それらしいやつは、陸地じゃ見かけられてないのか?」

「ないだろうな」

ビルは動揺したらしい。だが、おれにはわかる。エディの下にいるやつなら、人目を避ける技術もあるだろう。

「じゃあ、もし気休めになるんなら」と、マイクは言う。「一応は聞いてみるけども、たぶん相手にされないと思うぜ。誰も知らないうちに、誰か来たってんだろう。そんなことあるわけないって言われるのが落ちだ。人間業じゃねえってな」

X

1992

39

マートル・ライズ一六番地
ウェスト・ヒル
バース

ラビッツフット・プレス
タンデム・パブリッシャーズ
ブリッジ街一一〇番地
ロンドン

一九九二年八月二十六日

拝啓

私は、現在、作家ダン・シャープ氏が「メイデンロック失踪事件」について行なっている取材に協力している者です。シャープ氏は貴社で小説を出版されておられますが、これは筆名であろうと存じます。本名は何とおっしゃるのかご教示いただければ幸いです。

どうぞよろしくお願いいたします。

敬具

ヘレン・ブラック

40 ヘレン

早く着いたので、先に入って待っていてもよかった。だが、雨が降っているというのに、道の反対側からカフェの入口を見ていた。しばらくして彼も来た。これでも一分くらいは、まだ早い。髪が濡れて、ピーコートに雨粒がついている。あの歩き方、顔の輪郭は、たしかに見覚えのあるもので、どうして気づかなかったのだろうと思う。見逃していたのがおかしい。ミシェルの言った通りだ。この企画に乗り出したダン・シャープは、新聞への答えとして、事件へのノスタルジア、また海を愛する心が動機になっていると言った。そこまでは疑わないとしても、ほかに隠していることはあったろう。
彼が店に入ってからも、水気を払って、メモの用意をするくらいの時間は置いてやろうと思った。いよいよ本当のことを言う。その相手が誰なのか、もうわかっている。

すでに彼の取材に応じて語ったことは多い。ただ、一番大事なことを言っていない。もともと嘘でごまかしたのではなく、すべてを言い尽くさなかったというだけ。

以前には、断絶を感じていた。あの男に何がわかると思った。海賊に拉致される、大海原に危険がひそむ。そんな話を書く人だ。でも、いまは違う。似たような人だった。

また結局は、ほかの誰かの話を聞いて、それで知ったことにされたらたまらない。十年も二十年も、どうにか納得できる言葉をさがそうとしてきたのに、ほかの人の言い方で本に書かれるなんてとんでもない。この物語にふさわしいことを言う。アーサーがどんな人で、どんな行動をとったのではないか、しっかり伝わるように言う。

彼女はコートのフードを上げて、道路を渡った。

41 ヘレン

よかった、やっと坐れましたよ。バスを降りてから、さんざん歩いちゃいました。自分のせいなんですけどね。いいかげんわかりそうなもんですよねえ。どのバスが終点まで来て、どのバスが途中で止まるのか。いえ、まあ、それはともかく。お茶をいただこうかしら。

まず最初からお話しします。それがいいですね。ただ、記憶なんてものは、そうもいかなくて、前後の見境もなく、ぽつぽつ浮かんできますでしょう。おかしなことをひょっこり思い出すんです。たとえばサマーハウスを貸してくれた夫婦っていうのは、そのご主人のほうが月曜日には働かない人だったんですよ。そんなことが変に心にこびりついてます。月曜は絶対に休業だって自分で言ってました。そういうことを、あらかじめ断ってから働くんですって。日曜の晩の、ああまた平日で仕事だっていうか、何だこりゃあ、っていう気分がいやなんだそうです。いえ、その、たぶんトラウマが大きいほど、つまらない記憶にしがみつくのかもしれません。どうにか対処しようとする心の働きなんでしょう。だとすれば、月曜は休みだと言った人に、感謝しないといけませんね。

わたしどもの息子は、トミーという名前でした。ですから、いまサマーハウスと言いましたが、それが話の始まりではありません。その六年前、わたしが妊娠を悟ってからのことです。しばらくはショックでした。そうと受け止めるのに時間がかかりましてね。子供が欲しくなかったというのではないんですが、子供がすべてだとも思えなかったんです。母親にならなくたって、うまく生きていられましたので——。

トミーが生きていた頃は、この子を宿したのは偶然だったんだと、そう思うことだってありました。いまは違います。そんなこと言えません。もともと生まれなかったかもしれないと思ったりしたから、あの子を死なせたんじゃないかという気がしてならないんです。もともと生まれるべくして生まれたんですね。だから、いま思えば、お腹の中にいると知って驚いたことのほうが不思議ですよ。たしかに計画して産んだんじゃありません。でも偶然なんかじゃなかったんです。

アーサーと二人で、うまくやっていけるのか、どんな親になるものか、見当がつきませんでした。もちろん、そんなことがわかる人はいませんね。やってみて頑張るしかないんです。

トミーはかわいい赤ん坊でした。あの当時、どういう赤ん坊が標準とされたのか、よく知ってるわけじゃありませんが、あとでジェニーが隣の家でやってたことを思えば、トミーはいい子だったんでしょう。ちゃんと寝てくれて、しっかり食べて、七カ月で這ってたし、十五カ月で歩いてた。ああ、でも、いろんなこと忘れちゃうんですよ。どんな小さなことだって、あれだけいつも躍起になってたら忘れるわけがないと思いますでしょう。何を食べたとか、どんな泣き声だったとか——手を握って、腕をばたばた動かして、首筋の産毛がふわふわして、入浴させるときの肩がやわらかくて丸みがあって……。でも覚えていられないんです。だって一週間ごとに別の子に置き換わるみたいなんですよ。どんどん育って人間らしくなっていくんで、それを何から何まで、段階ごとに覚えていられるもんじゃありません。たとえば二年くらいの間に十人の子ができるみたいです。でも、トミーと私には特別なものがあって、相性がいいと言うのか、あの子が新生児の頃から、わたしだけに見せてくれる笑顔がありました。

あら、悲しそうですね。あなた、お子さんは、いない？　それならいいでしょう。こちらも楽にお話しさせてもらえます。子持ちの人が相手だと、その気持ちがわかりすぎるというのか、こっちを見てる顔に、うちの子がそんな不幸な目に遭うなんて考えたくないという表情が見えてしまったり、話を聞いているようでいて、ほんとうは聞いていないいんじゃないかと思えたりするるんです。ああ、うちの子じゃなくてよかった、という考えが先に立つんでしょうね。

お子さんは、なんて聞かれると、どう答えるか、その場によって違うんです。いませんて言うこともあります。理屈の上では正しいですよね。いないんです。さもなくば、はい、息子がいたんですが死にました、って答えることもありますよ。それから何を聞いてもらいたいかわかります？　名前ですよ。あの子の名前が何だったか聞いてほしい。でも、みんな首を振って、お気の毒に、大変だったでしょうね、なんて言う。わたしの答えは、ええ、そう、大変でした、大変なんです……。

名前まで聞く人は、まずいませんね。死んでると名前がないんです。現実の子供ではなかったことになる。トミーだったことが消えている。つまり誰だって同じ目に遭うかもしれない、他人事とは言いきれないってことで、もうトミーだか誰だかわからない。

ええ、これでも母親のつもりですよ。たとえ生まれてすぐの赤ん坊に死なれたって、生まれないうちに死なれたって、母親には違いないでしょう。そういう母親、わたしみたいに子供をなくした母親だと、名前を聞こうとしますね。だから、そういう人だってわかります。トミーが死んでから、ずいぶん長いこと、わたし、なるべく人を避けてたんです。どんな気持ちでいるのか、わかってくれる人なんていやしなくて——でも、同じような悲しみを持った人のグループがあって、それに入ったら癒やされました。悲しいことがあると、むやみに孤独になるんです。自分でも知らないうちに、心の内側に閉じこもってしまって、戻れなくなるというよりは、戻りたくなくなります。

母親グループのおかげで戻れたんです。アーサーのおかげで、と言いたいところですけど、そうじゃありません。グループの中では子供たちを「ちびっ子ギャング」なんて言ってましたが、その誕生日にはお祝いをしました。へんに湿っぽくなったりしません。しっかり記念するってことです。それでいいと思いました。記念です。アーサーはトミーの話をしませんでした。葬儀のあと、夫の口から息子の名前が出たことはなかったと思います。写真を見たがらないし、思い出を語りもしない。でも、わたしは、そういうことがあるからトミーを忘れないんだって、そう思ってました。あの子がいなかったことにはできない。ごまかすのは無理ですね。

ええ、あなたの前では、ごまかしました。なぜかとお尋ねになります？　あなただって、わたしに対してごまかしてることはあるでしょう。人間て、そうですよね。本当の自分というか、もう逃げようのない自分になってるより、ごまかしてるほうが楽なんです。ほら、悲しいことって、ひどく強力でしょう。わたしなんか、泣いて泣いて、このまま止まらないんじゃないかと思いました。ずっと何週間も暗い部屋のベッドに寝込んで、ふるえて、「マミー」っていう小さい声が聞こえるように思ってました。それが続いて何カ月にもなったんですよ。悲しみに囚われる。うしろから脚をつかまれる感じです。いまでもそうなんですけど、ああ、来るな、っていう気配がわかるんで、しっかり立つようにしてます。以前には、どんと膝に来てました。トミーが着てた服の匂いがして、いなくなったことが現実とは思えなくなる。トミーがいないなら、どうして匂いだけがあるのか。何もかも元通りにして帰りを待ってるのに、帰ってこない。そんなこと、一人で抱え込んでるしかありませんよね。

アーサーは、トミーが死んでから、すぐ灯台に戻りました。もう灯台勤めは辞めるんじゃないかと、わたしは思ってました。それで夫婦の暮らしが大事にされると思ったのに、そうはならなかった。あの人が灯台に出た留守中に、わたしは一人で社宅にいて、うっかりパンの耳を切り落としたり、必要もなく寝しなのミルクを買ったりしてました。それが冷蔵庫に入れっ放しになって、ビンの蓋をはずすとチーズみたいな匂いがしたんで、流しに捨てましたが。

アーサーとの距離が広がりました。あの灯台というものは、初めから好きになれませんでしたが、もう大嫌いになりましたよ。ちらっとでも見えると、海の怪物が首をもたげてるとしか思えません。夫に慰めてもらいたいのに、夫は海に出て灯台と慰め合ってる。そんな馬鹿なと思うでしょうが、そういう馬鹿な心地になってたんです。もちろんトミーが死んだことで後押しされたにせよ、もともと夫に備わっていたんじゃないでしょうか――そういう距離のある人だったんです。灯台守になりたがるなんて、まともなやつじゃない。そんなことをアーサーは言ってましたが、やっぱりそうだったのかって、さんざん思い出しちゃいました。

彼がトミーを愛したことはわかります。それはもう可愛がってました。だからこそ取り合おうとしなかったんです。向き合わなかった、と言うべきでしょうか。でも、ああいうときは直視しないとだめなんですね。さもないと、いつまでも家の中で追い回されて、どんと膝を蹴られます。

もう夫には会わずにいたいと何度も思ったものですから、いざ行方不明を知らされると、そう思ったからそうなったんじゃないかと恐ろしくもありました。それでもう灯台の業務とは無縁でいられますものね。海からも離れられる。社宅のキッチンに坐って、アーサーが石の分類をしたり、クロスワードパズルに鉛筆を走らせたりする音を聞かずにすむ。夫なんだから妻を抱き寄せて、おれだって息子は大事だったんだって言ってくれればよさそうなのに、どうして言わないんだって、そんなこと思わなくてよくなったんです。

トミーは父親に帰っていてほしかったんですよ。いま思えばそうなんです。わたしよりもトミーこそ、アーサーにいてほしいと思っていた。まあ、そうでしょう。当然です。その子を海でなくしてしまったんで、アーサーは海に行きっきりになった。海っていうのは、舌の化け物みたいだと思うことがあります。それが身近な者をぺろりと奪っていった。うっかり近づいたら、わたしだって海の底に連れて行かれる。だから、こっちに住むことにしたんです。

トミーは五歳になってました。サマーハウスは洒落た家でしたよ。あんなことのあるような場所ではなかった。貸してくれた人たちだって、月曜には働かないなんて話はありましたが、おかしな人じゃなかった。突発事っていうのは、ほんとに突発するんですね。どうということのない木曜日でした。そろそろ浴室から出ようとしたところで、まったく何の前触れもなかったんです。いつも気になってるなんていうことは、実際には起こらないものでして、少なくとも予想通りになりません。

うちの息子は、やっと父親と過ごせる休暇だというので、すごく楽しみにしてました。そういう時間の乏しかった子ですのでね。そろそろ父親の仕事に興味を持つ年齢でもありました。家にいたりいなかったり、船で灯台に戻ったり、ということがわかってきたんですね。父親は、海の嵐だの、密輸業者だの、そんな話を持ち帰ってきます。ほとんど作り話じゃないかと、わたしは思いましたが、どうだったんでしょう。トミーは父親にいてほしかったようですね。アーサーも、わたしには書かなかった手紙を、トミーには書くことがありました。とはいえ、天候が良くて、出て行ってくれる船がないと、こっちに届く手紙ではありません。アーサーは、日が暮れて灯台に明かりがついたら、おれがお休みなさいを言ってるんだって、そんなことをトミーに言ってました。アーサーが島へ行ってると、いまごろ何してるんだろねってトミーと話しましたが、半分はわたし自身のために話を作っていたようなものです。でも子供っていうのは、おもしろい見方をするんですね、お父さんは太陽が寝ちゃったあとの太陽だって言ってました。これだけ何年もたったというのに、ほかに聞いたこともない名言だと、いまでも思ってます。

溺死だったんですよ。美しい朝でした。女王の戴冠式があった夏です。わたしは朝食のあとで一風呂浴びようかと思いましてね。鉤爪みたいな足のついた浴槽で、だいぶ深さがありまして、お湯が冷めそうになるほど、のんびり時間をかけて浸かってました。そうしたら、アーサーが下から叫ぶ声がしたんです。出ていったら、アーサーが手を下ろして戸口に立ってるんですが、手のひらは上を向いてました。その顔にまったく血の気がないんです。びしょ濡れになっている、と気づくまでには何秒か掛かっていました。

「トミーは、どうしたの?」

ところがアーサーはじっとわたしを見ているだけなのです。ぼんやりした人の目を覚まさせようとバケツの水をぶっかけて、それでも目を覚まさない、というような感じでした。

「見失った」と彼は言います。

「え?　どこで?」なんだか車のキーでもなくしたような話だと、ふと一瞬、そんな気がしました。

「海だ」

「海の、どこ」

「海だよ」

トミーは泳げませんでした。浮輪がないとだめです。出ていって、おそろしい海面を見ながら、わたしが目当てにしたのは浮輪でした。まだ細い腕につけていたはずの、赤と黄色の浮輪をさがしたのです。それなら目立つだろうと思いました。まさか使っていなかったとは知りません。用意しただけで必要のなかったレインコートと一緒に、家のポーチに置きっぱなしになっていました。

いなくなった。いえ、アーサーの言い方は違いましたね。見失った。

まだどうにかなるという、わけのわからない考えが出ていました。トミーが潮の流れで戻されて、いまにも岸を上がってくるように思ったのです。でも相手は海でした。海がわたしの味方になったことなんてあるでしょうか。

それからのことは、よく覚えていません。助けを呼んだのだろうと思います。人が集まって、救急車も来ましたのでね。わたしが毛布にくるまれていたのですよ。寒かったわけでもないのに。

二日後に、遺体が上がりました。小さくて、青くなって、皮膚に斑点があって、四日前にスーパーマーケットでこれがいいと言った緑色の水泳トランクスをはいてました。アーサーが身元の確認に行くと言ったのですが、わたしだって見ずにはいられません。なんだか眠ってるみたいに見えました。その頭にキスしたら、いくらか冷たいだけで、だからどうなのとしか思えません。きっと魂が抜けてしまって、もう身体と手をつなぐことができなくなっている。そんな気がしました。ここに身体がいて魂はほかにいる。せめてもの慰めと言う人もいましたが、そんなことはありません。ここに身体だけあっても、魂がなかったら、その身体がさびしいでしょう。体内に光がなくて、身体をあたためるものがない。さびしかろうと思えば、そのまま埋葬するのがかわいそうで、気になってなりませんよ。冷えて一人だけ安置されて、棺に入って、最後には埋められる。そういうことが頭から離れなくなりましてね。ただ埋葬したのなら、地下で亡骸がさびしがる。そう思って、いまでも寝られない夜が続いているでしょう。あの子は火葬にしました。何も残さずにいたかったんです。

ばしゃばしゃと海に入っただけでした。浅いところだ、とアーサーは言います。だから浮輪をつけていなかった。トミーの臍くらいの深さだったとも言い続けましたが、もう黙っていてほしいと、わたしは思いました。そういうことを言われると、つい赤ん坊だったトミーを考えてしまったのです。わたしにくっついているだけのトミーを、なんとか無事に育てようとした何ヵ月もの苦労があって、わたしが浴槽で湯に浸かっていた悔やみきれない二十分があったのですよ。アーサーはカメラを取ってくるつもりで、トミーから離れたのでした。ポーチに置いてあって、わずかな距離でしかありません。ただトミーは好奇心の強い子でしたから、ちょっと一歩か二歩踏み出して、水に沈んだのでしょう。よからぬ波が来る海だったんですね。足をとられて、もがいて、溺れたんです。そうだったろうと、わたしは思ってます。あっという間で、苦しむ暇もなかったんだと。アーサーがカメラを取って戻ったら、もう遅すぎました。

責める、という猛々しい感情を、必死に追い払いました。そんなものに負けていたら、もう見境もなくアーサーを殺していたでしょう。寝ているアーサーの首を絞めたかもしれません。でも、わたしから追及するまでもありませんでした。あれだけ悲しいことがあったら、責任があろうがなかろうが、乗り越えようはないんじゃないかと思いますが、アーサーは責任を感じていた。だから、それが根っこになって残ったんです。わたしの顔をまともに見られず、わたしに手を触れることもできなくなって、それよりは灯台に行ってしまいたくなったんです。

もちろん、わたしにも察しはついていました。彼はトミーに会おうとしたんです。またトミーと一緒になりたかった。そんな何やかやの感情が夫の内部にわだかまっていって、暴発したんでしょう。どういう方法をとったのかわかりませんし、そういうことを――ビルにも、ヴィンスにも、彼自身にも――しでかしたのだとは考えられないのですけれど、どんな人間だって、条件さえそろえば、どんなことをやってのけるかわからないとも思います。その場の勢いもあるでしょうし、隠れた思惑ということも。つまり、まあ、ぽつんと立った灯台に押し込められて暮らすのは、あんまり普通じゃないってことです。公社は認めやしないでしょうけど、そもそも人間にそういうことをさせたのがいけなかったんですよ。本来の人間のあり方ではないんで、最後にはツケが回ってくるんですね。

この前お会いしたときには、まだ言えなかったのですが、二つの時計がありましたでしょう。いまはもうお話しできます。八時四十五分というのは、トミーが死んだ時刻なんです。メイデン灯台にあった時計が、どちらも八時四十五分で止まっていました。そうと聞いて、嘘だろうと思いました。いまだに何かの間違いではないのかと思います。五分でも十分でも、どっちかにずれていたのなら、ただの不幸な偶然でしょう。ぴったり一致していたとすれば、ちょっと面白い点になりますね。わたしには、それどころか、忘れようもないのです。ずっと気になっていました。

もしアーサーのしたことだったらどうでしょう。もし、ひょっとして……と考えることは、いくらでもあります。

たどらなかった道が、どれだけあったことか。もし彼と出会わなかったとしたらどうなのか。

パディントン駅の行列で声を掛けられなかったらどうなのか。もし彼が灯台に勤めなかったら。もし休暇で出かけたりしなかったら。あんなところにサマーハウスがなかったら。あの持ち主が月曜にも働いて、もっと稼いで、どこか外国に、たとえばトスカーナの丘にでも、小さな別荘を買ったのだとしたら。もしわたしが浴室に行ったりしなければ。

こんなことをジェニー・ウォーカーにも言えたらいいのにと思ったりします。わたしの事情を話して、わかってもらえるかもしれない。ビルと親しくなったことだけは失敗でした。そうと言うしかないでしょう。

ビルがどうこうより、そっちが大きいのではないかと思うのです。いっそミシェルにコーンウォールまで出向いてもらって、わたしの見方を伝えるという、そんなことを考えもしましたが、やはり違いますよね。そんなのはおかしい。もし言うのなら、わたしから直接に言わないと——。ただ、もしジェニーと仲直りして、どうにか話せるようになったら、その先に何かしら成果が出るかもしれません。

もっと言葉にできることはあった、そうしておけばよかった、と思います。アーサーに、トミーに——。でも、あの二人には、もう戻っていけません。いまとなっては、どうしようもない。ほかの人には、どうにかなると思うのです。まだ灯せる光もあるのではないかと。

42　ジェニー

すっかり話を終えてからも、しばらく二人ならんでベッドカバーの上に坐っていた。ハンナは黙っている。背筋を伸ばし、手を膝に置いて、突っ張ったように身構えていた。ジェニーはひどく鋭い目になってキルトのカバーを見つめた。ピンクの花柄。もともと彼女が遠い昔に使っていたものだ。さんざん洗濯を繰り返したので、よれよれになって毛玉ができている。

下では、玄関のドアが閉まった。パーティに来ていた人が、もう残らず送り出されたようだ。ハンナは、さっき様子を見に来たグレッグに、うまく取り繕っておいてくれと言っていた。

また母親に顔を向けて、「つまり、そんなことを、お父さんに……?」

ジェニーは袖で鼻先をぬぐった。

「どうしたかったのか自分でもわかんないよ。そんな悪気じゃなかった。ほんとに、そうなのよ。ただ、もう一度……」

「もう一度、何なの?」

「夫婦らしくなってもらいたかった」

窓が開いていて、隣の庭から芝刈り機の音が聞こえてきた。いつもの音に鋭さが増している。娘に打ち明けてしまったら、古い世界が新しくなったようだ。

「でも、子供っていうのはね」ハンナが言った。「子供に隠しごとをして、それが大人の知恵と思ったって、そうはいかないのよ。隠しても、隠しおおせるものじゃない」

ジェニーはキルトの模様から目を離さなかった。ビルと二人でこれを掛けたことが何度あったか。そこへ子供たちがもぐり込もうとした。そういう大切な朝があった。

「どういうことよ」

「わかってたもの」ハンナは言った。「どこか、胸の奥のほうで、わかってた。おかあさんがキッチンに立ってたのは覚えてる。おとうさんが海へ出る直前だった。おかあさん、泣いてたじゃないの。おとうさんと話しているのではなかった。漂白剤の臭いがしたと思う。チョコレートを入れる箱があった。ボトルに貼ってあるラベルも見えた。どういうことかわからなかった。勝手な思い込みのような気もした。自分の母親が、そんなことするわけない。でも、いまこうして、あたしの思った通りだと言われてるんだわ」

ここでハンナが静かになった。ジェニーは頑張って目を上げた。

「あんた、おとうさんを覚えてるの？　ずっと言ってたよね」

「うん。おやすみのキスをしに来てくれた。うちにいれば毎晩そうだったわ。あたしが寝てると思って、部屋に来て、あたしの頬にそっと手を当てた。寝る前に膝に乗っかってお話ししてもらったのも覚えてる。おとうさんの匂いもね。クレオソートとタバコ。夜になって空が晴れてると、いっしょに月を見に出てった。灯台はそういうものだと思ってたわ。月みたいなんだって」

ジェニーは、いままでにないほど、つくづく自分が恥ずかしいと思った。

「七歳の子供って――」ハンナが言った。「生活感が、ぽつぽつした点の集まりなのよ。絵の断片がばらけてるみたいで、全然つながってない。つながりが出てくるのは、あとになってから」

「いまは、つながってるんだ」ジェニーは言った。

ハンナは首を振る。外の道を自転車で通る子供たちがいた。にぎやかな声が高くなり、遠ざかって消えた。

「おとうさんが浮気したって話を聞かされて」ハンナは言った。「あれはショックだったと言えればいいんだけど、そうでもなかった。知ってたんだもの。ほら、ヘレンの家に行ったわよね。それで、あたし、おかあさんとならんで、居間に坐ってた。おとうさんの彫った貝殻が棚に載ってた。写真立ての裏にあったの。おかあさんに彫ってた貝とは違うと思った。たぶん妻ではなくて愛人用だったのね。あれでも隠したつもりだったんだろうけど、見えてたわ。おとうさんの貝なら、見ればわかった。どれだけ貝がある海岸だって、あれば見つけたと思う」

ピンクのキルト模様が、溶けたようにぼやけて、ジェニーの目の中を流れた。

「うちへ帰ろうとして、おかあさん、あたしの手をぎゅうっと摑んでた。夕方になって、トーストに豆を載っけようとしたんだけど、そのパンを焦がしちゃった。流しに持ってって、かりかり落としてた」

「そうだったね」

ハンナは涙目になって母と顔を突き合わせた。「どうして何も言ってくれなかったの？」

「言えやしない」

「すぐにじゃなくて、あとになってから。おとうさんには好きな女の人がいたって話をしたときに」

「そうやって、とんでもない母親だって思わせる?」

「思わないわよ」

「思われても仕方ない」

こうなると娘を見る目が変わってくる。自分の子というより、大人の女だ。もう誰の子でもない。不安になったジェニーの眉間に、ミンスパイの切れ目のような皺が寄った。ジェニーにはなかなか難しいことだったが、いまは聞く耳を持たねばなるまい。まず聞いて、判断は保留する。

「そりゃ、おかあさんは、おとうさんを愛してたのよね」ハンナは言った。「それなのに、おとうさんが変なことをして、おかあさんを傷つけたんでしょう。どうしようもないわ。よくなかった。絶対によくない。だけど……」と、言葉をさぐる。「それを言ったら切りがないとして、でも『だけど』なのよ。ものごとには別の見方があるじゃないの。それだけじゃないってことで」

「あたしが何だったたって言うの」

「おかあさん、怒って、悲しんでた」

「ごめんよ。あんたには悪いことした」

「おとうさんは?」

「え?」

「ごめんて言ったかな」

「どうだろ。ビルって人には、よくわかんないとこがあって」

ハンナはティッシュの箱を寄せてやった。母と娘の指が触れた。

「あんたに嫌われると思った」ジェニーは言った。

「そんなことない」

「あれっきり会えなくなるなんて、もし知ってたら……」

「もう、やめよう」ハンナは母の手をすっぽりと包むように握った。「いい奥さんだったじゃない」

ぐっと腕を伸ばして、ハンナが抱きついてきた。ジェニーの人生で一番うれしい抱擁になった。あたたかく、しっかり抱きしめて、木の根っこのように強い。ビルに抱かれたどの記憶をも上回っていた。


高速道路を走ると神経がすり減る。のんびりした道で行けば気楽なのだが、距離が倍にもなる。統計の数字を信用するなら、高速のほうが安全なのだそうだ。しかし、何につけ動きが速すぎて、どこが安全なのだと言いたくなる。ほんの一瞬の間違いで、フロントガラスを突き抜けているかもしれない。そんな悪夢のような成り行きが、ジェニーの脳裏に浮かぶことがあった。路肩に投げ出されて手足に火がついている。砕けたガラスで血まみれになっている。その凄惨な事故の当事者は、自分だったり、誰か知っている人だったり、あるいはビルだったりもした。死の衝突現場に通りかかって、あれはビルの顔だ、こんなところにいたのかと思う。こんなに何年もの間、ほかの人生があって、ほかの車に乗って、ほかの家族がいる家に帰ろうとしていた。そうだったのかと思っている彼女に、無念の眼差しが向けられ、その死に際に、手をとってやる。

「運転、代わってもいいわよ」と言うハンナが、赤ん坊の形をしたゼリー菓子の袋をさぐって、緑色のゼリーを抜き出し、サイドブレーキの下の物入れに突っ込もうとしている。

「よしなって」ジェニーは言った。「べたついちゃう」

「もうすぐよ。六番ジャンクション」

ジェニーは低速車線から外れようとして方向指示を出す。トラックにクラクションを鳴らされた。

「あたし、何した?」

「路肩を走ってる。もう出口よ。ここ。——あ、やだ、ママ」

ようやく三十分後に、〈バーミンガム光霊会館〉という建物に来ていた。水晶とカード。虹と天使。神気に導くというモヒカン刈りの男。見料はたったの五十ペンスである。いままでのジェニーなら、ここへ来るとは言わずにいて、プールへ行くなどと嘘をついた。いまはもう逃げも隠れもしない。何につけ、そう思う。ごまかすことに時間を使いすぎた。そんな必要なんてなかったのだ。

「ほんとに付き合ってくれんの?」ジェニーは言った。こんなことをハンナが好むはずはない。だが、ダン・シャープに会うのだったら、おおいに乗り気だと言った。それで十一時までの一時間ほど、二人で作家と会うことにしたのだった。その時刻には、ウェンディという霊媒が交信を始めることになっている。

「いいわよ」ハンナはシートベルトをはずすと、不意に身体を寄せていって、母親の頬にキスをした。「その人への先入観はあったかもしれない。ここんとこ何週間か考えて、どんな話も一面から見るだけじゃだめってことは、わかるような気がしてきた」

43　ジェニー

ビルがいなくなってから、毎年、来るようになったんですよ。その前にも、ちょっとやってましたが、ここまで来るほどではありませんでした。そんな時間もなかったし、当時はまだ、さほどの意味もなかったんですね。いまは違います。こういうことがあるから、もう一度、あの人との接点ができるんです。へんに馬鹿にしたりしなければ、いいことがあるんですよ。あたしの贔屓はウェンディ・アルバティーンといいましてね。まずウェンディがあちら側へ導かれていって、こちらの誰かにふさわしい人を見つけると、いましたよって知らせてくれるんで、そうなる順番を待ちます。

あなたに初めて取材されてから、あたし、運勢を占ってもらったんです。そのときのお告げだと、近々、人につけ込まれることがある、っていうんでした。じゃあ、これはきっと、なんてね――てっきりそう思っちゃったんですけど、それからジュリアが顔を出して、五ポンド貸してくれって言うんですよ。あとでお財布見たら、十ポンドも持っていかれてたんで、あらま、こういうことだったのか、って思いました。もちろんハンナが知ったらあきれた顔をするでしょうが、でもまあ、ひどいことをしたって話なら、あんまり人のことは言えませんのでね。

何事も人それぞれ。そうとしか申せません。あたしみたいな目に遭ったら、もう他人にどう思われようと気にしなくなります。ここに来るような人は、みんな同じなんです。やっぱり大切な人をなくして、その人がまだどこかにいてくれると思ってる。ここで似たような知り合いができていって、いくらか心が開いたような気もするんですよ。いまハンナにも車の中で言われたんですが、何につけ別の見方ができるってことは大事ですね。

でも、ヘレンだったら、こんな集会には死んだって来ませんよ。そうでしょ？　あたりまえのこと以外は考えない人なんで、すぐ見えることしか信じない。息子をなくしてるんだから、それで来てたっておかしくないのにね。ここには子供に死なれた人も多いんですよ。まったく可哀想なのよねえ。子供がまた親に会いたがったりしてると、みんな最後まで聞いてられなくて泣いちゃうの。あたし、ひょっとしてトミーが出ないかと思って、いつも気をつけてる。もしトミーが見つかる日があったら、手を挙げてやるつもりなのよ。あっちから子供が出てるのに、誰も会いに来てないなんて、そんなの悲しいじゃないの。

もし出てきたとしても、そうね、ヘレンには言わないと思う。社宅で隣同士に住んでた時分には、うちに三人いたのが面白くないのかなんて、そこまでは考えもしなかった。彼女には一人しかいなくて、その一人息子が溺れてたんですからね。もちろん気の毒なことですよ。そう思わないほど薄情な人間じゃありません。でもねえ、あの頃、心の中にあることを打ち明けてくれたら、あの人にだって得るものはあったんでしょうに。あたしには、たぶん、そういう見方をしてなかった。まともな話し相手とは思われてなかったのね。あたしだって、わざわざ聞くのもおかしいから黙ってた。どうしようもないじゃない。あんまり考えたくないんだったら、こっちから言いだしたところで、いやな気にさせるだけだもの。

ヘレンていう人は、結局、アーサーを許してなかったのよ。それだけは、あたしにもわかる。でも自分だったらどうかな。もしビルにそういう落ち度があったとしたら許せるのかどうか、そこまではちょっと言えない。ただね、ビルが隣の家を夫婦のお手本みたいに思ってるのが、どうしてもいやだった。よく言ってましたよ。ブラック夫妻はべったりくっついてるわけでもないのに、うまいこと力を合わせて夫婦の役目を心得てる、なんてねえ。うちが社宅に越していってすぐに、あたし、ヘレンに聞いたことあるんですよ。よくアーサーが海へ出ていなくなる。そんな生活を、どうやって何年も続けられたんです、って言ったら、どっちも性分なんじゃないかしらって返事でした。夫婦がそろってるのもいいけれど、一人ずつ勝手なことをしていられるのもいいんだそうで、がっちりと二人組になってるよりも、たまたま居合わせた同士みたいなんだとか。でも、それってトミーのせいじゃないかと、あたしは思ってました。だって、あんな仕事してる男なら、離れてること自体はあたりまえで、灯台に出てれば、そういう時間ばっかりですよねえ。

でもまあ、ヘレンだって、ビルに近づいたくらいですから、誰かにいてほしかったってことでしょう。ただ、子供があぁなったりしたあとなんで、何がどうなんだと、はっきり言えたもんじゃありませんよね。正直なところ、あたし、もう考えるのいやなんですよ。子供をなくすなんて話に、頭を使っていたくないんです。

どうしてビルが、っていう疑問は、いまでもありますね。あたしと一緒になったのは、あたしがあたしみたいな女で、ヘレンみたいじゃなかったからだ、それで愛してくれたんだって思うのに——。彼女は一人だけ違ってました。昔からの、いわゆる灯台守の女房じゃありません。北のセント・ビーズでも、南のブル・ポイントでも、〈トライデント〉の灯台に勤める男の女房は、みんな似たような気質なんです。しっかりと家庭を守って、棚には料理本が置いてあって、六時にはスポンジケーキが焼けてお茶も出てる。みんな相身互いですんでね。もちろん陰でこそこそ悪さするようなことはありません。ひとの亭主とお茶を飲んだりするもんですか。フランクの奥さんでベティという人は、もっと気が合う感じがしましたよ。ボルトンの育ちでね、まるで気取りのない真っ正直な人でした。やっぱり子持ちでしたんで、そこの兄弟が、うちの娘らと遊んでましたが、そういうのはヘレンから見ると羨ましかったでしょう。あの、いばれた話じゃありませんけど、あの人に羨ましがられてると思うと、なんだか気分が良かったですよ。あたしにないものをたくさん持ってる人に、これだけは勝ってると思えたんで。

アーサーが陸に帰った折を見て、あたしから言えばよかったのかもしれません。留守中の妻がどうなってるのか教えてやればよかったんだって、そのようにハンナは言いますし、そうだろうなと、あたしも思います。どっちにしても、そろって消えてしまったんじゃ、もう遅いですね。

それで、あたし、つい母親のことを考えちゃったりするんです。もう一回だけ、やってみてもよかったのか、なんてね。まだ生きてるのか調べて、電話するとか、手紙出すとか——。でも、それって自己弁護なんですよ。考えようじゃ、ずるいのかもね。できるだけのことはしたんだって思いたい。それすらできなかったとしたら、つくづく情けないですよね。

もしアーサーに話をしていたら、もう少しましな道筋をたどれたのかもしれません。馬鹿なことをしたもんですよ。こんな思いをさせられたんだから、いくらか仕返ししてやらなくちゃって、そんなこと考えたんですからね。まともじゃなかったと言うしかありません。

ともあれ、そのまんま言えずじまいでした。アーサーって人には、なんだか気兼ねしちゃって。

ハンナも子供心にそうだったでしょう。あの主任はあたしらには自分を見せようとしなくて、うちに来たこともないし、ろくに挨拶もせず、よそよそしい感じでした。最後まで、よくわからない人でしたね。

いまから思えば、どこか危ういところもあったんでしょう。たとえば、ふだんは虫も殺さないような顔をした人がいて、ある日、家にぱっと火の手が上がるんです。それで近所の人が、「まさか、あのおとなしい人が、こんなことを」なんて言う。

え？　ああ、そう、よくハンナにも言われますよ。いろんなこと思いついちゃいましてね。へんな空想して、そればっかり考えてると、ほんとみたいな気がしてくる。

でも、おとなしい人こそ、そんなことになっちゃうでしょう。そこへ押す力があったんじゃなおさら。ヘレンですよ。罪悪感で押したんです。さらにまた嘘でごまかして押しましたね。そうなるとアーサーは自分の中に溜め込んで黙っちゃう人なんで、ある日、突然、どかん！

つまり、その、あたしが察してたくらいなんで、アーサーにだって察しはついたんじゃないかしら。だからビルにやり返そうと思ったんなら、それもわかる……ような気がする。

あら、やだ、もう時間？　ウェンディの交信が始まるわ。いい席を取らなくちゃ。遠路はるばるやって来て、やっと後ろの席なんていやだもの。

あ、でも、しょうがない。ハンナに言われてるんで、一つだけ聞くわ。いやなんだけど、午後から娘にぷりぷり怒られたくもない。ええっと、あのね、ずっとヘレンから手紙が来てたのよ。ところが、ここんとこ来なくなった。まあ、ちょっと待ってよ、すぐだから、言うだけ言わせて。あの人、どうかしたの？　ほら、ヘレンよ。それを聞いといてってハンナが言うの。あの人にも取材で会ってたんでしょう？　だったら、わかるわよね。ずっと書いていた手紙を書かなくなったからには、裏に何かあるんじゃないかってこと。いえ、だからってこともなくて、あたしはどうでもいいんだけど。ちらっとそんなことを思って、じゃあ聞いてみなさいってハンナに言われたのよ。

あ、そう。じゃ、そういうことで。もういいわね？　お話いたしましたよ。

さてと、きょうの予定に行かせてもらいますね。前の席でちゃんと坐ってれば、縁のある名前が出てくる確率が高いの。あっちでも感じるものがあって、こちらを見つけやすくなる。交信がうまくいくってことです。

44　ミシェル

今夜、夫にステーキ・アンド・キドニーを作って出したら、どんな日だったと聞かれるだろう。とくに何も、と嘘で答えよう。娘らの制服にアイロンをかけて、体操着に名札をつけて、野菜プランターの雑草を抜いた、ということにする。〈クリアウォーター・ショッピングセンター〉に行って、〈ウールワース〉の店内をぶらついた、とは言わない。蛍光色をした菓子用の包み紙をながめていたことも、一分半に一回は腕時計を気にしていたことも言わない。

結局、その男に会うことになると心のどこかでは思っていた。まずヘレンと話をしたのが始ま

りだ。――でも、それでいいの？　ほんとのヴィンスはどんなだったか、はっきり言えばいいと

思う、ということだ。それから口述の記録も見た。パールの言い立てたことなので、ヴィニーが

別人のようにねじ曲げられている。もうヴィニーには弁解も証明もできない。ミシェルならでき

る。

もう怯えていることに疲れた。〈トライデント・ハウス〉という機構にも、エディ・エヴァン

ズという男にも、そして真実にも、もう怯えていたくない。

作家はアトリウムの時計下に立っていた。本のカバーで白黒の写真を見ていたので、その顔が

わかった。そわそわして落ち着かないようだ。人を待っていながら、どんな人に近づかれるのか

わからない。ランチを急ごうとする女の通行人がいくらでもいる。

ミシェルは、まだドラッグストアの中にいて、自分がどのように予想されているのか気になっ

た。彼女から見ると、ちょっと予想とは違う。夫と似たような男ではないかと思っていた。つま

り、きっちりした服装で、髪にオイルをつけて、週末はゴルフをして、カフスボタンとコニャッ

クを好む。だが作家はだぶついた身なりをしていた。いい服が買えないわけはないとして、たい

して気を遣わないのだろう。靴だって一生同じものを履いてきたように見える。どういうタイプ

なのか、強いて言えば、ミシェルの弟に似ているだろう。いま弟はレイトンストーンの父の家に

いて、その町の賭け屋に勤めているが、自分では床屋へ行くにも小銭を貯める。

このショッピングセンターは、つくづく嫌いだ。まず正面のロビー階が気に入らない。高級ぶ

ったカフェが、やたらに高い値段でグリルドサンドイッチを売っている。毎正時には、あの大き

な時計から、鳩ではなくプラスチック製のカエルが出てきて、げろげろと時を告げる。

カエルの声が一段落するのを待って、彼女は進み出た。

「ミシェルです」

ダン・シャープがにっこり笑って、手を差し出した。ほっとしたような顔だ、と彼女は思った。本当に来てくれたということだろう。

45 ミシェル

ほら、いるでしょ。まったく気が滅入るじゃないの。籠の鳥ってやつだわ。ああいうの、ひどいったらない。ほんとなら、こんな店、来ないのよ。啼き声がうるさいんだもの。そうでなくても、ただ止まり木にいて哀れなだけ。三ポンド九十九ペンスですって。鳥籠も買うとしたら、十倍くらいの値段かも。あたしが子供の頃、同じ学校に、鳥を飼ってる女の子がいてさ、母親と住んでるアパートが、もう臭くてね。猫の餌とか、糞とか。その子が飼ってたのは、オカメインコと、セキセイインコ。それぞれに名前がついて、スパイクとロスなんだけど、ロスのほうが偉そうに主導権とってた。

鳥は、お好き？　やっぱり野山に放っておくのがいいんじゃないかと、あたしは思うわね。スパイクとロスも、いっそ放しちゃったらどうだろうって、よく思った。鳥籠の出口を開けて、さあ、飛んでけ、って言うのよ。あの二羽が飛べたとは、正直、思えないんだけどね。カーペットの上に、ぼてっと落ちたんじゃないかしら。それに自分たちは悲しいと思ってなかったかもしれない。あたしがそう思っただけで。

さて、そんなことはともかく。あたしは会いたいと言われて来ただけなんで、そちらのご要望に応じたってことですから、どうぞお好きなように聞いてくださいな。もう隠すこともありませんのでね。ヴィニーだって隠したいことなんかなかった。当時の調書みたいなのを読んでから、もう何年もたってるんだけども、いまになって自分でも出てくる気になったのはなぜかと言うと、そういう供述があったせいなんだわ。パールが嘘だらけに言ったことが最後の答えになったんじゃ、たまらないもの。まあね、どんなことが本に書かれるのか、そんなのはどうでもいいんだって何度も自分に言うんだけど、あのパールなんて人の言ってることだけで、それがヴィニーだって思われちゃ困るのよ。あの人はヴィニーを知らない。あたしは知ってる。

ヴィニーについては、へんな思い込みができちゃってるでしょ。あいつは前科者だ、あいつに違いない、ってことよね。何がどうだったかわかりゃしないのに、あいつが悪いって決めつけたら最後で、細かいことはどうでもよくなっちゃうんじゃないの。あとの二人、アーサーとビルは、おかしなことをしなかったっていうように、公社としては思わせたいのよね。だけど一皮剝いてごらんなさいな。どろどろしたもんが出てくるから。ヴィニーなんか、初めっから出ちゃってるんで、もう隠すこともなかったのよ。

いま本を書こうとしてる人がいることは、もちろん〈トライデント〉だって知ってるわ。あいつら、上っ面はおとなしいんだけど、けっこう焦ってるみたいで、あたしにまで脅しをかけてくる。もし取材されて何かしゃべったら、あとでツケが回るぞって言いたいらしい。補償金の支払いを止めるんでしょうね。もともと、あたし、ヴィニーとは正式の夫婦じゃなかったから、もらえるとも思ってなかった。あたしを黙らせるつもりで出してたんでしょ。ロジャーはね、いまの亭主よ、もらえるものはもらっとけと思ってる。そういう通知は、ヴィニーの名前なんか聞きたくもないくせに、お金もらうことには抵抗がないの。そういう通知は、ヘレンやジェニーにも来てるんじゃないかな。でもさ、それなりに年とっちゃえば、面の皮も厚くなって、びくついたりもしないよね。

公社は昔っから距離を置きたがってた。当方の責任ではないって見せたいのよ。ヴィニーを付け狙ってるやつが社内に潜んでたなんて、表沙汰にはしたくない。札付きの従業員が一人いただけでも格好悪いじゃないの。ほかにもヴィニーと因縁のあるやつがいたなんて知れたら、また面倒なことになる。

あたしだって真相を知ってるとは言いません。ただ、こうだったんだろうと思うことはあって、それなら言えるんですよ。

マイク・セナーの証言にあったでしょ。修理屋だっていう男がいたのよ。そのあたりを公社がうやむやに片付けたのが、あたしは気に入らない。たしかにマイクは半端なやつってことになってて、まあ、そうだったのかもしれない。だから言ってることはでたらめだってヘレンでさえ思ってたんだけど、そういう話が出てきたんなら、もうちょっと調べればよさそうなもんじゃないの。

ところが、公社の都合としては、マイク・セナーが何を言おうと、握りつぶしていたかった。事業の運営に不備があったって、ばれちゃうようなもんだからね。たしかに、まさかとは思うのよ。島の灯台なんて、上がるの大変なんだから、その不審なやつが公社の知らないうちに行けちゃったとは、そう考えられることじゃない。

だけど、そのまさかがあったとしか思えないんだわ。修理屋という触れ込みのやつが、まんまとヴィニーに仕返しをした――。いま話が飛んでるかしら。じゃあ、ちゃんと腰を据えてしゃべりましょうか。

パールには初めっからヴィニーへの思い込みがあった。姉さんがとんでもない目に遭って産まれたのがヴィニーなんで、姉妹の情として引き取ってやる気にもなったと思うんだけど、それにしたって、あんたは望まれて産まれたわけじゃないなんて、その子に思わせたりする？　ちょっと口答えしただけでも、暴行犯の父親に似たんだとか言って、閉じ込めて折檻だもの。それじゃあ刑務所へ行くようにもなるってもんだわよ。ヴィニーにしてみれば、どうすりゃいいんだってことでしょ。どうにかしようがあるって教える人はいなかった。誰だって自分が受け取ったものを返すように生きてるのよ。ヴィニーはひどいことばっかりで生きていた。そうとしか言えないじゃないの。

やっと灯台だけがあった。ついに見えた希望なんだから、それを投げ捨てるような真似をしたはずがない。もしパールがここにいたら、きっと言うわよ、『あいつが最後にしたことを思い出してごらんな、ああいうことをするやつは、そういう根性に生まれついたんだ』とか何とか。でも、それは違う。うんと小さいうちから、母親をひっぱたいて、唾かけた、なんてことも言ってたけど、それだって違う。だいたい母親が生きてる頃だって、それほど一緒に暮らしたわけじゃない。赤ん坊だったら、親をひっぱたいちゃうこともあるって、あたしは思うのよ。手が当たっただけでしょ。うちの子もそうだった。まだハイチェアに慣れてないとか、おむつを替えられるとか、哺乳瓶を持たされる、寝かされる――そんなような、ちょっとした弾みでよくあることよ。わざとやったなんて言ったら、バカもいいところだわ。母親に青痣があったのは注射針のせい。

　そりゃまあ、ヴィニーには、おっかないところもあった。やってたことを見れば、さもありなんと思うわよね。そりゃもう言葉でやっつけるだけの生易しいものじゃなくて、このやろうと思った相手がいれば、ほんとに痛めつけたんじゃないかな。うっかり怒らせると、こわいことになったかもしれない。だけどね、人を裏切ることはなかった。いったん気が合えば、どこまでも味方になる。だから公社にもそうだったと思う。信用して雇ってくれた相手を裏切ったはずがない。あの仕事をしたから、あの人は変われたのよ。

　ホワイトルークっていう男がいたの知ってる？　ほんとの名前はエディ・エヴァンズ。当時の様子を、あたし、エリカに聞いて知ってるの。その一帯ではエディとヴィニーが幅をきかせてた。しょっちゅう張り合って、どっちからも標的にしてたのよ。縄張りを荒らした、どの女を取った、何をかっぱらった、なんていう争いがあって、わけわかんなくなっちゃってるから、もともと喧嘩になった原因なんてどっかに飛んじゃってた。ところがレジっていう親友がいて、そいつがエディにねらわれたんで、また話が変わってきた。レジがたたきのめされることがあって、それならばとヴィニーも乗り込んでって片を付けようとしたらしい。ちょっと脅して手を引かすくらいのつもりだったんだけど、エディに小さい女の子がいるとは思わなかった。そんなこと知るわけないじゃない。

　ヴィニーは、〈トライデント〉に雇われたあとで、エディも社内にいることを知った。あの晩からエディとは一度も会ってなかったのにね。つまり、エディが捨て台詞として、今夜のことには、いずれ復讐してやるから、そう思え、って言った晩からずっと。

あたし、調査員には言ったのよ。それでエディにも聴取があって――あったとは聞いたんだけど――エディはお役に立てませんよと言ったらしい。ヴィニーってやつは、ずっと長いこと顔も見ていなくて、だからいいんだ。あんなのは遠い昔の話で、いまの自分はすっかり生まれ変わって別人だ。そういう答えだったのね。どうやって、あんなところへ行って、そういうことができるのか。島の灯台なんて、いま坐ってるこのベンチとたいして変わらないくらい狭いのよ。そこにいた三人の男を、ぱっと消したりできるのか。だけどね、それで考えちゃった。いまでもそうだわ。エディが自分の手を汚さなくたって、ほかの誰かが代わりにやった疑いは残るんじゃないの。

公社としては、修理屋の派遣はなかったという主張を変えなかった。あの三人しか灯台にはいなかったということよね。無線の交信記録があるんで、それが裏付けになってる。アーサーは派遣を要請してから、もう大丈夫だ、来なくていい、直った、と言って撤回した。だけど誰がどうやって直したとは言ってない。公社は、いつものことで、どうせアーサーかビルかヴィニーだろうと考えておしまい。でもヴィニーじゃないのは確かよ。修理するなんて柄じゃないもの。いわんやディーゼル発電機なんて、ちんぷんかんぷん。電球を取り替えるだけでも、手つきがあやしかった。

ほかに目撃者がいないって理由もあってね。どこかで見られてたってよさそうだと公社は考えたのよ。話の様子では、人目に立ちそうなやつだったし。また船を出したという男の形跡もなかった。

だけど、エディの仲間だったら、そんなもんよ。幽霊みたい。そういう身内の中から、使えると思ったやつを選んで、それがシドだったたってことよね。三人とも殺して、死体を始末して、さっさとずらかれっていう命令だったんでしょ。その通りにしてのけたんだわ。

もう忘れられた話ね。ほかにも憶測はあったけど、みんな忘れられた。当時は諸説入り乱れて、もう何が何だか。いろんな噂が飛びかったもの。とんでもないことが言われてるうちに、本当も嘘もわかんなくなってたわね。たとえば、ほら、物置のロープが減ってたでしょう。そんなこと公社は認めなくて、認めるはずもなかったけど、だいぶあとになって、やっぱりそうだったという発言が調査員から出たんだもの。そうであれば、ヘレンが思ってるような、大波にさらわれたという説には都合がいいわね。つまり海中にロープを投げ入れることがあった……かもしれない。あたしはシドってやつが三人をロープで絞め殺したと思ってる。

ともかく、さっき言ったようなことがあって、そのど真ん中にヴィニーがいたわけよ。レジがやられたってことで、もう収まりがつかなくなってね。ヴィニーが怒り狂って、こうなったら思い知らせてやろうということになった。犬がいたのは予定外よ。場違い。間が悪い。だから、その、ものの弾みっていうのか、最後の最後で、そんなひどいことになっちゃった。エディのアパートへ押しかけようとしただけなのよ。でも行ってみたらパジャマを着た六歳の女の子が廊下に出て泣きだしたんで、エディも目を覚ました。「うるせえ、黙らせろ」なんて声がして、その場に娘がいるんだから、エディだって最悪の想定をする。ナイフを引き抜いておいて、ずぶっ。

刺されたレジが死んだの。ヴィニーの腕に抱かれて死んだ。ヴィニーはわけわかんなくなったでしょうね。おれのせいでこうなったと思えば無理もないわ。まさか女の子がいるなんて知らなかったのも迂闊だった。かーっとなって頭が飛んじゃった。みんなそう。そこに犬の声が聞こえた。外の犬小屋にいて、鎖につながれていたんだけど、今夜ばかりはつながなければよかったとエディも思ったでしょうね。ジャーマンシェパードだもの。ヴィニーの話では、鼻先が腐ったような、毛がちょろちょろ禿げてる犬だった。こいつに火をつけようって言いだしたのはヴィニーじゃなかったけども、まともに考えられる場合じゃなくなっていて、あたりは血だらけ、レジが死んでる。もう止まらないわ。エディを縛り上げて、その娘に燃える犬を見せちゃった。犬を見る娘をエディが見てた。

もちろん、そこまで企んでなかったにしても、行くぞと決めたのはヴィニーだったし、まあ、いろんな悪さをしながら、とにかく卑怯な男ではなかったんで、警察には自分が悪かったってことにした。どうせ失うものはない、面倒を見てやる家族もない、前科だけはある、となったら自分であっておかしくない。さっきも言ったけど、味方を裏切る人じゃないんですよ。でも、何だかんだ言って、犬は犬なんで、二年くらって出てこられた。ただ、火をつけたってことが、ちょっとね。しかも子供に見せちゃったんで、まずかったんじゃないかと。

ヴィニーのことを、どうとでも言いたい人は言えばいいですよ。たしかに悪いところはあったでしょうからね。でも、それって誰でも同じでしょ?　もし強く押す力がかかったら、もし頭が飛んじゃうほどのことがあったら、誰だって同じようになるでしょって、そう言ってるだけ。

レジが死んでから、もうやめようとヴィニーは思った。これで終わりにする。もっといい人間になる。そうなれるはずだ。あたしも、この人なら、って思った。

ほら、これね、詩なんだけど、ヴィニーから来た最後の手紙に入ってた。どう解釈するかはご自由に。あの当時、ヴィニーから来てるものがあるかって公社に聞かれて、ない、って答えたわ。さもないと、もう見ることもなくなると思った。でもねえ、あれから何年もたつにつれて、ほんとにヴィニーが書いたのかなんて気がしてくる。たしかに詩には凝ってたのよ。言葉が好きだった。本人は詩をやってるなんていうと軟弱に思われそうだって言ってたけども、すごいことじゃないの？　ろくに学校も行かなかった人が、ちゃんと文字にして紙に書いてたんだから。

ところが、これだけは、彼が書きそうなことじゃないのよ。なぜかと聞かれても困るんだけど、なんだか彼らしくない。ときどき愛の詩みたいなのを送ってきたりしてた。そういうのは見せませんよ。これはそんなのじゃない。詩のことでは、よく主任と話をしたんだって言ってた。これはアーサーが書いたんじゃないかしら。それを実際に紙に書いたのがヴィニー。どうなんだろ、そんな気がする。

ヴィニーにはわかってたのよ。いつか必ず自分の過去に足をすくわれる。そう思ってたの。何をして生きようと、どう駆け抜けていこうと、きっと過去が待ち構えている。そう思って、その通りになったんだから悲しいわよ。海へ出て、灯台にいて、もう自由になれると思ったのよねえ。まるで籠の鳥みたいじゃない。籠の中にいる間はともかく、いざ外に出されると、自分になかったものに気づくのよ。逃げられるようにはできていなかった。ちゃんと飛べる翼を持っていなかった。

［差出人住所なし］

46

一九九二年九月十日

拝啓、シャープ様

六月十二日および七月三十日付けのお手紙、どちらも拝読いたしております。お返事が遅れまして申し訳ありません。メイデンロック灯台で失踪事件があった当時、たしかに〈トライデント・ハウス〉に勤務しておりました。それだけに心苦しく、あの一件がずっと重荷になっていましたので、つい返信を先延ばしにしたのであり、ようやく覚悟を決めたのでもあります。どれだけ社内で機密扱いしたところで、絶対に隠し通せるものではありません。

そう、三名の駐在員がどうなったのか、管理側は承知しています。ただ、ごく一部の関係者が心得ているだけで、それが明るみに出ることはないでしょう。お書きになる本がどういう結末になるにせよ、それもまた従来同様、しかるべき筋からの裏付けを欠いた未確認の一説にとどまります。たしかに私からお答えできることもありますが、あくまでご内聞に。

あの当時、社内で事件について語ることはありませんでした。私はさる上級理事のおかげで雇われたのですが、おとなしい言い方をするならば、何にせよ見ざる聞かざるでいればよいと教えられました。言えるような状況ではなかったのです。あれから公社との雇用関係を絶ったとはいえ、いまでも灯台を見たいとは思いません。

公社は証拠とされるものを開示して、そこから都合のよい説明をしています。どうあっても補助員のせいにして終わらせたかったのです。それが現在まで公式見解になっています。真実を認めることはないでしょう。真の原因と言うべきは、すぐにわかるようなものではなく、あの仕事の本質に根ざしていたのです。

遺族に伝えられたことが、事件のすべてではありません。そのほか内々に調べた結果もあったのです。指紋採取、心理評価、また決定的となった天候記録の発見。それで浮かび上がったのは別の犯人でした。現場の品物に最後に手を触れていたのは、ある一人の駐在員でして、その同一人が事実とは異なる記録を残したのです。専門家による判定として、トラウマによるストレス、鬱症状、と思われる人格障害を抱えていたことがわかりました。その人物に感情の暴発があって、ほかの二人を殺したと考えられています。

この結論は部外秘とされました。アーサー・ブラックを大事にしたのです。最後まで人の面倒を見るという公社にとって、名誉となるべき社員でした。灯台を任される主任は、〈トライデント〉の金看板でなければなりません。それだけ評価できる人物なればこそ、灯台長に任ずるのです。それが犯人だということになったら、いまやロマンがあると思われている職業のイメージに泥を塗ってしまうでしょう。

犯行の動機について、調査の結果、二つの見方が出ていました。第一の説には補助員が関わっています。ヴィンセント・ボーンには灯台に持ち込んで隠している金があったのだが、それをアーサーが見つけて、盗もうと考え、邪魔な二人を殺して自分だけ逃げようとしたというのです。あまりに突飛だと思われるでしょうか。そうかもしれませんが、事件以来、いくらでも出てきた怪しげな推理にくらべれば、さほどでもありません。第二の説は、ビル・ウォーカーにアーサーの妻ヘレンとの不倫関係があったと考えます。そうであれば、おのずと動機は見えてきます。

ただ、私自身は、どちらの説にも納得していません。それよりは灯台の生活そのものがアーサーをおかしくしたと思うのです。なかなか務まる仕事ではないという気がしますが、いかがでしょうね。

以上、取材のお役に立てれば幸いです。私の名前は伏せておいていただけるものと信じて、事件のことを申し上げました。

敬具
［差出人署名］

47

合図

海辺に男がいた
海に目をやる男が言った
あれが見えるか、しっかり見えるか
たしかに見えた――黒い火が青く燃えている
心をなくした、と男は言った
心が海に流された
見つけてくれるか、見つけてきてくれないか
いま取り戻せなくなっている
それで泳いでいくほどに、燃える光が強まって
こっちへ来いと言うように、まっすぐ上がる火になった
だが、振り返って、岸を見ると
もう男はいなかった

見つけた心が、するりと逃げた
海水がせり上がり、高々とうねる
うねって倒れかかる海に引きずられ
守る人の魂が行ったところに着いていた
ここにいたのか、燃え立つ炎
おまえだった――おまえならわかる
光だ、光が燃えていてくれる
彼の霊、おれの霊、ばらけて細かい砂になる

XI

1972

深い海の光を守る人

48

金曜日には、夜が明けるより早く、鳥を見に行った。いつも金曜日にはそうした。まだ暗い山道を上がるのは大変だ。それからゲートの掛け金をはずす。かちっと響く音が、マッチを擦ったようにも聞こえた。それに合わせて太陽が昇ってくる。アーサーが来たな、と太陽は言うだろう。ロウソクを灯したのか、じゃあ上がってやろう。

この道は、知らずに来ると危ない。凹みや溝が待ち構えている。せり出した草が、長い夏の間に干涸らびていて、半ズボンの脚を引っ掻こうとする。長ズボンで来ればよさそうなものだが、効率を考えろと父が言う。そのまま学校へ行ける服装がよい。

学校へ行くと、マクダーモット先生がみんなの前で叱るように言った。「どうなってるの、アーサー・ブラック。うしろに引きずられて垣根を抜けたみたい」この小学校まで駆け下ろうとして、靴紐がほどけると、転んで膝をすりむいた。木の枝にブレザーが引っ掛かることもあった。

靴には鳥の糞がくっついたままだ。ほかの子供たちには「バード・ボーイ」と呼ばれた。だからといって気にしない。海面から高く上がった場所に鳥小屋があって、屋根裏のとろりとした薄闇でカモメがくぅくぅーと声を立てている。それだけでよかった。まるで文鎮を持ったような、ずっしりした充足感を手に入れた気がした。

ランチの時間に、ほかの男子がカスタードをくっつけ合ったり、ベークドビーンズを鼻の穴に突っ込んだりしているというのに、アーサーは鳥のことだけを考えていた。運動場でラグビーボールを抱えたロドニー・カーヴァーが突進してきて、「やる気か、弱っちいくせしやがって」と息巻くと、羽ばたく鳥が山から飛んでくるという幻想を抱いた。ロドニー・カーヴァー、および威張ってばかりの体育教師に、翼の群れが雲になってのしかかればいいのだ。肌の色が薄く、染みがあって毛のない教師の脚が、アーサーの夢に出たこともある。あの脚は、母がサンデーローストを焼いたあとに残るポークの皮のようだった。

鳥を見ていれば、さびしくなかった。スケッチすることもあった。鳥同士があたふた重なったり、羽根が小刻みに揺れたり、止まり木に糞が命中したりする様子を、じっくりと見て描いていた。古い戸棚の奥のような匂いが漂って、ほんのりと肉のペーストみたいな匂いも混じっていた。

初めて父親に鳥小屋を見せられた日に、「おい、チビ、いいもん見せてやろうか」と言われて、アーサーは頑張って山道を上がっていった。「よくなれば、飛んでいくんだ」父は言った。どういうわけか空から落ちてくる鳥がいた。戸口の外や、庭のイチイの木の下にいて、翼が地面をたたくのをアーサーも見たことがある。父は夜中にアーサーを起こして、「ほら、静かにな、そうっと、こうやって……」と見せた。夜明け前のミステリーだ。ひくひく動く鳥を、父が手の中に包み込んでいた。その心音までわかるような、いまにも壊れそうにやわらかいものだった。

孤独感が、胃の中の塊のようになった。どの部屋も静まり返った家に、炉棚の時計の音しか聞こえない。母親は半分眠ったようにうろついて、父親は奥の部屋で腕時計の修理をして、じわじわと視力が弱まっていた。もう戦前の父を思い出せなくなった。肩が落ちていなくて、にこやかな顔だったはずだが、いまはもう老人のような手が爪を立てて、ベッドのシーツに血がついたりもする。朝の四時には、椅子をテーブルから引いたような、きーっと鋭い叫び声に家族が目を覚ます。

この孤独が感触としてわかる。そう思うことが何度もあった。指先でさぐり当て、ぐっと押せば痛くなる。急いでものを食べても痛かった。大量に水を飲んで流せないかと思ったが、そんなことでは出なかった。トイレに行くたびに、ひょっとしたらと見ていた。小さな青いものがありはしないか。こわいような気もした。出たらどうしようと思った。出なければどうしようとも思った。

太陽が上がろうとすると、鉱石を溶かしたような強烈なオレンジ色の一線が走って、海に火がつきそうになった。ここからでも灯台がアーサーの目に映った。黄色い目玉が、くるりと、音もなく開いていた。

学校で灯台のことを教わった。あんなところに人が住んでいるというのが嘘のようだ。三人で一組というが、そうだとすれば彼にとっては正解ではないかとも思えた。ほかに二人いて、どっちも逃げていくことがないのなら、もう孤独ではなくなる。ほかの子がさかんに挙手して、船の遭難や、灯台技師のスティーヴンソン一家をめぐる質問に答えようとしていた授業中に、彼の心には悲哀の詰まる一隅ができていた。どういうわけか灯台が手を出してくるような気がした。悲しいから来てくれと願っている。

海難についても知ることが増えた。尖った岩に座礁して溺れる船員があり、揺れるマストが秋の満月に照らされて、弔鐘が金属音を鳴らし、吐瀉物が飛散して悪臭を放ち、荷主の商人が怒声を発して、陸にいる人間は金目のものが流れ着くのを待っていた。彼は『宝島』を読んで、小説家と灯台技師が同じ家系から出ているのはすごいことだと思った。海の灯台を建てた現場のことも知った。何人もが命を落としたという。陸地から遠く離れて、ほとんど海面下の基礎工事をした。横風が吹きつけて、塩気で手がひび割れて、据えたブロックが流されて、やっと出来上がっても、高波に長年の苦労が倒されてしまった。誰も見ていない仕事なので、誰からも賞められることがなかった。

十一歳になった誕生日に、彼は白い鳥を見た。ほかの鳥よりも大きかった。海から飛んできた雪のように純白な鳥が、うっすらと赤みのある目で彼を見た。

あとで父に聞いたら、鴎か、と言われた。ちがう、とアーサーは言った。鴎じゃない。だったら何だ。わかんない。それで見に行った父が戻ってきて、白い鳥なんかいないぞ、と言った。つまらん錯覚じゃないのか。このあたりにそんな鳥はいないはずだ。でも見たんだ。そりゃまあ、そう思ったんだろうが、まあ、いいさ、マッチ取ってくれ、ようし。

49

おまえに光のことを話しただろう。光の使い方とでも言うかな。明暗の区別だけじゃない。その中間に、いろんな余地がある。いろんな形とか、大きさとか、そういうのが大事だ。おかあさんは話を聞いていなかった。流しの前に立って洗い物をしていたよな。ゴム手袋をした手がだらんと水に垂れて、頭の落ちかかった水仙みたいだった。

すっかり夜になってから、おまえと外へ出て行った。寒くないように、おれの上着を着せかけてやった。おまえの頭を上から見ると、洗ったばかりの髪が、月の光に映えていた。その頭に、おれは手のひらをあてがった。二つの形がどう合わさるかと思った。二つの身体が寄り添って、どこがどう重なるか。あごを手が包んで、曲げた肘が顔の支えになる。

海岸に出て行って、波の音、こすれる小石の音が聞こえた。おまえの手に懐中電灯を持たせた。おれの上着では大きすぎて、袖口が指先まですっぽり隠していた。その片方の袖をまくって、出てきた手首は、出土した骨のように、びっくりするほどの白さだった。懐中電灯の光が、海に切り通しの小道をつけて、岸の近くは明るいが、危ないくらいの遠くでは、もう夜を追いきれずに負けていた。

メイデン灯台は、いつもの自分を変えることなく、いつもの光線を放っている。おまえに懐中電灯の持ち方を教えた。しっかり持って奥まで照らす。メイデン灯台が沖の船に光を投げるように。

「灯台からも、おまえの光は見えるんだ。こっちから灯台が見えるのと同じだ」そう言ったら、そんなのおかしいと、おまえは言った。こんな光が何マイルも先から見えるわけない。ところが光ってのはそういうものだ。そんなにたくさんなくたっていい。その逆だったらどうかな。日当たりのいい庭に、ほっそりした暗闇が射しても、どこにあるのかわからない。しっかり目立つのは光だ。目が光を追い求める。そう思えば、この世界も、悪いところではないのかな。

おれたちは懐中電灯を消して、海も消えた。

また点けると、海が戻った。

欠けていく月が、まだ丸みを残している。口の中で溶けかかったミントのようだ。おまえが一緒にいて、静かないい夜だと思った。まず光の時間を短く、闇の時間を長くした。三秒の点灯、九秒の消灯。そんな点滅の仕方を閃光《フラッシング》という。反対に点灯を長くすれば明暗光《オカルティング》だ。

おまえはそういう言葉をおもしろがって、何度も口にしていた。オカルティングは、人によって発音が違って、「オ」が強くなったり、「カル」が強くなったりする。おれがいま灯台にいたら、おまえの光が陸からの合図として見えるだろう。不動光《フィクスト》から、閃光、明暗光、また不動光。おまえの光だったら、どう見たってわかると思う。わかるに決まってる。おまえがいたから陸もよかった。あとはたいしたことがない。

アーサーはぎくりとして目が覚めた。黒い夜に迫られる。どんよりした夢がゆらゆら浮いてくる。だが夜ではなかった。いまは朝だ。八時半。カーテンがしまっているから暗い。これを引いたら反対側の寝棚にビルが見えた。きょうはクリスマスイヴだ。

両手を上向きにそろえて、これをやるから助けてくれとでも言うように差し出した。何かしらパンくらいの大きさのもの。新生児のようなもの。すでに記憶と幻想の区別がつかない。目を閉じると、まだトミーの映像が残っている。淡褐色の目。遠くへ伸ばそうとする手。こんな半端な時間帯に、あの子はどこへ行くのだろう。

一人でいると、よく聞こえてくることがあった。たたっと足音。暗がりに動く気配。ほかの二人の睡眠中に、物置の奥でこすれるような音。だが、アーサーが行ってみても、バス停に立つ老人のように、どこが何なのかわからなくなった。

ヴィンスが窓際にいて、陸地の方角に目をやっていた。

「何を待ってるんだ?」

「いえ、別に」

アーサーは自分を基準にしながら、この若者は体格も体力もありそうだと思った。脚が長い。背中の幅もある。どこかに弱点もあるのだろうが、あったとしても意外性の域を出まい。彼はテレビをつけた。一時のニュースで、ガッファール・ハーンがどうとか言っている。いまのアーサーは、動くにつけ話すにつけ、深い眠りから抜けられないような気がする。とんでもない重圧に締めつけられている。

「もし家にいたら、どうしてます?」ヴィンスが言った。

「プレゼントを包んでるか。〈キングズ・カレッジ〉のキャロル中継か。いずれにせよ昔とは違うな」

「そうでしょうね。おれも忘れそうで」

「まあ、そうだろう」

「いいのかな」

「いいじゃないか。ほかの番組は？」

「つまんないですよ。デイヴィー・クロケットのテレビ映画。お茶は？」

「いや、釣りに出る」

「釣り？　めちゃくちゃ寒いのに」

「クリスマスの習慣だ」とアーサーは言ったが、そんなものがありはしない。

釣ることが目的ではない。坐って見ていればよいのだ。鉄梯子の下に小波がぴちゃぴちゃ寄せている。冷気がコートの隙間に飛び込んでくる。霧がくねるような形になって、ゆがんだり分かれたりする。いま向こうからも見ている、と彼は思う。その姿は見えないが、じっと見てくるものがある。どう近づかれるかわからない。海を渡ってくるのか、空から降りてくるのか。いつ来るのかもわからない。

海上に濃い霧が戯れて、海が煙っているようだ。見上げれば、灯塔は炊事場の階あたりで断ち切られ、それより上の雲の中で霧砲が鳴っている。

アーサーは背後に足音を聞いた。隠れん坊でもしているような、軽い駆け足になった音。ぱたぱたぱたぱたぱた。

振り向いた。誰もいない。

近頃は、気のせいで、変なことが多い。

また足音。ぱたぱたぱたぱたぱたぱた。

きゃはっと笑う声。子供だ。

アーサーは釣りを中断して、セットオフをぐるっと歩き出し、結局、一周して戻った。濃霧を出入りするような笑い声が、ふと弱まっては、次の瞬間に、また響く。けらけら笑っている。こら、待て。彼は言った。頭がふらつく。ぐるぐる周回して、どこで糸を垂れたのか、どこに入口ドアがあるのか、はっきりしなくなった。どこで一周したのかわからない。そりゃそうだ、とアーサーは思った。円周に起点も終点もない。どこまでも続く。片手を灯台の壁について、もう一方の手を前に出して、いまにも接触があるだろうと思う。

何に？　シャツの襟か。肘か。肌か。

待て。彼は言った。待ってくれ。

足を止めて、耳を澄ませた。足音が追いついてくるかもしれない。といって、どっちが追いかけて、どっちが逃げているのかわからない。また彼は歩きだしたのだが、もう進行が速すぎて、足元の危ないセットオフからこぼれ落ちそうで、すでに追い越され先へ行かれているとしか思えない。よろけて、転んで、うまいこと手が掛かった輪付きボルトにつかまって、足だけが海に向けて投げ出され、ぶらんと揺れた。ずっと上で霧砲が鳴った。ここで騒いでも聞いてもらえるはずがない。

安全索をたぐり寄せて、ずるずると上がった。

笑い声が響いた。その近さが気をそそる。

えへっ！

空咳のような。毛玉を吐きたい猫のような。

えへっ！

アーサーは目をしばたたいた。

しっかりと坐った態勢で、釣り竿をつかんだ。すぐに引きがあった。髪の毛を引っ張る子供のようだ。また引きがあって、彼は前に出されそうになった。

糸がぴんと張っている。こちらも踏ん張るが、かなり重くて、力を入れるほどに重くなる。糸が切れそうになりながら、ようやく引き寄せていて、もうこっちのものではないかと思った。たしかに、ある形をしたものが、霧にぼやけた海面に浮いてくる。けさの夢に出たようなもの。こわいくらいに心当たりがあって、しかも未知である。その正体は鮫だった――と思ったのは、霧でゆがんだ恐怖心のせいで、もちろん鮫ではない。釣り糸を放したくなったが、強迫観念が働いたようにその場に固定され、ただ坐って見ていただけだ。もともと見るつもりで出てきたのだったとは言える。もう目をそらしてしまいたいのに、こわいもの見たさで視線が動かなくなっていた。

魚が掛かったのではない。息子だ。

その頬に釣針を食い込ませた。

糸が切れた。糸をくわえた息子が沈んで、暗い霧の海に消えた。海面が分かれて閉じて、あとに残ったのは狂おしく絶望した父親の鏡像だけ。ねじれた異様な顔が、海をのぞき込んでいた。

50

スピリット・オブ・アニス号の船荷で、本土から七面鳥の胸肉ローストが届いた。赤ワインのボトルもある。そのほかに缶詰野菜と〈ビスト〉のグレービー顆粒。またプディングは、クリスマス用ということでもないが、ドライフルーツ入りの缶詰が来ている。ビルが料理の当番で、鍋をあつかいながら平気でシガレットを吸い続けた。

アーサーは食事の皿を押しやった。くねるように煙が巻く中でビルを見ていると、ますます耳につく音があった。壁に爪を立てて引っ掻くような音だ。ぐっと近づくことがあるので、この音にくっつかれているのか、あるいは体内から聞こえるのかとさえ思う。

「聞こえないか?」

「何がです?」ヴィンスは言う。

居室へ行ってから、ヴィンスがテレビをつけて音楽番組を見た。『オールド・グレイ・ホイッスル・テスト』に、四人組の〈フォーカス〉というバンドが出演して、キーボード担当の一人が高音の歌声を発していた。最後に「メリークリスマス・アンド・ア・ハピーニューイヤー」の歌があって終わった。

女王のスピーチも見た。フィリップと結婚して二十五年。まもなくECに加盟。北アイルランド問題。いまこそ忍耐と寛容が、家庭内でも、国家間でも、きわめて重要。そんなことを女王が言った。

アーサーは、この三人の国について考えた。彼の心には秘めた思いが巣食っている。それだけのことを抱え込んでいて、ほかの人間には見えていない。よくそうなっているものだ。

ほかの二人は天気予報がはずれたと言っている。嵐は来そうもない。ビルにとっては交替で帰れるのだから結構なことだろう。アーサーには頭痛があった。この一週間ばかり続いている。自分がしたこと、言ったことを、なかなか覚えていられない。それがまた心配の種になった。

霧は晴れたようだ。双眼鏡があれば陸地まで見通せる。船が見える。ぽつぽつと家屋もわかる。ひょっとすると妻からも見ようとしているかもしれない。どっちも知らないうちに合図を交わしていることになるだろう。

ヘレンが幸福であってくれたらいいと思った。幸福だと思えるのであってほしい。おれの女房にしたのが悪かった。そもそも家庭を持つような男ではなかったのだ。

彼は炊事場に降りた。どこかへ行けば、あれが来るかもしれない。いなくなると思わせれば、ひょいと来る。霧の中でもそうだった。ちょっとした隙に来ていた。息子を見失った日と同じで、うっかり目を離すと、その隙をつかれる。

コップに水を入れて、寝室の階へ上がった。ビルとヴィンスが寝ている。その入口に立った。一分か、もう少しくらい、立っていただろう。まるで水を頼まれて持ってきたが、どうするか迷って、入れと言われるまで立ち止まっているようだ。

頭痛がひどい。ピアノの鍵盤をでたらめに叩いたように、がんがん響く。

えへっ！

足音が駆け上がった。

ぱたぱたぱたぱたぱた。

灯室へ上がると、何のことはない、鳥がいるだけだった。ミズナギドリだ。翼がガラスを打っている。どこかの窓が開いていて、ここまで入ってきたらしい。ばたばた飛びたがり、自傷するだけになっているのを見てから、回廊に出るドアを開けてやって、また階段を下りた。


四時を過ぎて暗くなった。月がクレーターまでわかりそうに大きい。満月。いやな兆候だ。月、潮、風——。そんな大きな現象には、ほとんど方程式にも匹敵するような関連性がある。もし人間が宇宙に神を見るとしたら、そういうところなのだろう。あの月に人間が行ったということが、アーサーには信じられなかった。人間の足などという、ひび割れたり、腫れたり、爪が伸びていたりするものが月面を踏んで、それが現実だったというのか。科学以前の時代には、星なるものは天界の底面にあいた穴ということになっていた。

風がざわめいた。ロングシップス灯台で同僚だった男が、もし交替の船が来ると思っていられるなら、こんな暮らしもいくらかましになるだろうと言っていた。予定通りに陸へ帰れるとしたら、それだけありがたいということだ。土壇場の変更で振りまわされることがないかぎりは、楽しみに待っていてもよい。

アーサーは嵐を呼び寄せていた。天候の記録に、毎日、嵐と書きつけて、ひたすら意志の力で嵐を現実のものにした。

あとで日誌が見つかれば、あの男は正気を失っていたと思われよう。衰弱して、不安定で、欠陥があった、ということになる。つまり現役を退かせ、陸に戻して妻と二人で暮らさせるのがよい。だが、その妻というのは、彼を愛してはいなくて、その顔を見るたびに、死んだ子の顔や、彼女を裏切らせた男の顔までも見えてしまう。

この仕事について三十年。それがアーサーの誇りになっていた。一つの灯台を任せられたのは、彼としては名誉の叙勲のようなもので、これからは威儀を正して日々の勤めを果たそうと心に決めた。きれいに髭を剃って、靴も磨いておく。職務の尊厳というものだ。永年勤続の階級章でもある。「やめたほうがいい」と人には言われた。「トミーがあんなことになったってのに、まだこの仕事を続けてたんじゃ、ろくなことにならんぞ。ヘレンと一緒にいてやれよ。うちにいるのがいい」しかし彼にはもう灯台しか居場所がなくなっていた。ここにいれば魂が救われていた。ところが、いまになって頭が飛んでしまった。それが自分でもわかる。鍵をキーフックに掛けておくように、頭の働きも家に置いてきたということか。

いつぞや休耕地を歩いたことを覚えてるか。手を握ってやったら、やわらかくて、しっとりしていた。ツバメが下降と上昇を繰り返していただろう。夕日があった。おまえを愛していた。

鏡に映る顔を見て、はっとした。目の下がたるんで、そのまま硬くなっている。こんな表情では別人のようだ。いつのまにか髭面にもなった。頭の中で鳴る音が刻々と強まる。塔の外は暗い闇だ。彼は海を引き寄せようとした。

風が警告を吹き上げる。眼下の岩から、黒く、ねじれて上がってくる。ずっと待機していたものが、ついに動きだしている。

51

泳いでいた人が水面を割って出るように、アーサーはすっきりと目が覚めた。風の音が耳を聾する。海は全方位から打ちかかり、花崗岩の塔を相手に、波が吸いついて、引っぱたいて、飛沫《しぶき》を巻き上げている。閉めきった塔内には、饐《す》えたような臭いのする空気が淀んで、それが鼻腔を刺すほどに冷えきっている。彼の頭はすっきりして、考えることが透き通っていた。

クリスマスの翌日。ビルが出られる見込みはない。

また聞こえる、とアーサーは思った。ふわりと寝床を抜けて階段を下りる。結露した内壁に沿って回りながら、悪天候の中へ、海の中へ。

どうして彼がいつまでも海を受け入れているのか、妻にはわからないままだった。だが彼にしてみれば、息子が行った場所を嫌うことのほうがわからない。妻は海に息子を殺されたつもりでいる。海が返してきた遺体は、火葬され、箱に収まった。アーサーは男の子を箱に閉じ込めるものなのかと思った。一分とはじっとしていられずに動いていた五歳児だ。そんな狭いところより、この海にいる。北へ南へ、東へ西へ、大きく海を流れている。朝日に輝いて、黄昏にくるくる舞っている。

どうして耐えられるの、とヘレンは言った。よくもまあ耐えられるものだわ。そう言われて答えようがなかった。トミーがいるからだ、ここにいることがわかるのだ、などと言ったら、妻を傷つけていただろう。だから何も言わなかった。妻はベッドの中で背を向けた。アーサーはほかの灯台のことを考えた。深夜の当直で隣接の灯台が見えると、仲間がいる安心感があって、さほど遠くないところに、やはり目を開けている者がいるのだと、あらためて思った。

「おれが海に出ていれば、息子も一人ではない。おれが陸に帰って、おまえと家にいるなら、あいつは一人で父親を待つことになる」もし彼がそんなことを言ったら、妻にひっぱたかれたかもしれない。トミーは自分のものだと思う気持ちが彼女には強い。トミーが死の間際に発しただろう叫びが、彼に取り憑いているのを妻は知らない。それが彼の心から離れることはないだろう。もはや星空に凝固し、海水に溶融している。夕暮れには踊る火になる。夜明けに灯芯をつまんで消す瞬間にも、そのようになる。

アーサーは手すりに手を掛けた。その手を引っ込めると、曇った箇所が縮んで消えた。

何も残りはしない。永続するものはない。すべては深みに失われる。

下の入口で、扉が冷えきっていた。彼が集める石ほどにも冷たい。手ざわりだけで、それとわかる。閂の横棒に爪が掛かっていたのだろう。ここから出入りしようとした。

52

嵐がひどくなった。高まる波頭に白い泡が散る。風がたたきつけ、唸りを上げる。稲妻の走る空に、雷が鳴り渡る。

アーサーは灯室への階段を上がった。壁の結露が垂れている。自分の皮膚もそうなっているような気がした。この身体は灯台の内部にあって、灯台と密着しているようなものなのだが、頬に手を当ててみれば、乾いていて、ぬくもりがあった。

ヴィンスの当直が終わった。今度は彼の番だ。火薬を装塡し、爆発式の信号音を低気圧の海に突き通して、その警報が風に裂かれる。大波が揺れて、砕けて、混沌の海上が吹きちぎれる。電光が動乱の暗闇を割る。海は黒く、天も黒い。海面がうねって泡立つ。嵐の衝撃に灯塔がぶるぶる揺れて、波の泡が基部から灯室まで奔騰する。

アーサーは目を閉じて、飛び込んで落ちていくことを考えた。溺れるのは恐怖ではなかった。稲妻が矢になって海を射た。

一瞬、波が照らされた。アーサーは船を見たと思った。よくわからなかったが、また雷があって、はっきり見えた。ぐらぐら揺れている。

小船。木造。破れた帆。

アーサーは風雨に押し戻されながら回廊に出るドアを開けて、身体を投げ出すように手すりにつかまった。簡単な船だ。手で漕いで、うねる波に翻弄されている。

「ぶつかるぞ！」

その言葉は突風にかき消された。また閃光があって船の姿が浮いた。漕ぎ手が見えて、そうだろうと思ったことが、その通りになった。

階段を下りる。手すりをつかんで、足が追いつかないくらいに気ばかり焦って、船に乗ってきた者と顔を合わせたかったが、あと三層は下りなければならないうちに、入口の扉が、ばん、という音を立てた。

ぱたぱたぱたぱたぱた。

こっちに来る。上がってくる。子供っぽい笑い声。

えへっ！

アーサーはくるりと回った。居室の階を過ぎたあたりで、足音を追えなくなった。しばらくしてから逆戻りで下りていくと、足跡が残っていた。靴の跡ではない。素足だ。小さなバイオリンの形をした足の裏。五つの点は足の指。

53

金曜日には、もう風がぴたりと止んでいた。雨は弱まって続いている。ビルが本土に無線連絡を入れた。

「船は出せるかな」彼は唇がかさついて、指がささくれ立っている。もう灯台に六十一日だ。

「無理だよ、ビル。こっちは荒れてるんだ」

アーサーは部屋の入口に立って、ビルのうしろから見ていた。

ビルが振り返る。これだけ寒いというのに、ビルの額には汗が濡れ光っていた。

「わかった。あしたにしよう」

「そうしてくれ。午前中には迎えに行かせる」

こいつは、おれに危害を加えられると思っているのではないか、とアーサーは思った。たしかに、そうしてやるだけの理由はある。ところが船のことを思い出してしまう。あれに乗って小さく見えていた頭と、呼びかけるように上げた手。見えてるよ。

アーサーはそんなことができる男ではない。そうだったことがない。拳を固めるところまでは行くかもしれないが、どう頑張っても、拳を振るうにはいたらない。

通信中のビルが、ふと黙った。あと一日、あと一晩、それだけだ。

「了解」と言ってから、また黙った。さっきよりも途切れる時間が長い。その間、ビルはうつむいて目を閉じていた。ピッという音がした。「では、終了」

54

「アーサー、起きてくれっ」

目を開ける。寝室が宇宙の穴になって、やわらかな青い内壁に星が散っている。ビルが寝棚に近づいて立っていた。薄暗い中でも、いや、そうだからこそ、ただならぬ顔をしているのがわかる。目が落ちくぼんで、虹彩にきらりと光がある。

「起きてくれ」またビルが言った。

「どうした？」

ビルの声はかすれて、ささやくほどにもならない。

「まずいことになった」

「え？」

「いないんだ」

「おい、ビル」

「ヴィンスが、いないんだよ。たったいま、いなくなった」

インクが光るような色の目を、アーサーはのぞき込んだ。

「夢でも見てるんじゃないのか」

「そんなんじゃない」

「言ってることがわからんぞ」

「そっちこそ」

「おい、ビル――」

「目は覚めてる？」

「いいから坐れよ。夢遊病で歩いてるみたいじゃないか」

「あいつ、死んじゃった」ビルは言った。「たったいま、流された」

「じゃあ、さがす」

「あれじゃ、だめだよ」

「さがしてやるよ。よく見てろ」

「やったけど、だめだった」

「いいから」

「外へ出てたんだ。そしたら急に――」

「まあ、坐れって」

「急に来たんだよ」

「坐れ」

「ヴィンスは叫んでたが、どうにも――」

「だから、さがすよ」

「おれだって、ただ見てたんじゃないけど、相手は海だ」

「それにしたって――」

「いなくなったんだよ。海に、消えた」

アーサーの耳に聞こえるのは、やさしい風とおだやかな波動だ。カセットプレーヤーの音楽や、シガレットの煙る匂いはない。

足をフロアに出した。ズボンをはいて、セーターをかぶる。もう遅いのだろうとは思うが、これが職務だ。この灯台で生じたことがあれば、十字架を負うのは主任である。

その背後で、寝室の奥に回っていたビルが、物入れにあったものを持ち上げた。わずかな切片というほどの時間があり、振り向いたアーサーには、それが何であるのかわかって、思いつくことが一気に連続して心をよぎった。父に連れられて、草ぼうぼうの山道を上がったこと。やわらかなシダが半ズボンの脚に当たったこと。小屋の屋根裏でカモメが声を上げて、よたよた歩いていたこと。また黄色く輝いた夜明けの海、ピンクに染まった薄い雲。初めての任地だったスタートポイント灯台。その同僚はみな年上で、喉から笑い声を発して、酸っぱい匂いのするパイプを持ち、鉄の階段をするする上がって、硬くなった親指の腹でシガレットを揉み消していた。また結婚した日のヘレンのことも思った。彼女にキスをしたこと。いずれ子供を持とうと彼女は言い、そうなったことに彼も喜びを感じた。トミーのことも思った。おれの息子だ。決して弱まらない光だった。いままで何千回も海に灯を点してきたことを思った。それだけ多くの船乗りが、その灯を頼って航行した。だが夫婦のことには悔いが残る。妻にして友。現在も過去も。その彼女に何の埋め合わせもできない。

こんな喪失と混乱という形になって、もう終わりというのはひどい話だ。あれこれ失敗を重ねて、かつての自分ではなくなっている。アーサーは孤独を好んでいたのだが、孤独のほうがアーサーを好んでくれなかった。孤独であるということで、自分の中から欠けていくものがあった。それに結局、この島にいるだけではどうにもならなかった。いまビルが何を手にしたのか、それでどうするつもりなのか、わかったと思う瞬間があった。だからドアを開けようとしたのだが、もう延べ棒のような堆積岩の塊に後頭部を打たれていた。

55

ビルにしても、ヴィンスが溺れることを計算していたのではない。だが、そうなってしまえば、あとは一気呵成だった。

よくジェニーに言われた。あんたは意気地がない――。親父にも同じことを言われていた。もちろんビルだって意地を見せたかったことはある。あのバカ親父の首に手をかけて――手でも、ベルトでも、親父のベルトでもいい――ぎゅうっと絞めてやりたかった。

主任の死体を階段に運び出し、ずるずる下ろそうとした。重い。こうなったら、塹壕の兵士が戦友に肩を貸して救命するように、担いで下りるのがまだましだと思った。

アーサーの足を見たのは初めてだ。爪を短く切っている。指にぽつぽつ毛がある。こいつめ、靴下をはく暇がなかった。

彼が育った家では、玄関から入るとすぐ、母親の写真がある戸棚の上に船舶時計が掛かって、その上端に「いまを生きよ《カルペ・ディエム》」という刻印が押されていた。あの母の笑った顔、賞めてくれるような眼差しを、ビルは思い出した。

ヘレンの笑顔。ヘレンの眼差し。

どうにか炊事場まで来た。重い荷物をどさっとテーブルに置く。合板に血の汚れが広がって、もはや垂れてくる血の出所がわからない。主任の鼻が潰れたからか、目が耳に向けて裂けたからか。いずれにせよ血と骨がぐちゃぐちゃで、どこが傷口なのかわからない。やり過ぎたらしいとビルは思ったが、仕損じるわけにもいかない。

アドレナリンが出て、彼は猛っている。心臓の鼓動が激しく、息が荒くなって、神経が高ぶり、酸素が取り込まれる。手を見ればヨード色に染まっている。だが心が能率よく働いて、考えることが冴えているのだから、たいしたものだとも思う。あすになれば交替の船が来る。事情の説明に抜かりはない。こんな惨劇があったとしても、彼の責任は問われないようにする。あとになってからのことにも、とやかく言われることはなかろう。ジェニーが冷静になりさえすれば、また死んだ男の女房に言い寄るのであれば、どうということもないはずだ。

いまの結婚を続けられる見込みはない。これから陸へ帰って、自分が元のまま変わらないという見込みもない。そんなものはなくていい。ようやく何も見込まれなくてよくなった。

ビルは主任の手をよく拭いた。自分の手も同じようにする。それから手袋をはめて、壁に掛かっている時計をはずし、八時四十五分まで進めた。主任の息子の死亡時刻だ。そういう話を、ある日、ヘレンから聞いた。ジェニーに会うつもりで来たらしいが、ジェニーは外出中だった。ビルが茶を淹れてやって聞き役になっていたが、ヘレンは長椅子に坐って語りながら泣きだしていた。細かいところまで、たっぷりと聞かされたので、朝の八時四十五分ということも知っている。親身に聞くうちに、もうキスするしかなくなった。

アーサーに証拠を残してもらおう。こいつが白状したのも同然、ということになる。

ビルは電池を逆向きに入れ替えた。いま自分の指が触れた箇所に、アーサーの指を押しつける。それから二層上がって居室へ行くと、ここでも時計に細工をした。電池を逆向きに。同じ時刻に。

さて、どうしてやろうかと思いながら、アーサーの死体を見下ろして立った。これが主任だとは信じがたい。ビルを卑屈な気分にさせたお偉い主任殿が、倒木のようになっている。

テーブルを拭いていたら、気分が落ち着いてきた。テーブルの上から、横から、下から、きれいに始末する。椅子も拭いた。床にも痕跡を残さない。急ぐまでもなく、たっぷり時間をかけた。血の汚れを流しの水で洗う。流し自体もきれいにする。使った布はぐしゃっと丸めて、窓から海へ投げ捨てた。その次は食器だ。主任をまたいで食器棚から二枚の皿を取り、その引き出しから二人分のナイフとフォークを出す。ここでまた膝をついて、そういうものにアーサーの手を触れさせたあとで、二つのカップ、塩胡椒、残りわずかなマスタードのチューブと一緒に、テーブルの上にならべた。

瓶詰めのソーセージを出しておいたのは、洒落みたいなものだ。息子の好物だったとアーサーに聞いたことがある。そこまでこだわらなくてもよいのだが、ここは徹底しようと思って出してみた。細心の注意。灯台守の心がけというものだ。

炊事場の設定を終えると、今度は主任のマグに茶を淹れて、居室へ持って上がった。ここで主任の椅子に坐り、その妻のことを考える。

ヘレンは幸せになってよい人だ。今後はそうなってもらう。これからずっと、あの人の幸福を追いかけて生きる、とビルは心に誓った。うまく見つけたら、もう毎晩でも抱いていられるように、一生、彼女をつかまえて、何が何でも放さない。

ヴィンスはどれだけ沈んだろう。どこまで深く行ったのか。あの補助員の死体が打ち上げられることに、うっすらした懸念がなくもない。といって、だからどうなのだとも思う。それらしい筋書きは用意した。どこからも疑いは出ないだろう。アーサーが常軌を逸して、補助員を殺し、ビルも殺そうとした。ビルとしては身を守るしかなかった。

あのベテランには気の毒だった、と言ってやろう。まったくだ。アーサーのことが好きだっただけに、その主任がすっかり変わって、あんな状態になっていたとは、ビルにはショックなのだった。

56

ヴィンセント・ボーンという男は、何度死んでもおかしくないように生きていた。生まれてすぐに死んでいたのかもしれない。臍の緒が首に巻きついたのに、取り上げた助産師が気づかず、赤ん坊が青くなっていた。四歳でリチャードソン家の世話になっていた時期には、道路に歩きだして自動車の前に出ていたのだが、その車が寸前で回避した。十五歳で、高さ二十フィートの塀から落ちて、腕を骨折した。

そういう小事件が積もり積もって、最後に大きなツケを払わされることになった。この日、その時刻に、とうとう運が尽きた。

セットオフに下りて、シガレットを吸っていたのが、命取りになった。エディ・エヴァンズなり、偽名を使った修理屋なりが、船に乗ってきたからではない。敵になると思っていたものの仕業ではなかった。

空気はさっぱりしていた。波が大小の岩を洗って打ち寄せる。いい世界だ。そんな気分の日になっていた。

もう大丈夫と思うことにした。いまから襲いに来るやつもいないだろう。こわがるほどのことはない。この先に未来がある。ミシェルなら過去をとやかく言ったりしない。おれという人間をわかってくれている。彼女はどこへも行かない。やっと心の重荷がとれたような感動がある。これが幸福なのだ、と彼は思った。

ビルが下りてきた。車酔いのような顔をしている。シガレットを一本どうかと言ったのだが、この主任補佐はいらないと言った。

「やめようと思ってるんだ」

ヴィンスは一方の眉を上げた。「こりゃまた、びっくり」

それからは簡単だった。人の命に関わる瞬間なのに、それを馬鹿にしたように簡単なのだった。ヴィンスは吸い殻を投げ捨てた。それが海へ落ちずに、セットオフの縁《へり》に乗っかった。足で押し出そうとしたところへ、ざぶっと波がせり上がった。ミルクが鍋で沸騰するように、いきなり来た。その一瞬に突っ込まれたビスケットのように、灯台がずぼっと沈んで、まもなく浮上して、今度は海が下がった。ヴィンスもまた落ちていって、どこかに肘をぶつけ、頭をぶつけた。くそっ、と思って、つかまろうとしたのだが、つかむところがない。頭から血が垂れるので、ろくに目が見えず、あわてるだけになっている。海水が彼をコンクリートに沿って引きずり下ろした。コンクリートが途切れると、もう波しかなかった。

筋肉が引きつった。耳鳴りが響く。灯台は失せた。いままで立っていたというのに、もう届かないとはどういうことだ。

ただミシェルのことだけを思う。あの口、あの腕。おれからも腕を差し入れるように抱きしめて、やさしく柔らかな首筋に顔を寄せる。

下肢の力が抜けた。沖に向けて押されている。

ビルが叫んでいた。ヴィンスも叫び返したが、どう叫んでいたのやら、それが言葉になっていたのか、これまでに発したことのない異質な音だったのかもわからない。

57

ビルは主任の椅子に坐って茶を飲んだ。ヴィンスをことさら嫌っていたのではない。好きも嫌いもなかった。こんな機会を逃すわけにはいかないというだけのことだ。ヴィンスの死は非常口の標識になった。出口だ。パラシュートの急降下。

アーサーに言ったことは本当だ。ビルだって、ただ見ていたのではない。ヴィンスが波にさらわれたから、ロープを投げてやった。さりとて、勢いが弱かったことは認めざるを得ない。あれでは補助員の手が届くことはなかったろう。だが、しっかり投げるまでもないという考えが浮かんだ。その気になっていなかった。

ヴィンスはしばらくもがいていた。それでもうビルは腹をくくった。貝殻を一つ捨てるのと同じように、平然と見切っていた。いらないものは仕方ない。もうロープは海に捨てて、無感動に立ったまま、同僚が溺れるのを見届けた。

あすには補給船の連中が来て、ああ、なるほど、ひどいことになったもんだ、と言うだろう。

だが〈トライデント・ハウス〉は何も言わず、伏せておきたがるはずだ。ビルは勇敢な行動を賞されて、すぐさま別の灯台に栄転する。

それから また何カ月か過ぎたら、この仕事は終わりにして、ヘレンを連れて出ていく。正式に結婚しよう。もう海からは離れて暮らす。

ひょっとして、いずれ彼女には真相を話すかもしれない。そうはならないかもしれない。彼女がどれだけ心を乱すか、それ次第だろう。生き残ったのが彼でよかったと思ってくれるならよい。

58

下の階から物音がしたようで、ぎくりとした。

空耳ではないのかと思ったが、また聞こえた。

ぱたぱたぱたぱたぱたぱたぱた。

だいぶ下。ずっと下。

居室の本棚から、ハードカバーの一冊を手にした。『人類の祖先』という本に、J・アウグスタという著者名と、もう一つ、薄ぼけた名前。――あの主任が血迷った。そういうことだろう。

おまえは間が抜けてる、と親父には言われた。だろうで済ますな、確かめろ、そんなことだと思った……。

ビルは、背中を螺旋階段の壁に這わすように、寝室の階へ下りた。さらに炊事場まで行ったが、アーサーは放置されたままに倒れていた。

えへっ！

彼は振り向いて、「誰だっ？」。

その声だけが階段の下へ反響した。

「誰なんだ？」

ぱたぱたぱたぱたぱた。

彼は本を振り上げて、どうせ風だろうと自分に言い聞かせながら、階段を下りていったが、ついに入口まで来て安堵した。扉はずっと閉まったきりである。

この灯台には彼しかいない。

それでも砲金製の扉を確かめ、スライド錠を目一杯ずり動かした。横棒はしっかり差し渡してある。今度ドアを開けるのは、外から生きた人間が来たときだ。

四時を過ぎたばかりで夕暮れになる。きょうという日が、水平線に揺れて去る。

こんなことになった日でも、いつものように光が灯った。

最後に生き残った男。いままでにも何度か、深夜の当直をしながら、ビルはそうなっている空想をした。この地球上で、ほかに誰もいなくなったとする。もう無線は切ってしまって、船舶同士の通話も聞こえない。陸地の灯火には背を向けて坐る。

メイデン灯台は一定した光を放っていた。奥深い洞窟でヘルメットにつけるライトのようなもの。ビルは子供の頃の校外活動で、洞窟を探検したことがあって、狭い難所にさしかかり、恐ろしくなったことを覚えている。腰をロープでつながれた仲間が、ぬるぬるした迷路にもぐり込んで、これから生まれようとする赤ん坊みたいになっている。たしかに臓器の管を抜けるようで、洞窟とは何かしらの有機体ではないのかと思った。誰か一人が怖じ気づいたらおしまいだ。どこかに肩をぶつけて、恐怖感がせり上がり、息ができない、動けない、という気になる。そこで後ろから突かれたら、もう声も聞こえない空間に押し出されたようで、いま来た道を戻るしかないと思うのだから収拾がつかない。

死後硬直が始まった。死んで強ばったアーサーを四層も上まで運んだら、へとへとに疲れた。いま灯室にいるビルの間近で、主任の死体がこんもりした影になっている。冬の夕闇の山脈というところだ。まだ一仕事あるのだが、その前に最後の時間を付き合ってやるのもよかろう。あすの朝には、ビルはおおいに動揺して、しかし供述は一貫している、ということになる。昔から知恵は回らなくて、まったく利発な子とは思われなかったが、今度ばかりはたいした計算も要らない。

まずは二つの時計を見せてやる。死んだ息子のための食事もある。日誌も見せる。小さい岩の島に長いこと勤めて、だんだんと正気を失ったアーサーは、ここで生きながら死に近づいていった。誰だっておかしくもなるだろう。いつまでも耐えられるわけがない。もう飽き飽きする。死ぬほどいやになる。それが灯台。そんなものだ。

本土では、ビルがよく生き延びたものだと驚くだろう。

たいした物語になる。その主役になるのがビル・ウォーカーだ。今後は、スモールズ灯台の事件のように、何世代にもわたって語り継がれていくだろう。

まるで葬式の準備をするように、夜通し、塔内を徹底して磨き上げた。炊事場から灯室まで上がる階段を、一段ずつ、ごしごし拭いた。アーサーの死体と接触した箇所は、一インチたりとも見逃さない。いかなる汚点も許さない注意力は、いままで灯台に勤めていたおかげだ。ビルは痕跡を残さなかった。

下層では、さっさと用事を済ませた。灯台の下っ腹みたいなところに、もう長居はしたくなかった。ぼんやりした影が浮いて、ボートやロープが奇怪な輪郭を見せている。あの物音が聞こえたことを考えたくない。あれは笑い声だったのか。ささやくように旋回していた。空耳だ。思い込みだ。こんな作業を一人でしていれば、そんなことにもなる。あの扉を開けようという気にはなれなかった。

アーサーの物入れから、石のコレクションを拾い出した。こんな石ころをのぞき込んでいた主任を、何度も見たことがある。それを重しにして沈めてやればよかろう。

十個かそこら見つくろって、あとは残しておいた。もちろん碇型の銀のペンダントは、ちゃんと回収している。ヘレンの持ち物だ。これで戻った。いままでアーサーに取り返されていた。そのチェーンを首にかけて、ビルは笑顔になった。

59

この夜、灯火は美しく燃えた。メイデン灯台が放つ光は、船舶が安んじて進める道を、海に通わせていた。

アーサーに外套を着せるまでは苦労した。腕が突っ張っていて、がちがちな関節の取り回しが悪い。この主任を回廊の手すりに寄りかからせて、四つのポケットに石を詰めた。

あとは一押しするだけだ。家にいて寝支度をするヘレンを思った。あすになれば人生が新しくなることを、まだ彼女は知らない。

ビルは、手すりに押しかぶせた男を落とそうと、体重をかけるように力を入れて、自分でも相当に乗り出していた。

えへっ！

駆けてくる足音。子供の笑い声。

ぱたぱたぱたぱたぱた。

どん、と背後から押される。つんのめりそうになって、思わず声が出た。足音が迫る。全方向から聞こえる。ささやく声。ひゅっと口笛。するとまた突き出すように押された。

あわててアーサーの死体にしがみついてしまった。恐怖心で息もできない。それで合体したということか、それとも何だかわからない何かのせいなのか、ビルには考えている暇がなかった。次の瞬間には、重力のかかった死体が、ビルを道連れに手すりを越えたのだ。

白い壁が飛び過ぎていった。不気味に、どこまでも続く。アーサーの死体はビルと結合して、まとまった二人が冷たい水の暗黒に衝突した。

わずかに気絶する時間があって、ビルは脚に裂傷を負い、頭も打った。耳の中に血と恐怖と水が流入する。ちがう、こんなはずじゃない、という考えても仕方ないことを、何度も考えた。アーサーの質量に引きずられながら、過剰な恐怖にのたうって、必死に脚をばたつかせていたのだが、もがけばもがくほど海に呑み込まれていった。鼻と口に血が充満し、頭の中にも血があふれていると思った。

絶望に駆られ、衝撃と後悔があって、ビルは守ってくれる人にしがみついた。アーサーは守る人だった。ああなりたいとも思っていた。

この暗闇で、ぼんやりと遠くから見れば、カツオドリが魚の内臓を取り合って突っ込んだような動きだった。海面を騒がせて、くぐもった鳴き声があるだけだ。アザラシが悲しげに呼び合う声しか聞こえない。

溺れて朦朧とするビルの意識に、小さな船が近づいた。乗った人が思いきり手を伸ばそうとしている。

ランプを持って長いトンネルを来たように、薄い光の中にいる。風のない帆が破れている。差し出される手は小さい。

アーサーがすっと離れていって、リンゴのような冷感に肌を刺された。小さい船はアーサーをあたたかく迎えている。ビルもつかみかかろうとしたが、ビルが乗れる船ではなかった。

灯台の回廊では、ここから百フィートの高さで、金属製のドアが風に煽られて閉じた。白い鳥が一羽、灯台の上を旋回してから、沖へ飛び去った。

XII 終点

60　ヘレン、一九九二年

クリスマスが一段落するのを待って、毎年の記念日にコーンウォールへ出向いた。

イギリスらしい午後になった。空はタッパーウェアのような色をして、海は灰色と茶色が複雑に混じり合っていた。雨が降りやまず、秋が冬にすべり込んでから泥のたまった溝に水量が多い。地面が腐葉土になって、木が黒っぽい季節である。今回は犬を連れてきた。その犬が狐の穴に嗅覚を向けたがる。雨粒がぱらぱらと傘を打った。木の枝にあった鳩の巣が残骸となり、落ちた卵の殻が苔の上に散って、あやしげに光っている。

このところヘレンは——いまモートヘイヴン墓地への坂を上がろうとしてもそうなのだが——体内の骨を意識するようになった。骨の連結、くすんだ白色。この胸郭も先史時代と同じようにできている。ならんで歩く犬が、飼い主の求めることがわかるように、ぴたりと寄り添ってくれていた。

ここへ来られるのも、あと何年なのだろう。今年で終わりにしてもおかしくはない。どっちにしても二十年、これが節目だと言えば言える。いまさら夫の遺志も何もない。長い時間がたった。ちょうどよい区切りの数字である。もう故郷に引っ込んでよい。

だが、今年もまた来てしまった。念のため。

何のため？

十二月三十日。毎年、この日になると、メイデンロック灯台を見ずにはいられない。この奇妙な記念日におけるパートナー。たとえば室内で野生動物を飼うとしたら、これに似ているだろうか。毎日、ドアを開けて様子を見るのは、まだ人間がいることを知らしめるためだ。もし放っておいたら、図に乗って、やたらに強くなるだろう。

ジェニーは来ないだろうと思う。十年目の追悼式では、ちらっと遠くから見かけた。子供たちを連れて、海を見ながら立っていた。声を掛けに行ってもよかったのだが、結局、そこまで思い切れなかった。ミシェルは、その日にも、いつでも、顔を出すことがなかった。意味がないと思っている。きょうも来ないだろう。来週にでも電話があって、夫に止められたとか何とか弁解しようとするはずだ。

そろそろ墓地に差しかかって、傘にたっぷりと風を受けた。大西洋の音がする。貝のこびりついた岩場に、波がぶつかって、泡を立て、塩気の水を噴き上げる。

ヘレンは行き先があって歩いていた。亡夫のメモリアルベンチと隣接して、ある墓碑が建ったのだ。刻まれた文字には、すでに苔が生じてきていた。

ジョリー・フレデリック・マーティン　一九二一年生
一九九〇年没　惜しまれて眠る

しばらく立っていたら、雨が収まった。

雲が黄ばんだように変色する。どうにか薄日は射すようだ。彼女は傘をおろした。ジョリーが死んで、もう二年になるということだ。あの失踪事件からずっと、補給の船長については、ちらちらと思い出すことがあった。年齢はたいして変わらないが、なんだか孝行息子を見るような、ありがたい心地になっていた。まず現場に行ったのが、この人だったはずだ。いなくなった灯台守に呼びかけて、いなくなったあとで悼んでくれた。ジョリーは待望の救援をもたらすはずだった。その救援が無駄になった。風の中の叫びには返事がなかった。

犬が墓地で何かしらの匂いを追っていった。彼女は背後に人の気配を感じた。誰なのかはわかっている。振り向かずに話しかけてもよいほどに確信はあるのだが、しっかりと顔を見たかった。

「こんにちは」彼女は言った。ほかの人間がいることで、ふと明るい気分になった。

作家は赤いアノラックにジーンズという格好で、靴に雨水がしみ込んでいた。キャンバスバッグを肩に掛けている。照れたような顔だが、知られてしまったということで、ばつが悪いのだろう。なるほど、服装に気を遣わないことも、この人らしいのかもしれない。船乗りの息子なのだ。網に絡まって育ったようなものである。

「隠さなくてもよかったのに」彼女は言った。

ダン・マーティンは、手に石を一つ持っていた。なめらかな石に真珠のような艶があり、綿糸ほどにも細い白紐が巻かれている。これを父親の墓前に置いた。

「親父は、長いこと、自分が至らなかったように思ってましたよ。もっと何かできたんじゃないか、もっと早く行けばよかったのか、天候を気にしすぎたのか——。もちろん仕方なかったんですが、まあ、それでも」

「言ってくだされればよかったのに」

「やはり父の責任を問われるのではないかと」

「そんなこと、思いも寄りませんでしたよ」

彼はポケットに手を入れた。「すみません。こちらの素姓を知らないまま語ってもらいたかったのです。何を語るか、どう語るか、それが変わってしまってはいけない。無関係な人間と思ってもらうのがよい。そのほうが気が楽だろう、ということで」

一瞬、あたたかくて近しい時が流れた。ほかで言ったことのないことを、この人にだけは話している。そう思ったら、つい目をはずしてしまった。

「たしかに正直に言えばよかったのでしょう」彼は言った。「でも、よくわかりましたね」

「本当のことを知りたいと思うのは、あなただけじゃありません」

彼は笑顔を返した。

「親父が生きている間は、なかなか真相を追えませんでした。そんなことより大砲や軍艦の出てくる本を書いたら、面白がってくれましたよ。しかし今度のことでは、親父も喜ぶでしょう。あなたと話したいと思っていたようです」

ヘレンは水平線にメイデンロック灯台をさがした。いまは靄がかかっているが、うっすらした光をちらほらと反射している。

「二十年」彼女は言った。「いまはもう違ってきました」

「と言うのは?」

「どうでしょう。そう思うわたしが変わったのかもしれない。いろんなことを申し上げましたが、お話ししてよかったと思いますよ。ジェニーがどう思ってるのかわかりませんけどね。それからミシェルも――取材に応じることにしたとまでは聞いてますが。でも、まあ、おかしなもので、こうしてみると昔を思い出すような、遠くへ押しやっているような。どれだけ年月がたって、どう人生が変わったのか、そんなことを思ってしまいますね。いまはもう昔のわたしのような女じゃありません。ふつうに考えれば、悲しく過去を振り返っていて当たり前なんでしょう。もちろん、いまでも悲しくて、いつまでも悲しいとは思いますよ。ただ、これだけ時間がたちますとね、つらいと言っても昔ほどではなくなります」

ダンは言葉をさがした。「いつも親父をせっついてたんですよ。親父の口から聞きたかったたんですが、そうはなりませんでした。まあ、つまり、どう言ったらいいかわからないっていうやつでしょう」

「どう言っても、言わないよりは」

「ええ」

「でも、あなたは」

「え？」

「あなたなら言えるでしょう」

彼が顔を合わせてきた。横長の額、船乗りの目。父親にそっくりだ。

「アーサーと、ほかの二人。いずれ書きたいという気持ちは、前々からあったんですよ。あの失踪の日に、僕の人生も変わりました。家族全体が変わったんです。親父はいつまでも引きずってました。僕もそうです。大人になって物語を書くようになり、海を取り込んでつかまえようとしたんですが、うまくいくものではなかった。もっと書くことがあるだろうと問いかける物語がありましたのでね。失踪事件のあと、モートヘイヴンの町そのものが、元に戻れなくなりました。それまでは知る人もない町でして、喪失や怪奇の物語とは無縁だった。子供らは幸福な日々を過ごして、育ってから出ていって、休暇の季節になると、自分たちの子供を連れて帰ってくる。船や灯台をながめたり、波止場で蟹をつかまえたり。そんな町だったのに、そうではなくなってしまった」

「答えが見つからないことには耐えがたい？」

「そういうことです」

「でも、答えはないんですよね」

彼はバッグのジッパーを開けた。「といって、調査をあきらめたわけじゃありません。ずっと何年も、話してくれそうな人がいれば、必ず聞くことにしていました。いつもの謎を問いかけます――灯台から三人の灯台守が消えるとして、どうしてそうなったと思いますか」

「ご自身のお考えは？」

彼は分厚い用紙の束を取り出した。プラスチックファイルに収めて、二本の輪ゴムを十字に掛けている。

「これです。あなたの本」

「わたしの？」

「いや、まあ、おっしゃる通りでしたよ。この企画は、僕が思っていたような結果にはならなかったんです」

「それでがっかりした？」

「いえ、その反対」

彼は輪ゴムをはずした。

「あっちに誰もいないと思えば、不思議なものです」と言って、岬の海際まで石を踏んで歩く。

「どこも自動化されましたんでね。いまは灯台守なんていなくなった。交替が行くとか、遅れるとか、そんなこともない。しばらく前に、近くまで行ったことがあるんです。ちょうど天候の具合がよくて、こいつは親父が喜びそうな日和だと思いました。いまの灯台は、おかしなものになってますね。どこでもそうなんですが、ああいう島の灯台には、その感が強いです。無人だと思うからでしょう。あんな石造物が、あんな遠くにあって、誰もいないんです。気味が悪いですよ。まだ昔の何かを残してるように思いませんか？　近くで見ると、そんな雰囲気でした。本当に何かあるのかもしれない」

「アーサーがセットオフまで下りてきて」ヘレンは言った。「そこで手を振っているとか」

「いずれ三人が戻ってくると思ってる人も、まだいますよ」

「あなたは違いますよね」

「どうして？」

「リアルじゃありません」

「このテーマ自体が、リアルじゃないですよ」

「それにしても」

「どこかで生き延びたと考えるのはおかしい？」

「これだけ時間がたって、また現れるとしたらおかしいでしょう」ヘレンは彼とならんで立った。「アーサーはいなくなった。もう帰ってきません。あなたは答えがなければとおっしゃるけれど、わたしはそう思わないんです。思ったこともあるのかどうか。あるがまま受け止めたいです。穏やかに、絶望もせず。二十年かかりましたが、そういう心になりかかってます」

彼は本と言ったものを手渡そうとした。「では、これを」

ずっしり重かった。「労作ですね」

「ええ」ダンは言った。「大変でしたが、ともかく仕上がりました。勉強になりましたよ。しかし、あの灯台で実際に何があったのか、それはわからずじまいです。わかると思うほど愚かでもありません。もし結末をつけるとしたら、百通りか、もっとあるかもしれない」

ヘレンは、ぐしょ濡れになった作家の靴に、また雨粒のあたった原稿に、目を落とした。ありがとう、という言葉が口から出かかっている。アーサーには、ごめんなさいと言い、愛してますとも言った。ひどかった時期から、ずっと最後まで、そうだった。たとえ彼に聞こえなかったとしても、言えたのならそれでよい。それが大事なのだと思えていた。

「真相は彼らのものです」ダンは言った。「あなたのものでもある。僕のではない。ほかの誰のでもない」

きりっとした海の空気が、彼女の胸に入っていた。早朝のような新しい空気である。

「真相なんて、わかりませんね。そこが大事なんでしょう。謎は謎のまま。そういう謎だってありますよ。これはまあ、アーサーと、あの二人、そういう話なんですけれど、それだけじゃなくて、ほかの話でもあるんです。何にせよ、どうしてそうするか、というような。たとえばマッチを擦るのはどうしてか。そもそも灯台を建てたのはどうしてか。そのほか何でも、うまくいけば人の命を救うかもしれないもの。もちろん思い通りにはいかないでしょうが、やってみようとするから人間じゃありませんか。できるときに、できるだけの光を灯しておく。せいぜい明るく。そうやって暗闇を迎える」

彼がじっと見ていた。

「どうぞ、続けて」

「何です？」

「あなたが結末を書いてください」

彼は手につかんだ用紙を、ぱっと宙に投げた。

「どうなさったんです？」

紙が舞い上がった。何十枚だったのか、思いきり風に乗って飛んでいる。白い輝きが翼になり、空と海の色に向けて羽ばたいたように、滑って、散って、踊って、海面に落ちていった。

ヘレンは、びっくりした歓喜の笑いを発しながら、彼の真似をして、宝くじに大当たりした人が紙幣を投げ上げるように、原稿の紙吹雪を飛ばした。

波に乗ってゆらゆら分散する紙を、彼女は見送った。

「ありがとう、ヘレン」

犬が戻ってきた。ダンはキャンバスバッグをたたんで、小道を去っていった。

彼が墓地のゲートまで行ったところで、ヘレンが見るとイチイの木の下に二つの人影があった。どこで見ても、家族も同様に、それとわかっただろう。

作家は立ち止まって、彼女が気づいていることを確かめた。

もし近づいていったら、あの二人は消えるのかもしれない。そんな心配をしながら、彼女は足を進めた。

だが近づくほどに、はっきりと女の姿が見えていた。ミシェルがジェニーと腕を組んで、やわらかな屈託のない顔をしている。ジェニーは昔とちっとも変わらない。老けた感じがしないのだ。みんなで年をとれば、そんなものだろう。

わずかに間があって、ジェニーが挨拶の手を挙げた。

ヘレンも同じことを返した。

再会の前に、もう一度だけ、彼女はメイデン灯台を振り返った。ここから見ると、うっすらした線でしかない。乳緑色の海に、灰色の棘が一本立つようだ。海からの風が吹いた。まず灯台に触れてきたのだろう。彼女の顔にも海水が運ばれ、射したばかりの薄日に乾いていく。あの灯台に誰もいないとわかっていながら、彼女の心はそうと思わない。そう思うことはないだろう。主任である男の姿が、その場で見るように目に浮かぶ。光を見上げる顔になって階段を上がっている。手すりにつかまることもなく灯室まで上がって、その先へ、もっと先へ、暗く降りていた地点から遠ざかる。そして最後に彼女として残るのは、ほとんど瞬くこともなくなった一つの星。

謝辞

まずトニー・パーカー氏の著書『灯台』を参考にさせていただいたことを記して感謝いたします。オーラルヒストリーの専門家として、灯台守、その家族であった方々に話を聞いた上で、みごとな一冊にまとめられています。今回、私が小説を構想し、執筆するにあたって、その行く道を照らしてくれました。いまでは失われた生活様式を活写して、灯台守の仕事ぶり、また業務に献身した人たちの知恵や人間性をありありと伝えています。

島の灯台での勤務にまつわるエピソードは、実体験として語られた記憶に基づいています。そうした職業心理については、以下の回想録、資料集を参照いたしました。ウィリアム・ジョン・ルイス『徹夜の守り』、A・J・レイン『楽しかった日々』、ピーター・ヒル『星を見つめて』、リチャード・ウッドマンおよびジェーン・ウィルソン『トリニティ・ハウス管内の灯台』所収の現場の声。そのほかヒントを得た文献として、ベラ・バサースト『灯台のスティーヴンソン家』、トーマス・スティーヴンソン『灯台の構造と照明』、アダム・ハート＝デイヴィス『ヘンリー・ウィンスタンリーとエディストーン灯台』、マイク・パーマー『エディストーン灯台――光の指』、アーロン・マーンケ『奇妙な伝説』、ポッドキャストから「ロープと手すり」、ウィルフリッド・ウィルソン・ギブソンの詩「フラナン島」。

すばらしき編集陣に感謝します。フランチェスカ・メイン、アンドレア・シュルツ、アイリス・タポウム。元の原稿に洞察、直感、改善をもたらしています。ソフィー・ジョナサンも、優秀で親切な舵取り役として、船出を助けてくれました。熱心で有能なピカドール（イギリス）、ヴァイキング（アメリカ）、ハーパーコリンズ（カナダ）の編集部、とくに以下の方々に感謝します。ジェレミー・トレヴァサン、カミラ・エルワージー、ケイティー・ボウデン、ケイティー・トゥク、ローラ・カー、ロシャニ・ムルジャニ、クレア・ガツェン、ニコラス・ブレーク、リンジー・ナッシュ、キャロリン・コールバーン、モリー・フェセンドン、リンジー・プレヴェット、ケイト・スターク、ニディ・プガリア、ソナ・ヴォーゲル、ベル・バンタ、アマンダ・インマン、ミーガン・キャヴァノー、クレア・ヴァカーロ、トリシア・コンリー、シャロン・ゴンザレス、ネイオン・チョ、ジェイソン・ラミレス、ジュリア・マクダウエル。

エージェントのマドリーン・ミルバーンとMMLAの皆様。とくにアンナ・ホガティー、ライアン＝ルイーズ・スミス、ジョージーナ・シモンズ、ジャイルズ・ミルバーン。マディーには、知り合ってからずっと、この物語のことを聞いてもらっていました。スティーヴンソン一家が目に浮かばせた灯台のように、原稿は何度も立ったり倒れたりしましたが、最後まで灯火を消さずに終わることができました。

ミミ・エセリントン、ロージー・ウォルシュ、ケイト・リアドンに、ありがとう、と言う理由はおわかりですね。また、うれしい友情と支援に対して、ケイト・ワイルド、ヴァネッサ・ニューリング、キャロライン・ホッグ、クロイ・セッター、メリッサ・レセージ、ジェニファー・ヘイズ、ジョアナ・クルート、エミリー・プロスカー、サム・ジェンキンズ、チオマ・オケレケ、ローラ・バルフォア、セアラ・トーマス、ジョー・ロバシンスキ、ルーシー・クラーク。そして姉のヴィクトリア、甥のジャック、父母であるイアンとキャサリンに愛を。この本を両親に捧げます。

ありがとう、マーク。現実と想像の世界で、私を大好きな灯台に向かわせてくれました。そして、何よりも、私の明るい光であり続けるシャーロットとエレノアに、ありがとう。

訳者あとがき

エマ・ストーネクスは、一九八三年に生まれて、イングランド中部ノーサンプトンシャーに育った。しばらくロンドンに住んだ時期があり、その後、南西部に移ってブリストルに住んでいる。ロンドン時代には女性作家の出版で知られる〈ヴィラゴ・プレス〉に採用され、編集の仕事に携わっていた。その後、作家に転じてからの八年ほどに、三つのペンネームを使って、九冊の小説を書いた。いずれも娯楽に徹したタイプのものだったが、書くことの修業にはなったと、あるインタビューで答えている。だが、その間ずっと温めていたテーマがあった。いよいよ満を持して本名で書いたのが今回の作品である。原題は『ランプライターズ』（*The Lamplighters*, 2021）。

本作は、ある史実を下敷きにしている。スコットランドの沖、イギリス全体で見れば北西の端っこに、フラナン諸島（アウター・ヘブリディーズ諸島の一部）があって、その中のアイリーン・モア島に、灯台が立っている。一九〇〇年十二月二十六日、補給船が行ってみると、灯台にいるはずの三人がいなかった。もちろん調査がなされ、いくつもの憶測が飛んだのだが、なぜ一度に三人が消えたのか、いまだに真相は不明である。イギリスの海難史上では知られた事件であり、さまざまな形でフィクション化されてきた（第十一章の副題「深い海の光を守る人」は、巻頭のエピグラフと同じく、この事件に触発されたギブソンが一九一二年に書いた詩からの引用である）。

ストーネクスもまた現実の事件から着想したことには違いなく、止まっていた時計、閉ざされた入口、おかしな記述のある日誌など、たしかに類似点はある。だが、著者はあくまで小説の発端となる事件を借りただけで、その後の展開にはミステリーにとどまらない独自性を発揮している。

まず時代も場所も大きく変えた。ここでの失踪事件は、一九七二年に設定されている。季節だけは同じで、クリスマスの直後。あまり現代に近づけすぎると、灯台が自動化されてしまうので、灯台守の物語は成立しなくなる。また灯台の位置は、コーンウォールから十五カイリ（約二十八キロ）の沖合で、岩礁に立つということになった。もちろんメイデンロックは架空の灯台なのだが、著者がモデルにしたのは実在のウルフロック灯台であるようだ。イギリスの地図では南西の隅にある。本土とシリー諸島の中間を、丹念にさがさないと見つからないだろう。そういう小さな島（というより、ただの岩）に、ぽつんと灯台が立っている。

史実の現場となったアイリーン・モア島には、それなりの広さがある。いわば小山のような島の頂上に灯台が立つ。すなわち、現実の三人は、塔内にも、島内にも、いなかった。ところが作中のメイデンロック灯台は、岩礁に塔が立っているだけなので、もし外を歩きたくなったら、セットオフと呼ばれているドーナツ形の基部まで下りて、灯台の本体（つまり灯塔）の回りをぐるぐる巡るしかない。この立地条件は本作には必須だろう。とにかく生活空間が狭い。それだけ閉塞感が強い。

なお巻末の「謝辞」を見てもわかるように、著者はトニー・パーカーの『灯台』（初版一九七五年）を参考にしたことを隠そうとしない。巻頭で引用もしている。これは実際に灯台に関わった人たちからの聞き書きとして、灯台勤務の生活感を当事者の語り口調でまとめた記録である。パーカーがイギリス南部の灯台で実地調査をしたのが一九七三年冬であったことも、小説の時代設定に影響したのではなかろうか。

ここで一つ注釈をしておくと、〈トライデント・ハウス〉という名前で登場する管理機構は、実際には〈トリニティ・ハウス〉と通称される団体であって、イングランドの灯台はその監督下にある。海の安全、また海員の福利厚生を管轄して、公的な性格はあるが政府機関ではない。作品内では便宜的に「公社」と表記したことをお断りするが、同時に〈トライデント〉はあくまでフィクションの産物であることも強調したい。もし本作に敵役がいるとしたら、この組織ではないかと思うからだ。つまり光を「灯す」ことも、また「消す」ことも、都合よく管理しようとしている。

小説の題名についても、注釈は必要かもしれない。原題に使われた「ランプライター」という語は、じつは本文に一度も出てこない。これは歴史的には町筋でガス灯に点火して歩く人のことだが、広義に考えれば「（何らかの）明かりを灯す人」である。アーサーたち三人も、その家族も、いわゆる灯台守のことは、ライトハウスキーパー、ライトキーパー、あるいは単にキーパーと言っている。著者は灯台守の物語を書いて、灯台に限定する題名にはしなかった。そして描かれる人物たちは、たとえば「ミシェルという女が灯台のようにも思える」(二七九ページ)とヴィンスが言うように、相互に、何らかの意味で、光になっていたのである。さらには灯台そのものも、人物群像の中に含めてよいのかもしれない。名前からしてメイデンロック(乙女岩!)。もともと海の用語として、名詞が文法上の女性扱いをされることは多いが、その現象がとくに目立つように著者は仕組んでいるようだ。いま「灯台そのもの」と書いたが、本文には"the lighthouse herself"という例がある。

この小説は灯台守の失踪という「消える」事件を発端としながら、その記憶の光を「保とう」とした物語なのだ。なるべく静かに消そうとした管理側の方針に逆らって、悩みつつも消さないことにした家族、消させまいと働きかけたダン・シャープと名乗る男も、光のキーパーだったと言えるだろう。時代と語りが何度も交替して、それぞれの声が、それぞれの角度から、事件と、その後の二十年を照らそうとする構成になっている。はたして事件の真相には光が射したのかどうか。それをダン・シャープが書こうとして書けなかった物語と読めるところも、本作の仕掛けの一つである。

二〇二二年六月

小川高義

The Lamplighters

Emma Stonex

光《ひかり》を灯《とも》す男《おとこ》たち

著 者
エマ・ストーネクス
訳 者
小川高義
発 行
2022年 8 月 25 日

発行者 佐藤隆信
発行所 株式会社新潮社
〒162-8711 東京都新宿区矢来町 71
電話 編集部 03-3266-5411
読者係 03-3266-5111
https://www.shinchosha.co.jp

印刷所
株式会社精興社
製本所
大口製本印刷株式会社

乱丁・落丁本は、ご面倒ですが小社読者係宛お送り下さい。
送料小社負担にてお取替えいたします。
価格はカバーに表示してあります。

ISBN978-4-10-590183-7 C0397

CREST BOOKS
Shinchosha

ハムネット

Hamnet
Maggie O'Farrell

マギー・オファーレル
小竹由美子訳

名作「ハムレット」誕生の裏に、
400年前のパンデミックによる悲劇があった――。
史実を大胆に再解釈し、従来の悪妻のイメージを覆す
魅力的な文豪の妻を描いた全英ベストセラー。

CREST BOOKS